KB262322

우리시대의 작가수업

우리시대의 작가수업

우리시대의 작가수업

리기영 · 한설야 외 10인
해제 · 표언복

도서출판 역락

목 차

우리시대의 작가수업

일러두기

1. 『우리시대의 작가수업』원 자료의 표기는 우리말 표기법을 따라 바꾸었다. 가장 많은 차이를 보이는 것은 '로동' '리상' '려비' 등과 같은 두음법칙현상과, '-이였다.' '-이였지만' '-되여' 등과 같은 모음 표기형식이지만 읽는 이들로 하여금 이질감을 덜 수 있게 하기 위해 모두 우리 식으로 바꾸었다.

2. 다만 「리상과 노력」, '리북명'과 같이 제목이나 이름 표기의 경우엔 그대로 두었다. 고유의 방언이나 표현법, 외래어 표기 등은 그대로 두었다.

3. 「 」 『 』 등의 문장부호 사용도 모두 우리 식으로 바꾸었다. 이를테면 작품제목은 「 」, 신문, 잡지, 단행본 등의 제목이나 단체, 대회 등의 명칭은 『 』로 구분하였으며, 인용문은 " ", 강조 사항은 ' '로 구분하였다.

4. 띄어쓰기는 가능한 한 원 자료 그대로 두고자 했으나 '리 기영'과 같은 이름 표기는 우리식 대로 '리기영'과 같이 바꾸었으며, 지나치게 어색한 경우에도 더러 바꾸었다.

5. 생소한 용어들은 별도의 「주요 용어 해설」 난을 두어 독자들의 이해를 돕고자 했다. 남한의 『새우리말 큰사전』과 북한의 『조선말 대사전』(사회과학원언어연구소), 『조선말사전』(사회과학원 언어문화연구소 사전편찬실)등을 이용하였으나 원문 그대로를 옮기지는 않았다.

'이산문인' 찾기와 낯 익히기

표언복(목원대학교 국어교육과 교수)

1

벌써 다소 시들해진 느낌이지만, 새로운 천 년을 맞으면서 '앞으로 우리 문학운동에 어떠한 변화가 올 것인가'를 진단하는 논의들이 대단히 활기를 띠었던 일을 기억한다. 문학전문 잡지들에서는 물론 대학의 관련학과들이나 연구소들이 앞장 서 판을 벌이고 주도했던 일련의 논의들에서 제기된 내용들은 논의의 열기가 뜨거웠던 만큼 그 내용이 깊고 다양하지는 못했다. 이러저러한 차이가 없었던 것은 아니지만 대개의 논의들에서는 주로 정보매체의 급속한 발전과 보급으로 인한 문학의 위기가 제기되고, 이를 극복하기 위한 방편으로 장르의 파괴나 혼합 현상이 나타날 것이라거나, 표현매체나 형식이 훨씬 다양해 질 것이라는 전망들이 제기되기도 하였다. 또한 이념성은 약화되고 오락성이 강화될 것이며, 다양한 계층의 다양한 욕망구조를 반영하는 다원화 경향이 뚜렷하게 될 것이라는 전망들도 적지 않았다.

그러나 유감스럽게도 남북 분단이나 그 해소문제와 관련한 문학 운동의 변화에 초점을 맞춘 논의들은 거의 눈에 띄지 않았다. 대부분의 논의들이 모든 인류가 함께 직면하게 될 문학의 일반적이고 본질적인 변화에만 주목한 때문이겠지만, 그러나 우리로서는 그보다 더 관심 있게 주목해야 할 요체가 분단문제의 변화와 더불어 겪게 될 문학운동의 추이라는 점을 부인할 수는 없을 것이다. 왜냐하면 분단현실의 변화는 당면한 새로운 세기의 필연이며, 그 변화는 어떤 형태의 것이든지를 막론하고 또 한 번 우리 민족사에 엄청난 파장이 될 것이 명백한 때문이다. 해방 이후의 분단상황이 비극적이지만 우리 문학의 가장 광범위한 토양을 이루어 왔던 사실을 감안한다면 이같은 분단상태의 변화가 향후 우리 문학에 가해 올 충격과 그 여파의 크기와 강도를 짐작하기란 그다지 어려운 일이 아니다.

새로운 세기의 벽두에서 우리는 이미 놀라운 경험을 하고 있다. '6·15 선언'은 그 내용이 얼마나 고무적인가를 따지기 이전에 우리의 기대나 예측보다 훨씬 앞서는 그 돌연성이 더욱 놀라운 것이다. 해방이 '도둑처럼' 임했듯이 통일 또한 그렇게 임할지도 모른다는 기대가 꼭 허구일 수만은 없다는 생각을 갖게 하는 경험들이다. 상황이 이렇고 보니 우리는 다시 민족사적 명제에 대응하는 문학운동의 자세를 문제삼지 않을 수 없게 되었다. 앞질러 말하자면 우리의 문학운동은 그동안 역사적 당위이자 필연인 통일시대를 앞당기는 일에 선구적 직무를 유기해 왔음은 물론, 예측 가능했던 민족사적 대 변화를 앞두고도 이에 효과적으로 대응해 오지 못했다는 것이다. 그것은 이 땅의 민중들로 하여금 북한의 문학적 사실들에 대해 믿기지 않을 만큼 거의 무지의 상태에 이르도록 방치해 둔 일로써 분명해진 일이다. 여기에는 물론 문학으로서는 불가항력적인 것처럼 보일 만큼 사뭇 위압적이던 과도한 정치주의와 국가주의의 위세에서 기인된 측면이 적지 않지만, 그렇더라도 우리 몫의 책임과 의무에서 완전히 자유로울 수는 없는 일이다.

2

　불가시적인 미래를 전망하는 일에 '민족사적 변화'라는 다소 애매한 표현을 썼지만 그것은 마땅히 '통일'이어야 함은 말할 것도 없다. 우리는 새로운 세기에 필연적으로 맞게 될 것이며, 혹은 반드시 이루어 내야만 할 이 통일문제에 능동적으로 참여하고 적극적으로 대비하고자 하는 노력이 결여되어 있었던 셈이다. 정치 경제적 환경은 급속도로 변화해 가고 있는데 문학은 여전히 분단시대의 폐쇄적 몰이해의 수준에서 크게 벗어나지 못하고 있는 형편이니 말이다. 이미 영화나 가요, 교예 등과 같은 북한의 대중예술이 적극적으로 보급되고 있고 남북 정상회담 관련 내용이 교과서에도 실리게 되는 급속한 변화 속에서 문학은 지금 홀로 굳게 질러 둔 빗장 안에 태평하게 앉아 있는 형국이 아닌가.

　분단상황이 고착되면서 어떤 형태의 접근이든지 철저히 차단되어 왔던 북한문학에 대한 우리 측의 태도는 그 동안 몇 차례의 유연성 있는 조치들을 통해 상당히 개방되어 온 게 사실이다. 1978년 3월 13일, 정부는 월북작가들의 작품에 대한 제한적인 규제 완화조치를 취한 바 있다. 대상은 '월북이전'의 '사상성 없는' 것으로서, '근대문학사에 기여한 바가 뚜렷한' 작품에 한한다는 것이었다. 또한 그 연구는 '문학사연구의 목적'에 국한하되 연구내용이 반공법 및 국가보안법에 위배되지 않아야 된다는 조건이 있었다. 그 대상과 범위를 경계짓고 조건의 한계가 분명치 못한 내용임에도 불구하고 이 같은 조치는 일단 대단히 고무적인 일로 받아들여지고 월북문인 연구의 지평을 확대시키는 계기가 된 것은 분명하다. 그러나 문단 내에서조차 "반민족적 잘못은 분명히 있는데 마치 반가운 손님을 맞듯이 마구 이야기된다면 큰 부작용이 있을 수도 있"음을 들어 대상과 범위 설정에 신중을 기해야 한다는 주장도 있었을 만큼 그 당시 우리 사회는 아직 경직된 분위기가 많이 남아 있는 상황이었다. '3·13' 조치가 더욱 확대된 것은 그로부터 9년여가 더 지난 뒤인 1987년

10월 19일의 일이다. '금서해금조치' 또는 '출판자유화발표' 등으로도 불리는 '10·19'조치에서 정부는 그 동안 6백32종에 달하던 금서 중 무려 4백 13종을 해금 조치하고 나머지 2백 19종을 유보시켰다. 이때의 조치는 종전 순수학문의 차원에서 상업적인 출판의 차원으로 폭을 넓힌 조치로서, 이를테면 월북 및 재북 작가들에 대한 연구물의 상업적 출판이 가능해진 것이다. 다시 이듬해인 88년 3월 31일에는 정지용과 김기림의 작품에 대한 해금조치가 단행되었다. 그리고 88년 7월 19일, 마침내 120여 명에 달하는 납·월북 작가들에 대한 대대적인 해금조치가 단행된 것이다. 이는 정부 수립이후 네 번째의 조치로서, 30년대 문학 논의의 핵심에 놓이는 홍명희 이기영 한설야 외에 조영출 백인준 등 5인이 제외되고, 해방이전의 작품들로 제한된 것이기는 하지만 그 동안의 어떤 조치보다도 광범위하고 적극적인 것으로, 탄력성 있는 민족문학 논의를 가능케 한 조치라는 평가를 받는 것이었다.

　네 차례에 걸친 일련의 점진적 해금조치들을 통해 북한문학 논의가 활기를 띠고 그 성과 또한 괄목할 만큼 증대되어 온 것도 사실이다. 그러나 그것은 크게 두 가지의 결정적 한계를 지니는 것이었다. 하나는 몇 단계를 거쳐 취해진 일련의 해금조치들이 모두 해방을 전후한 시점에 발생한 납·월북 작가들의 해방 이전 작품들에 국한되어 있었다는 점이요, 다른 하나는 그나마 해금 작가들에 대한 관심과 연구가 제한된 연구인력들에 한정되어 왔다는 점이다. 따라서 해방 이후의 '북한문학'은 여전히 접근금지의 상태에 놓여 있는 데다 해금작가들의 경우 조차도 대다수의 일반에게는 여전히 생소하고 이질적인 존재들로 기억되고 있는 실정이다. 따라서 북한문학을 대하는 우리의 입장은 지금보다 한결 더 개방적이고 유연해지지 않으면 안된다. 통일이 정치적 선언만으로 가능한 것이 아니라는 사실은 누구나 다 아는 일이다. 분단 50년 동안 남북이 서로를 금단의 영역 안에 가두어 두고 대립해 오는 사이 알게 모르게 우리는 사고와 생활양식 전반에 걸쳐 이미 심각할 정도의 이질성을 드러내고 있다. 이 모든 것이 통합되지 않고서는 사실상 통일은 불가능한 일이다. 문학이 예외일 수 있겠는가.

반 세기가 넘는 분단상황하에서 심각하게 이질화되어 온 서로의 문학에 대한 이해를 넓히도록 서둘러야 할 일이다. 서로의 문학적 실체에 대해서는 거의 무지에 가깝고, 알고 있는 것이란 과도한 편견과 선험적 배타의식이 전부이다시피 한 오늘의 사정대로라면 통일 이후 우리 문학계가 치러야 할 혼란과 부담은 감당하기 어려울 만큼 무겁게 될 것이다. 따라서 북한문학 이해를 위한 노력은 조금도 미룰 일이 아니며 오히려 서두르고 강화해 나아가야 할 일이라고 믿는다.

이질적 실체들 사이의 통합은 자주 접하여 낯을 익혀 가는 일부터 시작된다. 우리는 지난 10여 년 동안에 제한적이기는 하지만 꽤 많은 북한의 원전들을 접할 수 있었다. 안팎의 정치적 사회적 환경이 많은 변화를 가져 온 데서 가능한 일이었지만 어쨌든 고무적인 일이 아닐 수 없었다. 그러나 앞서 언급한 바와 같이 일반대중들이 접할 수 있는 것은 납·월북 작가들의 해방이전 작품들에 한정되어 있어 기껏 소수의 연구인력이나 강의실에서만 유포되고 있는 실정이다. 기타의 광범위한 원전들은 전문 연구인력들 조차도 접근이 그리 용이치 못한 형편이다. 일부의 원전들이 '불법'의 굴레를 쓴 왜곡된 유통방식에 의해 지극히 제한적으로 유포되고 있을 뿐이다. 지금 당장 시급한 것은 먼저 제도적으로 북한의 문학적 성과물들에 대해 지금보다 훨씬 개방적 조치를 취하는 일이다. 여기에 이들 원전들을 대중들이 쉽게 접근하고 이해할 수 있도록 유도하고 기회를 제공해 주는 일에 보다 더 적극적으로 나서야 할 것이다.

3

『우리시대의 작가수업』은 『작가수업』이라는 이름으로 1959년 3월 조선 작가동맹 출판사에서 간행된 북한의 원전이다. 한설야의 「나의 인간 수업, 작가 수업」을 비롯해 모두 12명의 작가들이 쓴 글들로 이루어져 있다. 내용은 한결같이 작가들의 문학적 체험기라고 할 수 있는 것들로 이루어져 있다. 이 책의 간행동기는 수록된 글들의 일관된 내용으로 미루어 충분히 짐작되지만 다음과 같은 글 속에 보다 선명히 드러나 있다.

  앞으로 작가가 되려는 지향을 가지고 노력하고 있는 동무들에게 참고가 될 수 있도록 당신의 창작 경험을 소개하는 글을 써 주시오 하는 부탁을 나는 편집부 동인들로부터 받았다. 나는 이 부탁을 사양하지 않고 그대로 곧 받아 이 글을 쓰게 된다.   —박팔양

  문 동무! 소설 『질소비료공장』을 중심으로 나의 작가수업에 관한 글을 써 달라는 수 삼차의 동무의 요청에 대답하기 위하여 이제 늦게나마 붓을 들었습니다.   —리북명

  이 같은 내용들로 미루어 볼 때 『우리시대의 작가수업』은 북한의 작가동맹이 사전에 분명한 의도를 가지고 필자를 선정하고 집필을 의뢰하여 간행한 것임을 알 수 있다. 의도란 다름 아닌 "작가가 되려는 지향을 가지고 노력하고 있는 동무들"—작가지망생들을 위한 교육이다. 이 같은 의도는 필진 선정에서 더욱 확실해진다. 첫째, 집필자 모두가 당대 북한 문단에서 이미 상당한 명성을 얻고 있던 중진들이라는 점, 둘째, 필진이 장르별로 시·소설·희곡·아동문학 등에 두루 안배되어 있다는 점이 그것이다. 말하자면 이 책은 단순한 작가들의 체험기를 모아 엮은 앤솔로지가 아니라 작가지망생들을 위한 교육교재로 '만들어진' 책인 셈이다.

  북한의 「작가동맹」은 바로 이런 역할을 담당하는 기관이다. 「조선 로동당 문학 예술부」에 예속되어 있는 「조선 문학예술 총동맹」의 산하 기구인 작가동맹은 북한 내 모든 문학활동에 대한 최고 통제기구로서의 성격을 띠고 있다. 북한의 문학은 당의 정치적 목표

와 정책을 떼어놓고서는 이해할 수 없다. 문학의 사회교화 기능을 강조하는 북한에서는 당이 앞장서 문학예술의 본질과 가치를 규정하고, 그에 따른 문예정책을 수립하여 통제한다. 문학예술총동맹이나 작가동맹은 바로 이같은 당의 정책을 효과적으로 수행해 가기 위한 하부구조일 뿐 명목상 규정되어 있는 '사회단체'로서의 자율성 같은 것은 없다고 볼 수 있다. 실질적으로 작가동맹은 작가들을 대상으로 사상 교양과, 계획 실천 평가의 단계로 수행되는 창작활동을 지도 감독할 뿐만 아니라, 작가들을 양성 배출하며 추출시키는 역할까지도 맡고 있는 것이다. 그러니 『우리시대의 작가수업』은 이렇듯 막중한 책임과 역할을 맡고 있는 작가동맹에서 신진작가 양성을 위한 교재 편찬이라는 차원에서 간행해 낸 책 정도로 보면 무난할 것이다.

　한 가지 주목되는 점은 이 책의 간행시기와 관련된 점이다. 앞에 적은 대로 이 책은 1959년 3월에 간행되었다. 이 때 북한에서는 중요한 정치적 변동이 일고 있었다. 이른바 '자본주의 사상 잔재를 뿌리뽑기 위한 투쟁'이 그것이다. 1958년 말에서 이듬해 초에 이르는 기간동안 북한 내에서는 또 한 차례의 사상투쟁의 회오리가 일고 있었다. 이 사상투쟁은 이전 53년과 56년에 있었던 '반종파투쟁'과는 성격이 좀 다르다. 종전 두 차례에 걸친 반 종파 투쟁은 각각 당내의 남로당계열과, 반 김일성운동을 획책했던 '8월전원회의 사건' 관련자들을 숙청하기 위한 정치적 권력투쟁의 여파로 비롯된 것이었다. 이에 53년에는 임 화, 이태준, 김남천 등이 비판을 받았고, 56년에는 기석복, 정 률 등이 비판을 받았다. 이에 비해 58년 말의 사상투쟁은 당시 문화선전부상이던 안 막과 작가동맹 부위원장들이던 서만일과 윤두헌 등이 비판을 받고 몰락하기는 했지만 이는 오히려 조직내 인사문제로 야기된 갈등의 희생자들일 뿐이며 종전과 같은 종파투쟁으로서의 성격은 박약한 편이다.

　그렇다면 이 시기 사상투쟁의 배경은 무엇일까? 김일성은 이해 8월, 도시와 농촌에서 생산관계의 사회주의적 개조가 완성되었다고 선언했다. 따라서 이 해는 황장엽의 표현을 빌리면 "북한역사에서 하나의 전환점이 되는 해"(『나는 역사의 진리를 보았다』, 119쪽.)였다. 경제적으로는 농업협동화를 끝내고 사회주의 경제제도 수립이 완성되었다고 선포된 해이며, 정치적으로는 국내의 반대파들이 모두 제거되어 김일성 독재체제가 확립된 시점이라는 것이다. 그러나 김일성의 입장에서 볼 때 이같은 승리는 완료형의 승리가 아니었다. 오히려 그것은 계속해서 '싸우고 지켜가야 하는 승리'였다. 남로당파, 연안파, 소련파 등과의 치열한 투쟁과정을 통해 전취한 그의 일원체제는 여전히 취약한 사회주의의 물질적 기술적 토대 위에서 언제 또 '8월 전원회의사건'이나 58년 5월에 있었던 장평산의 '무장쿠데타 사건' 같은 심각한 도전에 직면하게 될 지 모르는 일이었다. 따라서 그로서는 보다 지속적이고 안전한 체제구축을 위한 '사상교양'을 필요로 했을 것으로 보인다. 이같은 필요성은 당장 58년 8월 이후 만 6개월간 계속된 「당중앙집중지도검열사업」으로 구체화 되었다. 이는 전 당원을 대상으로 개인별 사상 자백을 기준으로 하는 사상검열을 하자는 것이었다. 문학 예술방면에서는 58년 10월 14일 작가 예술인들 앞에서 행한 김일성의 연설 「작가, 예술인들 속에서 낡은 사상잔재를 반대하는 투쟁을 힘있게 벌릴 데 대하여」에서 구체적으로 명시되었다. 그는 이 교시에서 "문학예술부문의 당조직들은 이 부문에 끼여든 반동작가들을 청산하기 위한 투쟁을 벌일 때에 마땅히 작가, 예술인들 속에 남아 있는 자본주의 사상잔재에 대하여 경각성을 높이고 그와의 투쟁을 강하게 벌였어야 할 것"이었으나 "몇몇 반동 작가들을 반대하는 투쟁에 그치고 작가, 예술인들 속에서 자본주의 사상잔재를 뿌리뽑기 위한 투쟁에는 주의를 적게 돌렸"다고 비판하고, "사회주의적 생산관계가 유일적으로 지배하는 새로운 사회경제적 조건과 혁명발전의 요구에 따라 작가, 예술인들 속에서 지난 날 착취사회에서 물려받은 낡은 사상잔재를 결정적으로 청산하기 위한 투쟁을 강화"해 나가야 한다고 요구했다. 11월 20일에 행한 전국 시, 군 당 위원회 선동원들을 대상으로 한

「공산주의 교양에 대하여」라는 '력사적인 연설'에서는 "철저한 사상 교양사업과 사상투쟁을 전개하지 않고서는 혁명의 전진을 보장할 수 없으며 이미 얻은 승리를 공고히 할 수도 없"다고 역설하였다. 북한의 문학은 이 같은 교시에 즉각적인 반응을 보이기 시작했다. 북한의 대표적인 문학지들인 『조선문학』『청년문학』『문학신문』 등은 다투어 '부르죠아 잔재'들에 대한 비판에 나섰다. 특히 59년 한 해에 잡중된 이들 비판문들 가운데 대표적인 것들만 간추려 보면, 신고송의 「부르죠아 사상과의 철저한 투쟁을 위하여」(『조선문학』, 59. 3.), 한중모의 「소설분야에서의 부르죠아 사상의 표현을 반대하여」(『조선문학』, 59. 4.), 김우철의 「시문학에 나타난 부르죠아 사상적 요소들」(『청년문학』, 59. 2.), 현종호의 「시문학에 있어서의 부르죠아 사상 잔재를 청산하자」(『청년문학』 59. 3.), 1958년 시문학분과위원회 창작총화회의 결의문 「시문학에서 부르죠아 사상잔재를 청산하자」(『문학신문』, 59. 1. 4.), 윤세평의 「시 문학에서 부르죠아 사상잔재를 반대하여」(『문학신문』, 59. 1. 4.) 등을 들 수 있다. 그러면서 한편으로는 공산주의 교양과 공산주의 문학건설이 강조되고, 신인 교화용 글들이 줄을 잇는 것도 주목할 만한 일이다. 한설야의 「공산주의 문학건설과 신인들의 임무」(『청년문학』, 59. 5.)와 「신인들에게 보내는 편지」(『청년문학』, 60. 6.), 윤세평의 「공산주의 문학건설에 있어서 신인들의 역할」(『청년문학』, 59. 11.), 엄호석의 「공산주의적 교양과 창작의 질적 제고를 위하여」(『조선문학』, 59. 12.)등이 그 예이다.

58년에 이르러 김일성이 북한사회에 생산관계의 사회주의적 개조가 완성되었다고 선언한 것은 이 때에 비로소 김일성 일원체제가 확립되었음을 알리는 선언과도 같은 것이었다. 이제 권력의 정점에 있는 김일성에게는 어떤 도전도 있을 수 없으며 오직 사회주의. 공산주의 사회를 향한 전진만이 있을 뿐이라는 선언이었다. 이를 회의하고 방해하는 세력은 모두 청산되어야 할 부르죠아 잔재였다. 문학에서의 사상투쟁은 작가들에 대한 일종의 길들이기 과정으로 해석되는 것이다. 이러한 정치적 상황 속에서 출간된 『작가수업』은 작가 지망생들로하여금 아예 문학에 발을 들여놓기 전부터 철저하게 공산주의 교양으로 무장되도록 해 두어야 할 필요성에서 간행된 것이라고 볼 수 있다.

　이 책에 수록된 12편의 글들에서 일관되게 강조 되고 있는 것은 크게 두 가지이다. 하나는 새로운 인물의 전형을 창조해야 한다는 것이고, 다른 하나는 노동현장의 체험을 중시하는 것이다. 새로운 인물의 전형이란 물론 공산주의 교양이 철저한, 이른바 '천리마 기수'들을 이르는 말이며, 이들의 '투쟁' 모습을 사실적으로 그려내기 위해서는 직접 로동자 농민들의 투쟁의 불길 속에 뛰어 들어가야 한다는 것이다. 김일성 담화 「천리마시대에 맞는 문학예술을 창조하자」의 일절을 인용해 보면 다음과 같다.

　오늘 우리의 작가, 예술인들이 공장이나 농촌에 내려가 특별히 관심을 돌려야 할 것은 새 형의 인간들을 찾아내고 그들의 생활을 구체적으로 잘 연구하는 것입니다. 만일 우리 작가들이 한 사람의 천리마 기수의 행복하고 보람찬 생활을 잘 그려낸다면 그것은 수천수만의 근로자들을 교양하는 좋은 자료로 될 수 있습니다.
　　　　　　　　　　　　　　　　　— 『김일성저작집』 14, 454f.

　『작가수업』 간행 이후의 담화이긴 하지만 이 무렵 문학예술 부문에 대한 정치적 요구가 어떤 것이었는지를 짐작하기에는 충분하다. 이러한 정치적 요구에 반응하여 실제로 이 시기의 문예지들에는 인물의 전형 창조를 주제로 하는 글과 노동현장 체험기나 보고기 등이 집중적으로 발표되고 있음을 또한 볼 수 있다. 김일성 일원 체제가 확립된 마당에 더 이상의 사상분열을 막고 오직 일사불란하게 '천리마시대의 요구'에 복무토록 하고자 하는 당의 정책이 문학 예술분야에 반영된 한 양태라고 볼 수 있다.

4

『우리시대의 작가수업』의 필진 중 박팔양과 박세영은 시인, 리원우는 아동문학가, 신고송은 아동문학가 겸 희곡작가. 송영은 희곡작가 겸 소설 소설가로 잘 열려져 있으며 나머지는 모두 주로 소설을 통해 문명을 쌓아온 작가들이다. 이들 가운데 함흥 태생의 리북명, 의주 태생의 리원우, 평양 태생의 최명익 등은 해방직후 북한에 남아 문학활동을 하다 자연스럽게 북한문단에 편입된 인물들이며 나머지는 모두 남한에 있다 월북한 작가들이다.

이 가운데 리기영과 한설야의 경우엔 이미 국내에도 널리 알려진 인물들이다. 이들은 88년 '7·19조치' 이후 누구보다도 국내의 연구가들로부터 집중적인 조명을 받아 온 작가들이기도 하다.

이기영(1896~1984)의 경우, 해방이전에 이미 「가난한 사람들」 「농부 정도룡」, 「서화」, 「고향」등을 발표하면서 카프문단의 중심인물로 성장했다. 해방이후 「조선프롤레타리아문학동맹」을 조직하였으나 한 발 앞서 조직된 임화의 「조선문학건설본부」에 좌익문학운동의 주도권을 빼앗긴 뒤 월북하여 초창기 북한 문단 형성에 결정적인 역할을 한 인물이다. 월북 이후 「개벽」, 「땅」, 「두만강」 등을 통해 문명을 쌓아가면서, 「최고인민회의」 대의원 및 부의장, 「조선문학예술총동맹」 위원장 등 정치, 문학예술 방면의 요직을 두루 거치며 작가로서는 최고의 영예를 두루 누렸다.

한설야(1901~?)의 경우 카프 맹원에서부터 초창기 북한문단 형성에 이르기까지의 행적이 이기영과 흡사하다. 해방 이전에는 「과도기」, 「씨름」, 「귀향」 등의 단편과, 장편 「황혼」, 「탑」 등을 발표하면서 문단 내에 확고한 입지를 쌓아왔다. 월북 이후 「북조선문학예술총동맹」 조직을 주도한 이후 항상 이기영에 버금가는 위세를 누렸으나 60년대 중반 이후 북한문단의 전면에서 자취를 감춘 점으로 미루어 만년에 숙청의 회오리에 휘말린 것으로 추측된다.

송 영(1903~) 또한 해방직후의 문단에서 리기영 한설야 등과 노선을 함께 했던 인물로, 직접적인 노동자체험의 소설화에 성공한 작가로서 자주 언급되고 있다. 데뷔작인 「늘어가는 무리」 외에 「용광로」, 「석공조합대표」, 「교대시간」 등이 그 성과물들이며, 희곡으로는 「일체 면회를 거절하라」가 주목되는 작품이다. 카프 비해소파의 핵심인물로서 강경노선을 견지하였으나 날로 악화되어가는 객관적 정세 속에서는 그의 문학세계에서도 역시 적극적이거나 직접적인 투쟁의 양상이 제거되고 말았다. 월북이후의 작품중에서는 「불사조」, 「분노의 화산은 터졌다」, 「백두산은 어데서나 보인다」 등이 주목되는 작품들이다.

시인 박팔양(1905~?)은 김여수(金麗水)라는 필명으로도 널리 알려져 있다. 해방이전에는 『麗水詩抄』라는 시집을 내 놓음으로써 문단의 주목을 받기 시작했다. 그의 초기 시는 대체로 경향시적인 특징을 보이다가 점차 전원시적인 세계와 도회시적인 세계로 확대되는 모습을 보여주고 있다. 월북이후 작가동맹 부위원장, 최고인민회의 대의원 등을 지내는등 비교적 순탄한 행로를 지내왔으나 1966년 종파분자로 몰려 숙청된 것으로 전해지고 있다.

경기도 고양 출신의 박세영(1907~1989)은 1922년 『염군(焰群)』의 동인으로 참여하면서 시작활동을 시작하였다. 문학의 현실적 역사적 연속성 위에 기초해 있는 그의 시 세계는 대량의 유이민화를 강요하던 식민지하 현실에 대한 강렬한 응전력을 보여주고 있었다. 월북 후 정치 예술 분야의 요직을 두루 거치면서 극히 순탄한 행로를 걸었고, 왕성한 창작활동을 통해 북한의 문학사에서 높이 평가받고 있는 수많은 시편들을 발표했다. 그 중에도 「용성은 들끓는다」, 「열흘전투」, 「조국이여, 세기의 거인이여」등이 대표적이며, 특히 「밀림의 력사」는 조기천의 「백두산」과 함께 북한 서사시 분야의 2대 걸작으로 손꼽히고 있는 작품이다.

함흥 태생의 리북명(1927~)은 '최초의 노동자 작가'로 불릴 만큼 노동자체험의 소설적 형상화라는 측면에서 대표적인 인물이다. 데뷔작이자 출세작이기도 한 흥남 질소비료공장 노동자 체험이 배경이 된 「질소비료공장」 외에 「출근정지」「민보의 생활표」「댑싸리」
등이 해방이전의 대표작들이다. 월북이후에 발표한 「로동일가」 역
시 흥남질소비료공장을 배경으로 하고 있는 작품으로 북한 최고의
'로동 주제 소설'로 평가받고 있는 작품이다. 61년 작인 「당의 아들」
도 호평받는 대표작으로 꼽힌다. 63년에 '복고주의자'로 몰려 잠시
수난을 겪었으나 최고인민회의 대의원, 문예총 중앙위원 등의 요직
을 두루 거친 주류이다.

충남 논산 태생의 엄흥섭(1906~?)은 51년 뒤늦게 월북작가대
열에 합류했다. 동반자적 경향의 작가로 문단에 나선 이후 누구보
다도 적극적으로 카프의 이념적 성향에 가까운 작품활동을 보였으
나 정작 카프 맹원으로 가담한 이후에는 오히려 그같은 경향이 많
이 약화된 모습을 보여주고 있다. 몰인정한 지주의 횡포와 가난한
소작인의 비애를 그린 「숭어」가 출세작이랄 수 있으며, 「흘러간 마
을」「온정주의자」「유모」「번견탈출기」 등도 그의 문학적 경향을
잘 드러내 보여주는 작품들이다. 월북후에는 「동틀무렵」「다시 넘는
고개」등을 발표하며 작품활동을 계속했으나 한설야 숙청 당시 그의
추종세력으로 몰린 이후 뚜렷한 활동을 보이지 못했다.

1937년에야 「그늘 밑 사람들」을 가지고 문단에 나온 윤세중
(1912~1966)은 「白茂線」으로 문명을 얻었으나 정작 그 작품은
친일적 생산소설의 한 전형이었다. 그의 소설가로서의 명성은 월북
이후에 더욱 화려해진다. 「시련 속에서」「용광로는 숨쉰다」「안해」
「상아물뿌리」「구대원과 신대원」「끝없는 열정」「분대장」 등의 작
품이 대표작들인데, 북한에서 모두 높게 평가되고 있는 것들이다.
특히 「시련속에서」와 「용광로는 숨쉰다」에 대한 평가가 유다르다.

리근영(1910~)은 30년대 중반 이후 주로 농민과 도시 소시민
사회를 배경으로 하는 소설을 발표했다. 농민소재의 작품들에서는
계몽주의적 작가의식이 짙게 배어 있다. 일본 노동이민을 제재로
한 「고향사람들」, 해방직후 지식인사회의 이념적 혼란상을 그린
「탁류 속을 가는 박교수」가 월북이전의 성과작이라면, 3부작 장편

「청천강」은 월북이후의 대표작이라 할 수 있다. 80년대까지도 창작 활동을 계속해 왔으나 두드러진 성과는 확인되지 않는다.

리원우(1914~?)는 카프 맹원으로 검거되어 옥고를 치른 일도 있는 문인이지만 정작 해방이전의 문학적 성과는 극히 미미하다. 평북 의주 출신으로, 해방 무렵 「평북예술연맹」위원장직을 맡아보고 있다가 북한문단에 편입된 인물이며 초기 시작으로 출발하여 주로 아동문학분야에 종사했다. 동화 「큰 고간에서 생긴 일」「떠돌던 귀속노래」「도끼장군」, 동요 「아이쿠 총」 등이 북한에서 높이 평가를 받고 있지만 60년대 이후 그의 행적이 거의 확인되지 않고 있다.

30년대에 시 작가로 출발하여 희곡작가로 전신한 신고송(1907~)은 북한 희곡계를 이끌어 온 대표적인 작가이다. 경남 언양 출생으로 46년 월북한 것으로 알려진 그는 최고인민회의 대의원 외에 연극 관련단체의 요직을 두루 거쳤다. 월북 이후의 작품들로 「선구자」「우리마을」「그날을 두고」 등이 높이 평가 받고 있으며, 특히 남조선 혁명을 주제로 한 「그날을 두고」는 60년대 북한의 대남 선동물로서는 최고의 작품이라는 평가를 받고 있다.

해방 전 「장삼이사」로 일약 문명을 날린 최명익(1903~)은 리북명, 리원우 등과 함께 이른바 '북파' 작가이며, 김일성과 최초로 결탁된 작가로 알려져 있다. 역사소설 「임오년의 서울」은 북한 역사소설의 효시로 꼽히고 있으며, 이후 「서산대사」를 발표하면서 박태원과 함께 북한 역사소설 분야의 대표작가로 위치를 굳혔다.

5

이상으로 『우리시대의 작가수업』 필진들의 면면을 살펴보았거니와 이들은 한결같이 60년 대 이전 북한 문단 형성 초창기의 대표적인 작가들이었다. 더욱이 이들은 한결같이 해방이전에 문학활동을 시작하여 대부분 국내의 문학사에도 최소한 단편적으로나마 언급이 되었던 작가들이다. 그럼에도 불구하고 분단 반세기가 지나도록 이들을 연구실 밖의 사람들에게 여전히 '생소한' 인물로 방치되도록 해 왔다는 것은 통일논의가 급속히 활기를 띠고 있는 오늘의 시점에서 되돌아 볼 때 결코 현명한 처사는 아니었다는 생각이 든다.

　그렇다고 『우리시대의 작가수업』의 필진들만으로 북한의 작가들을 모두 이해할 수 있다거나, 『우리시대의 작가수업』이 북한의 문학사 이해나 연구에 대단히 특별한 의미를 갖는 자료라고는 생각지 않는다. 단지 지난 반세기 동안에 간행된 수많은 북한의 원전들 가운데 하나일 뿐이며, 북한의 문학사 이해에 지극히 제한된 정보만을 제공해 줄 수 있을 따름이다. 그럼에도 불구하고 이 책의 재 간행은 서둘러 낯을 익히고 신뢰를 쌓아 하나됨의 접점을 모색해 내야 할 남·북한 문학 논의에 소중한 자료가 될 수 있다는 점에서 충분히 가치가 있다고 판단된다. 그것은 반세기가 넘는 지난 세월 동안 생사조차 확인할 수 없었던 우리 민족문학사 절반의 주역들을 찾아내어 그들의 생애를 복원해 내고자 하는 '이산문인' 찾기와 낯 익히기를 위한 중요한 단서들을 제공해 줄 것이기 때문이다.

나의 인간 수업, 작가 수업

한 설 야

내가 세상에 나서 처음으로 나를 반성한 것은 나의 기억에 틀림이 없다면 분명 열 두세 살 때의 일이라고 기억한다.

물론 그 이전에도 그 비슷한 일은 있었을 것이다.

감수성이 강한 아주 어린 시절에도 단편적이며 직감적인 그런 자기 반성이 있었으리라고 생각된다. 하기는 벌써 다섯, 여섯 살 때에 남의 일에 대해서, 특히 옳지 못한 일에 대해서 못마땅하게 생각한 기억이 있었으니까 나 자신의 잘못에 대해서나 또는 '나도 남처럼 훌륭한 일을 했으면 좋겠다' 하는 그런 지각이 움직였으리라고 추측되는 것이다.

나는 그때 벌써 자기 자식과 양녀를 너무 동떨어지게 차별하며 또는 딸과 아들을 차별하는 부모의 눈치에 대해서 지각했고 옳지 않다고 고개를 저었다.

그리고 이 지각은 점차 가정으로부터 사회에로 돌려졌다. 그리하여 나는 그때 조선에 침략의 손을 찌르고 있던 일본 사람들이 하는 일에 어느덧 눈이 돌려지게 되었다.

일본 헌병들은 나의 아버지를 잡아갔으며 모든 조선 사람에게 올가미를 씌우려고 개를 짖기며 사처로 까지르고 다녔던 것이다. 나는 비록 나이는 아직 어렸지만 그들의 뒷모양과 걸음걸이에서까지 그들의 악독한 성격의 그림자를 찾아냈다.

물론 일본인에 대해서 뿐이 아니었다. 남의 밉고 고운 것을 나 자신의 그것보다 더 잘 잡아냈다. 이것은 내가 작품을 쓰게 된 뒤에 생각하게 된 바이지만 작가는 특히 사람을 잘 볼 줄 알아야 하는 것이다. 남의 심리와 성격과 그리고 그것의 미묘한 움직임을 잘 포착하는 것이 절대로 필요하다.

동시에 자기 자신을 깊이 연구하고 반성하고 남이 자기를 보는 것 같은 랭정한 태도로 자기 자신을 보는 일이 또한 필요하다.

남을 정확히 알기 위해서는 먼저 자기를 정확히 보는 일이 필요하다. 자기 자신은 바로 남을 연구하는 가장 가까운 거울이기 때문이다.

그러므로 남과 나를 보는 것은 서로 뗄 수 없는 유기적 관계에 놓여 있어야 하는 것이다. 그러나 보통 사람들은 물론 작가까지도 자기를 보는 눈이 대개 둔하며 바르지 못한 예가 많다. 그러므로 그가 본 남도 정확하지 않은 일이 많다. 즉 객관적 진실성이 약한 것이다. 그러니 어린 시절이야 더 말할 것이 없는 것이다.

어린 시절에는 감수성이 강한 법이지마는 자기를 보는 점은 대개가 어리다. 지나치게 주관적이거나 자기 미화적(自己美化的)인 것이다.

나는 어려서 누구에게선지 이쏘프의 우화를 들은 일이 있다.

"옛날 옛적, 한 옛날에 신이 사람을 만들어 낼 때 두 개의 주머니를 주었다. 하나는 붉은 주머니였고 하나는 푸른 주머니였는데 붉은 주머니는 자기의 잘못을 넣는 주머니요, 푸른 주머니는 남의 허물을 넣는 주머니로서 신이 사람에게 지시하기를 붉은 주머니는 앞가슴에 차고 푸른 주머니는 뒷 잔등에 메라고 하였다. 즉 자기의 잘못을 먼저 보고 붉은 주머니에 넣으란 말이었다. 그런데 사람들이 잘못해서 붉은 주머니를 뒤에 메고 푸른 주머니를 앞에 차게 되었다. 그런 직후로 사람들은 제 허물을 잘 보지 못하고 남의 허물만 꼬집어 내고 주워 모으려고 하게 되었다."

이것은 물론 하나의 우화다. 신이란 있는 것도 아니고 따라서 신이 사람을 만들어 낸 것도 아니지만 그러나 그때 어린 나는 이 우화를 아주 재미있게 들었다.

물론 이야기를 재미있게 들은 데에는 아무 죄도 없는 것이나 나역시 주머니를 잘못 맨 사람이었던 모양으로 남의 허물은 잘 보았는데 나 자신의 결점은 잘 보지 못했거나 크게 생각하려 하지 않았던 것 같다. 그러기에 어린 시절에 나를 반성한 기억은 없고 열 살이 넘은 때에 자기를 반성한 기억이 나의 첫 기억으로 남아 있는 것이다.

내 기억에 남아 있는 나 자신에 대한 첫 반성은 다른 것이 아니다. 남에게 '신의'(信義)가 있어야겠다는 생각이었다.

물론 어린 시절의 '신의'라야 빤한 것이다. 기껏해야 동무들과의 약속을 잘 지키는 것이 그때의 제일 큰 '신의'였던 것이다. 그리고 그때의 기억을 더듬어 보면 동무들을 위해서 하기 어려운 일이 있을 때, 그저 흐지부지해 버리려는 일이 많았던 것 같은데 그런 때 어찌하든지 동무들을 위해서 그 어려운 일을 기어이 해 주어야겠다고 생각한 것이 아마 그때의 나의 '신의'의 전부였던 것 같다.

물론 이것은 사소한 일이다. 그러나 이 반성으로 해서 내 맘속에 사람으로서의 하나의 새 기둥이 서게 되었던 것은 사실이다. 즉 '나는 이것을 지키리라, 꼭 이렇게 하리라'하는 표지(標識)가 서게 되었던 것이다. 말하자면 이것이 그때의 나의 이상이라면 이상이랄 수도 있는 것이다. 하기는 이 '신의'에 대한 추구는 결코 남이 나에게 가르쳐 준 것이 아니고 나 자신이 이런 생활 속에서 스스로 찾아 낸 표지였던 것이다. 즉 이것은 이때 꼭 따라 잡으려던 한 개

목표였으며 따라서 이것은 어린 나의 정신 세계에 제일 많이 작용하는 하나의 산 형상이었다.

사실 나는 그 뒤부터 이 보물을 지키는 데 보다 많이 마음을 주고 있었다. 그래서 동무들과의 사이가 퍽 좋아졌다. 부자집 아이들은 뿔사탕, 눈깔사탕을 사 가지고 학교에 와서 혼자 얌얌 깨물었지만 우리는 비록 사탕은 못 샀을망정 누룽지, 콩 담은 것 같은 것을 가지고 가면 으레 동무들과 나눠 먹곤 하였다.

학생들이 휴식 시간에 흑판에 조선 국기를 그려 놓기도 하고 일본 사람(몽당수염을 그리고 안경을 씌우고 일본 나막신을 신김으로써 일본 사람임을 알게 하였다)을 그려 놓고 그 몸에 붉은 분필로 가새 다리를 질러 놓기도 하고 모가지에 한 금을 죽 그어 놓기도 하였는데 다음 시간에 일본인 선생이나 교장이 들어 와서 그것을 보고 이빨을 딱딱 쪼으며 누가 그렸느냐 하고 으르딱딱거리고 나중엔 절반 학생을 벌세웠지만 아무도 대 주는 아이는 없었고 뒤에 숨어서 고자질하는 아이도 없었다. 물론 부자집 아이나 관리네 아이들이 볼 때는 그런 그림을 아예 그리지 않았다. 아이들도 이런 아이들에게 '신의'를 기대하지 않았던 것이다.

생각하면 내가 몸소 잡아 쥔 보물 '신의'는 참으로 좋은 것이었다. 이것을 지키고 키워 가면 나중엔 죽고 사는 어려운 판국에 가서도 동무를 배신하는 일이 없을 것이었다. 그러므로 어린 시절에 추구한 이 '신의'는 응당 일생을 두고 지켜야 할 그러한 보물이었던 것이다.

그러나 나는 시골서 서울 중학에 진학한 이후 하나의 새로운 사실을 발견하게 되었다. 그것은 얼른 쉽게 말하자면 세상 사람들이 '신의'란 것을 아주 우습게 아는 그것이었으며, 따라서 나는 어느 누구보다도 '신의'를 돈독히 지키는 사람이라는 그것이었다.

사실 내가 다니던 경기고등보통학교의 공기는 좋지 못했다. 첫째는 조선 사람을 업신여기는 일본인 선생들의 교만한 태도로 하여,

다음은 이들에게 추종하며 아첨하는 조선인 선생들의 못생긴 태도로 하여, 그리고 다음은 이런 것 저런 것에 무관심하려는 무골충들로 하여 이 학교의 공기는 언제나 흐리고 있었다. 그러니만치 '신의'고 무어고 가치 있는 일들이 사람들의 입에 오르는 일이 별로 없고 조선 사람들은 특히 드솟는 마음으로 밝은 앞날을 바라보는 어린 학생들의 마음을 잡을 소리라고는 거의 들을 수 없었다. 나는 여러 번 이 학교를 퇴학하려 하였으나 아버지의 눈이 무서워 그런대로 다니는 수밖에 없었다. 학과도 물론 재미있을 리 없었다. 체조 시간이면 일본인 선생이 학생을 함부로 차고 지르고 때리고 하기까지 하였다. 또 어느 일본 선생이고 인간의 정으로 학생들을 대해 주는 일은 없었다.

나는 본시 보통학교 때에 글짓기를 좋아해서 동네 아이들과 지금 말로 말하자면 꼬마 크루쇼크를 만들었다. 보통학교 때도 三학년부터는 일본 선생이 가르쳤으므로 학교에서는 별 재미를 못 보았으나 마을에 돌아가면 마을 사람, 마을 동무들은 그 언제나 다를 것이 없었다.

더욱 학교에서 돌아가면 들에 나가서 농민들이 일하는 것도 도와주고 또 그들의 흙냄새 나는 구수한 이야기도 듣곤 하였다. 들일은 아버지가 나에게 습관 붙여 준 것으로 처음에는 물론 싫었으나 아버지의 눈이 무서워져 그럭저럭 해 가는 사이에 차차 습관되어졌고 함께 일하는 사이에 사람들에게도 보다 정이 들었다. 또 사람들이 마음에 드니까 고향의 자연도 탐탐해 보였다.

그래서 나는 동무들과 함께 들과 산으로 다니기를 좋아하였고 이 자연에 대해서 글도 지었다. 동무들은 그때마다 잘 지었다고 말해 주어서 나도 기운을 얻었다.

그러나 서울에 올라 간 뒤에는 학교 공기가 싸늘했더니만치 한동안 글 짓는 취미도 감감 잊고 있었다. 학생들도 조선 각도 각지에서 와서 수이 고향 아이들처럼 정이 들지 않고 고향 산천보다 어방

없이 아름다운 서울의 자연도, 고향의 버들동, 앞도랑, 그리고 그네터, 씨름판보다 마냥 마음이 끌리지 않았다.

그러나 사람이 살기 위해서는 반드시 무슨 마음 키우는 대상이 있어야 하는 법이다. 그래서 모색하던 끝에 나에게 잡혀진 것이 영화며 연극이며 조선 고전악 같은 것들이었다. 물론 이때의 영화는 우리 것은 없고 미국을 비롯한 외국 것들 뿐이었고, 또 교양 받을 만한 것도 적었으나 우리 신파 연극이나 조선의 고전 음악, 또는 무용은 대번에 나의 마음을 그러쥐었다.

오랜 조선 사람의 핏줄과 조선의 자연과 조선의 음식으로 디위잡혀진 조선 사람의 육신 속에 깃든 미학과 음향과 율동에서 빚어져 나오는 조선 예술은 다만 나의 귀에만 머무르지 않고 머리 속으로, 가슴 속으로, 살 속으로, 피 속으로, 뼈 속으로까지 스며들었다.

또 이것은 나에게 잠시 잊었던 문학에의 충동을 불러 일으켜 주었다. 생각컨대 문학에의 추구 ―이것이 나의 일생의 이상일 것이며 이것은 벌써 어려서부터 나의 가슴 밑에 씨알로서 박혀 있어서 좋은 환경이나 강한 자극이 작용할 때마다 조금씩 움트고 있었던 것 같다.

서울에 올라가서 일본인 선생들이 빚어 주는 숨막히는 분위기에 지지눌려 있었던 나는 서울서 보게 된 조선의 예술이, 서로 얽힌 핏줄의 매력과 공감으로서 나의 넋 속에 쪼그리고 있던 문학의 씨알을 불러 준 것이다.

진실로 이때까지 나의 문학 이상을 깨워 줄 소리는 약했던 것이다. 때가 바로 일본 사람들로 하여 조선 사람의 모든 희망은 눌리고, 깔리고, 질식해 가던 판이요, 마음 있는 사람은 소리를 못 내고 그 대신 민족의 자랑을 조아팔면서 제 잘 살기를 꾀하던 놈들만이 머리를 쳐드는 그런 때였다. 물론 그 속에서 죽지 않은 조선의 태동이 숨쉬고 있었던 것은 사실이나 이 고귀한 파동을 느끼면서도 꼭 잡아 쥐기에 나는 아직 너무 어렸었다.

　그런데 오직 조선의 예술만은 처음 보고 듣던 그날부터 마치 전부터 귀익혀 온 소리처럼, 또 눈에 새겨 온 색채와 율동처럼 정들고 그리운 빛과 동작으로 나의 넋 속에 무료히 졸고 있는 문학의 씨알을 두드려 깨워 주었던 것이다.

　그런데 싹트기 시작한 나의 문학에의 어린 눈은 이윽고 나의 주위 특히 내가 사는 서울 거리, 아니 서울 거리라기보다 태양 없는 서울 거리, 그늘과 어둠 속의 서울 거리에 밤마다 벌어지는 하나의 풍경에 둘러졌다. 그것은 밤마다 큰 길 다리 아래에서 벌어졌다. 거기에는 허줄한 사나이가 가스등을 앞에 놓고 앉아 있으며, 그 사나이는 무슨 책을 펴들고 고래고래 소리 높혀 읽고 있었다. 그 사나이 앞, 가스등 아래에도 그런 책들이 무질서하게 널려 있었다. 울긋불긋 악물스러운 빛깔로 그려진 서툰 그림을 그린 표지 우에 '신소설'이라고 박혀 있고 그 아래에 소설 제명이 보다 큰 글자로 박혀 있었다. 그 사나이는 이 소설을 팔러 나온 것이며 그리하여 밤마다 목청을 뽑아 가며 신소설을 낭송하고 있는 것이었다. 그리고 그 사나이의 주위에는 허줄하게 차린 사람들이 언제나 삥 둘러서 있었다.

　얼른 보아 내 눈으로 판단할 수 있는 사람은 인력거꾼, 행랑 어멈 같은 뒷골목 사람들이었다. 거기에는 젊은 여인의 얼굴도 띠엄띠엄 섞여 있었다. 가운데 앉은 사나이가 신이 나서 점점 목청을 뽑을수록 사람들은 귀담아 듣느라고 숨소리를 죽였다.

　하긴 그도 그럴 것이 가만히 들으려니까 그 사나이가 읽는 신소설에는 지금 그것을 듣고 있는 사람들의 설움과 비슷한 것들이 적지 않게 적혀 있는 것이다. 고약한 시어미 아래에서 벙어리, 장님으로 살아도 맨날 구박만 받는 며느리, 아버지의 너무도 자심한 구속 아래에 숨막혀 있는 아들들, 그리고 모든 가난한 사람으로서 받지 않으면 안 될 운명에 휘감겨 들어가는 사람들의 너무도 비참하고 가없는 모습이 그려져 있는 것이다.

그런데 사실 거기 모여 선 사람들의 생활은 그보다도 더 고달픈 나는 조선 사람들의 원수들을 생각하였고 그것모양으로 소설을 읽는 사이에 그들은 소설에 그려져 있는 것보다 더한 자기들의 비극을 새삼스레 제 육신에 느끼듯이 또 그보다 더한 비극이 앞날에 자기들에게로 달려들 것을 방불히 내다보는 듯이 마침내 어떤 아낙네는 흑흑 느껴 울기 시작하였다. 나는 이 아낙네의 울음에서 조선 사람을 물고 있는 너무도 악착한 운명을 보았다. 에 대한 증오를 느꼈다.

나는 그 뒤부터 매일같이 이 다리 밑 풍경을 찾아 다녔다.

신소설 장사치들은 동대문께 다리 밑에서 시작하여 종로 쪽 다리 밑으로 이동하면서 밤마다 소설 낭송을 하였다.

구차한 사람들이 주머니를 탈탈 털어서 그 소설들을 샀다.

그 소설 내용은 거지반 다 가정 비극이지만 이 비극은 이미 가정의 범위를 벗어 나서 커다란 사회 문제로 되고 있었다.

나는 물론 아직 사회 문제에 대해서 눈뜰 나이는 못 되었지만 어쨌든 조선의 불쌍한 사람, 가난한 사람들에 대하여 눈뜨게 되었으며 그들을 그 불행에서 건져내야 한다고 생각하게 되었는데 지금 명확한 기억은 없으나 그때 이미 그 고귀한 일을 붓으로 해 보리라는 그런 의식이 숨은 씨알의 형태로나마 나의 가슴속에서 움직여졌던 것 같다.

그 당시의 신소설이라는 것은 사상성이나 예술성 같은 것은 말할 것도 없고 구성이든지 표현 기교든지가 아주 유치하였다. 그러나 그러면서도 그것은 일정하게 사람들을 감동시켰다. 하기는 그 내용이 많으나적으나 시대의 어둠, 비극, 모순에 대해서 비판적으로 쓴 것이었기 때문이다.

물론 그 당시 신소설에 나오는 어둠이란 것은 현실의 그것에 비하면 반딧불 만한 것에 지나지 않았다. 또 그 어둠을 만들어 내는 장본이나 본질에까지 파고들어 간 신소설이란 거의 없었다. 그러나 거기 씌어진 사실들이 바로 현실 생활에 있는 그것이었던 것은 사실이다.

거기에는 가난한 사람, 눌리운 사람, 그늘에 사는 사람, 억울하고 원통한 사람들의 이야기가 그들을 동정하는 입장에서 씌어져 있었다. 그것은 아직 유치한 것이었지만 불쌍한 사람들의 아프고 견딜 수 없는 고통을 세상 사람들에게 알리는 하나의 절실한 호소였다.

그러므로 하대 받는 사람들에게는 신소설이 하나의 커다란 광명으로 생각되었던 것이요, 핏줄을 켕기게 하는 육친과 같은 것이었던 것이다.

넓은 세상이지만 그들을 알아주는 사람은 없었고, 그들의 아픔과 설움을 대변해 주며 그들을 동정해서 도와주려는 사람은 더욱 없었다. 그런데 신소설은 그 설움을 동정적으로 쓰고 있는 것이다. 그러므로 신소설이 광명이 아닐 수 없는 것이다. 그들은 태양 아래에서도 아주 캄캄한 맨 밑바닥에 사는 사람들이다. 그러니만치 반딧불일지라도 태양과 같이 보일 수밖에 없는 것이다.

그래서 신소설 장사치들은 밤마다 다리 아래에 자기의 동정자들을 불러 올 수 있었고 언제, 어느 밤이고 이 사람들이 아니 올까봐 걱정되는 일은 없었다. 이런 사람들은 아주 많은 것이며 자꾸 또 생겨 나는 것이었다.

이들은 신소설을 듣다가 어느 사이에 쿨쩍쿨쩍 눈물을 짜며 가난한 주머니 밑바닥을 드벼 가며 지금 자기를 그처럼 감동시킨 '걸작' 신소설을 사군 하였다.

남의 집 어멈, 인력거꾼, 그리고 시어미 아래에서 벙어리, 장님으로 사시장철 빛 없는 어둠 속에 파묻혀 사는 가난한 며느리들이 신소설을 사 가지고 가서는 뒷간에 가서 또 조그만 시간을 도적해 가며 그것을 읽고 또 울고 웃고 하는 것을 상상하는 것은 그리 어려운 일이 아니었다.

그 소설을 읽으면 자기들을 알아주는 사람이 그래도 세상에 있는 것이 틀림없고, 그러니까 그것이 광명이 아닐 수 없었다. 그러나 세상에는 광명을 삼켜 버리고 죽여 버리는 악마가 있는 것이다.

사람은 광명 없이 살 수 없건만 어느 놈들인지 인간에게 필요한 광명을 불가사리처럼 삼켜 버리고 있는 것이다. 그런데 또 한 번 절통할 일은 사람들이 아직 그것이 어떤 놈들인지 또 대체 어찌해서 그렇게 되는지 똑똑히 알지도 보지도 못하는 그것이다. 일껀 본대야 일부의 잔악한 사람들이나 고약한 시어머니나 상전을 볼 뿐… 그러나 그러면 과연 그들을 없애는 날 세상은 광명해질 것인가!

그렇지도 않은 것이다. 사람들을 누르고, 깔고, 죽이고 있는 장본은 첩첩으로 쌓여서 어디 가서 어떻게 박혔는지 모르는 것이며 얼마인지 모르는 것이다. 그래서 가난하고 권리 없는 사람들의 어둠은 갈수록 짙어 가며 그리도 개일 줄을 모르고 천근같이 사람을 내리 누르기만 하는 것이다.

더욱이 어둠은 강도 일제에 의하여 무리죽음의 서리를 무시로 그 위에 내리치고 있었으며 그것은 모든 다른 어둠과 합해서 산 사람들에게 지옥과 같은 그런 생활만을 시시각각으로 강요하고 있었다.

어린 나도 모든 조선 사람에게 내리 덮이는 이 암흑과 숨막히는 눌림을 느끼지 않을 수 없었다. 물론 나도 어느 놈이 원수며 누가 우리의 편인지는 똑똑히 잡을 수 없었으나 어쨌든 어둠은 마땅히 없어져야 할 것이라는 어린 의분이 점차 가슴 속에서 싹터 갔다.

나는 자주 밤에 다리 아래에서 신소설을 읽는 그 광경을 구경하러 나갔다. 거기에 어린 나의 넋이 찾는 무엇이 있는 것 같았던 것이다.

내가 본 당시의 서울에서는 매국노 이완용과 같은 놈들이 버젓이 인력거를 타고 다녔고 윤치호 같은 변절자가 기독교 청년회관에서 당당하게 시국 강연을 하고 있었다.

나는 일요일날 종로로 지나가다가 「오십시각」(오십 살에 비로소 깨달았다)이라는 커다란 광고판이 서 있는 것을 보고 무슨 소리를 하는가 강연 회장인 기독교 청년회관에 들어 가 보았다. 한즉 윤치호가 애국자로서 감옥에 가서 비로소 깨달은 것이 일본과 영원히 한집으로 —아니 사실은 영원히 조선이 일본에 종살이를 하는 것이 조선 사람의 행복이라는 것을 깨달았다는 연설이었다. 나는 견딜 수 없어 중도에 뛰어 나오고 말았다.

그러나 신소설을 읽는 다리 아래에 가면 어쩐지 얼른 빠져 나오고 싶지 않았다. 생각하면 내 가슴 밑에 씨알로 있던 문학에의 이상, 문학에의 정열이 여기서 만나고 싶은 세상, 보고 싶은 사람들을 발견한 것이 아니었던가 생각한다. 그래서 나의 가슴 밑에서 그 조그만 씨알이 조금씩 조금씩 자라기 시작하였다. 그것은 글을 쓰고 싶은 충동에서 증명되었다.

시골 소학교로 다닐 때 나는 소년들과의 꼬마 크루쇼크에서 글을 쓴 일이 있었다. 그러나 그때는 주로 자연에 대해서 썼다. 나의 고향의 넓은 벌판이 아름다웠으며 더욱 그 들판에 눈이 덮인 광활한 광경은 견딜 수 없게 하였다. 거기서 곤두박질을 치면서 돌아가는 강아지를 보는 것이 어찌 그리 기뻤는지 모른다. 또 버들 호드기를 불면서 버들동에서 그네 뛰던 일, 앞도랑과 동녘 큰 내에서 먹감고 씨름하던 일, 그것이 나의 세계였고 그런데 대해서 글을 썼다.

한설날에서 대보름에 이르는 보름 사이의 행사들인, 연극 놀이, 윷 놀이, 달맞이, 풍년맞이 놀이가 모두 나로하여금 글 쓰고 싶은 생각을 더하게 하는 충동으로 되었다.

그것은 무겁게 내 머리를 지지누르는 것이였으나 그만치 나의 생각을 근량 있는 것으로 만들어 주었고 알맹이 있는 것으로 다져 주었다.

아름다운 자연을 따라 춤추고 노래하는 새나 나비에 호기심이 끌리고 그런 것을 써 가지고 즐기던 그런 것으로는 나 자신부터가 이미 만족할 수 없었다. 갈피를 출 수 없이 복잡한 사회가, 인간 관계가 내 눈 앞에 육박해 온 것이다. 미운 것과 고운 것이, 좋은 것과 나쁜 것이, 빈민과 부자가 등을 맞대고 어깨를 비비면서 또 서로 맞서고 북새를 놓고 물고 뜯으며 그 위에 일본 강도들의 갖은 작간이 덤장을 침으로써 빚어지는 무서운 각다귀판이 너무도 무섭게 나의 어린 머리를 무시로 때렸다.

배부른 놈들은 으리으리한 집회장에서 군중을 앞에 놓고 천당과 지옥에 대해서 말하고 있으나 내가 보기에는 지옥이 땅 밑에 있는 것이 아니고 바로 내 곁에 있으며 저들이 말하는 천당 역시 지상에 있는데 그것은 그들이 말하는 것처럼 아름다운 것이기보다는 아름다운 것들을 잡아 삼킴으로써 겉만 번들거리는, 겉 희고 속 검은 그런 것이라고 생각되었다. 그것은 집 추녀 끝에 거미가 쳐 놓은 거미줄과도 같은 것이었다. 그것은 아름답게 치여 있으나 거기에 무엇이 걸리면 배불뚝이 거미가 나와서 삼켜 버리고 제 새끼를 낳아 놓고도 잡아먹으면서 점점 더 살쪄 가는 그것과 같은 것이라고 생각되었다.

지금 보는 바로는 그 중에서 제일 큰 거미가 바로 일본 강도들이며 제일 으리으리한 거미줄 역시 일본 강도들이 틀고 앉은 이른바 보금자리가 바로 그것이었다.

일찍 내가 어렸을 때에 아직 조선이 이름만으로도 독립 국가로 있을 때에 일본 헌병들은 나의 아버지를 체포해 갔다.

조선을 삼키러 온 일본 침략자들의 요구에 복종하지 않았기 때문이다. 왜놈들은 삼수 갑산에서 봉기한 의병을 설교해서 물러서게 할 것을 나의 아버지에게 강요하였으나 끝내 듣지 않았던 것이다.

나의 아버지는 여섯 달 만에 일본 헌병대 영창을 도망해 돌아왔으나 집에 있지 못하고 어디론지 떠나가 버렸다. 그러다가 일본이 조선을 병합해 버린 뒤에야 겨우 체포령이 해제되어 서울에서 살게 되었으며 그래서 나도 서울에 올라 가 중학에 다니게 되었던 것이다.

  나도 처음 서울 갈 때는 말할 수 없이 기뻤다. 그러나 정작 올라가 보니 살 재미가 없고 내가 살던, 예 이제 없이 인정 풍속이 아름다우며 일본놈들이 살지 않는 고향 생각만 간절하여졌다.

  그래서 여러 번 학교를 퇴학하고 시골로 돌아가려다가 아버지가 못 하게 해서 할 수 없이 그런대로 눌러 다니고 있었으나 좀체 재미가 붙지 않았다.

  내가 다니던 경기고등보통학교는 전 조선에서 선발된 부자 자식들이며 관리의 자식들이 다니는 관계로 자연 나와 학생들 사이도 좋지 않았다. 서울 아이들은 옷도 잘 입고 몸들도 깨끗하였다.

  그 아이들은 나를 보고 시골뜨기라고 불렀고 내 몸에서 흙냄새가 난다고 말하였다. 서울에서도 흙이 있으니까 흙냄새가 그렇게 싫을 리 없는데 두고두고 생각하니까 내게서 나는 흙냄새라는 것은 바로 거름 냄새란 말인 것 같았다.

  그런데 또 하나 딱한 것은 나의 말씨가 도저히 다른 지방, 특히 서울 아이들과 잘 통하지 않는 그것이었다. 나는 순전히 함경도 시골 농촌 사투린 관계로 학생들이 바이 몰라 듣고 알아 들었대야 웃음거리로밖에 되지 않았다. 그래서 나는 자연 서울 아이들과 이야기하는 것을 삼가지 않으면 안 되었다. 그러나 가만히 들으니까 서울말이 세련되고 아름다우며 표현이 묘하고 정확한 말인 것임에는 틀림없었다. 그래서 나도 그 말들을 귀담아 들어가며 은근히 입 속으로 그 말 공부를 하였다. 남이 알아듣지 못하는 사투리보다 많은 사람이 알아들을 수 있고 또 여운과 억양이 아름다운 말이 좋은 것은 더 말할 것이 없는 것이다.

  더욱 나는 밤마다 다리 밑에 가서 신소설 읽는 것을 듣는 사이에 서울 말씨와 그 표현이 나의 그것에 비해서 잘 비다듬겨진 것임을 느꼈고 그것을 그대로 써 보고 싶은 생각도 해 보았으나 쓰려고 하면 되지 않았다. 그래 나는 다리 아래 신소설판을 나의 조선 말 공부의 한 학교로 삼고 거기서도 은근히 말공부를 하였다.

나는 이때부터 다시 글 쓰는 공부를 시작했다. 그러나 여기서 나는 소학교 시절보다도 더 글 쓰기가 힘든 것을 새삼스레 느끼게 되었다.

내가 쓰려는 것들이 내 붓 끝에 잡혀지기보다 내 붓과 완강히 맞서는 것이다. 물론 소학교 때에 쓰던 그것과는 대상과 내용이 달라진 것은 사실이나 그렇다고 이것들이 어찌해서 곰곰치 않게 나에게 맞서는지 알 수 없었다. 물론 내가 쓰려는 대상이 그전에 보던 것보다 억센 것임에는 틀림없었다. 그러나 다만 그것 때문에 쓰기 힘든 것은 아닐 것이었다.

하기는 내가 다리 아래에서 본 신소설판은 나에게 있어 하나의 훌륭한 생활의 교훈이었으나 실상 그 생활을 그대로 표현하는 일은 지극히 어려운 것이다.

신소설 장사치가 읽는 내용도 재미있었고 그보다도 쉬는 참마다 벌어지는 모여 선 사람들의 감상담이며 이야기들이 또한 구수하고 재미있었다. 대체로 표현이 아주 순박하면서도 곡진한 실감을 주었다. 그들의 대화를 그대로 적어 놓는다면 이 계층들의 생활의 한 단면으로 될 것이며 따라서 훌륭한 소설로 될 것 같았다. 그러나 집에 돌아와서 그들의 말을 옮겨가며 그 풍경을 그대로 써 보려고 하면 되지 않는 것이었다.

나는 여기서 내가 아직 글 쓰는 데 필요한 무기를 가지지 못한 것을 알게 되었다.

첫째 나는 인식 능력이 부족하였다. 보고, 듣고, 새겨 넣는 머리의 포착력이 부족하였던 것이다. 그런데 또 말도 글도 어방없이 부족하였다. 이것들은 반드시 선차적으로 있어야 하는 문학의 무기인데 이 무기를 잡지 않고 범을 잡으려고 달려든 셈이었다.

나는 한 번 아버지의 심부름으로 아버지의 친구인 어떤 서울 사람의 집으로 간 일이 있었다.

마침 여름철이었는데 그의 집 안마루에는 부인네들이 여럿이 나

앉아서 이야기하고 있었다.

　나는 그때 아직 순 시골 사투리를 그대로 쓰고 있어서 마루에 앉은 부인들은 한참 만에야 겨우 나의 말을 알아 듣고 그제사 건넌방에 있는 주인 영감을 불러 주었다.

　나는 진작부터 이 늙은이들을 알고 있었다. 그는 아주 성격이 쾌활하고 싹싹한 사람이어서 벌써부터 좋게 생각하고 있던 터이어서 아버지가 그 집으로 가라고 할 때 가벼운 마음으로 대답하고 나섰다.

　나는 그 집 마루에 앉은 부인네들이 나로 하여금 약간 수삽한 생각을 가지게 하는 것을 느꼈으나 주인 늙은이에게 친숙한 생각이 들어 마음놓고 말하였다.

　"우리 아바지가 이집 아방이를 넬 아츰에 밥 먹지 말고 오라구 합데다."

　나의 말은 두말할 것 없이 순 함경도 농촌 사투리 그대로였다.

　그런데 또, 그보다 나를 심부름시킨 사람이 아버지요, 내가 찾아간 대상이 아버지의 친구인 존경해야 할 어른이라는 인식을 도무지 가지지 못했기 때문에 나는 별 고려 없이 아무렇게나 말을 주워 댔던 것이다.

　그런데 주인 늙은이는 이내 낄낄 크게 웃으면서 나를 마루로 올라 오라고 하더니만 나의 머리를 쓰다듬어 주면서 아주 다심하고 사랑스러운 목소리로 이렇게 말하였다.

　"이 시골놈아, 그게 무슨 말버릇이냐, 어른에겐 그렇게 말하는 법이 아니야, 내가 네 말을 한 번 다시 고쳐서 해 줄테니 배워야 한다. 알았느냐?"

　"우리 아버님이 이댁 주인 령감께서 래일 아침에 진지 잡숫지 말고 좀 오십사구 말씀하십디다.… 어떠냐, 그래 네 듣기에 어느 것이 좋으냐, 내 한 말을 그대로 옮겨 할 수 있느냐?"

　나는 머리를 푹 숙이고 가만히 있었으나 어쩐지 몹시 수삽했다. 그러나 그러면서도 속으로 그 늙은이가 하는 말이 내가 한 말보다 아름답고 점잖고 세련된 말이라고 생각하였다.

"그래 알 만하냐?"

그 늙은이가 다시 이렇게 다구처 묻는 바람에 나는 부지중

"응."

하고 대답하였다.

"응…이 자식아, 응이 뭐냐, '네' 해야지, 어디 내가 지금 일러 준 말을 한 번 그대로 외워 봐."

그 집 늙은이가 다심하게도 이렇게 조르는 바람에 나는 등골에서 진땀이 날 지경이었다.

그러나 아들, 손자를 많이 길러 낸 이 늙은이는 기어코 그 자리에서 나에게 자기가 한 말을 복창시키고 나를 놓아주었다.

이것은 나에게 큰 교훈을 주었다.

나는 그 이후부터 남들이 하는 말에 주의를 돌리게 되었으며 남의 글을 읽다가 의미를 잘 모를 말이든가 또는 재미있는 말, 잘 짜여진 문장에는 으레 붉은 줄을 긋고 글공부하는 때마다 그것도 한 몫 끼워서 복습하곤 하였다.

내 경험은 적어도 열 번, 스무 번 읽어보아야 비로소 남의 말, 남의 글이 내 기억에 오르는 것이요, 그래야 글을 쓰는 과정에서 그것들을 가져다 쓸 수 있다는 것을 가르쳐 주었다.

이 시기의 나의 이상은 우리 말, 우리 글을 잘 쓰자는 그것이었다.

그러나 여기서 나는 일찍 하나의 나의 이상이었던 '신의'에 대한 관심을 적잖이 잃으면서 있는 것을 스스로 깨닫지 못했다. 하기는 나의 주의가 다른 데로 옮겨졌다든가, 또는 나 자신이 세속에 물들어 가서 그렇다는 것보다 일반적으로 '신의'라는 것을 생각지 않는 사회의 물결이 나에게 이런 데 대해서 생각할 필요를 그리 느끼지 못하게 하였고, 뿐 아니라 나로하여금 세상은 나보다 '신의'없다 하는 생각을 가지게까지 하였다.

그래서 이 귀중한 정신 세계를 졸업이나 한 것처럼 다시 돌아보

려 하지 않고 주장 '다리 아래의 세계'에만 흥미를 가지고 있었다. 이것은 물론 나에게 일정한 교훈을 주었다. 그러나 이것만으로는 물론 만족할 수 없었다. 좀 더 다른 세계, 넓은 세계가 그리웠다.

학교에서는 선생에게 대해서도, 학생들에게 대해서도 역시 마음이 그리 내키지 않았다. 그래서 내가 찾아 더 깊이 들어 간 것이 위에서 말한 영화, 연극, 창극 등 예술의 세계였다.

나는 그 동안에도 부지런히 이런 구경을 다녔지만 이때부터는 그야말로 인이 박히게 되었고 그 구경은 나의 생활의 가장 중요한 부분으로 되었다.

이러는 중에 나는 어느 날 영화관에서 하나의 재미있는 연애 영화를 보았다. 그러나 그 영화가 표현한 연애 그것보다도 내용의 구성에 나의 취미가 더 끌렸다. 사건들을 아주 묘하게 입체적으로 구성해 놓아서 하나의 아주 선명한 형상을 이루고 있었다.

말하자면 평면적으로 널려 있는 자료들을 주어서 생명 기능을 가진 입체적인 형상으로 이루어 놓았기 때문에 그것은 나의 눈에 똑똑히 보일 뿐 아니라 그 형상이 하나의 움직이는 기능을 가진 생물과 같은 것으로서 나의 머리 속에 들어가서 귀여운 어린 아기처럼 보채고 돌아갔다. 이것은 나를 자극하였고 붓을 들게 하였다.

나는 이 영화를 그대로 나의 말과 문장으로 재현해 보려고 마치 용차를 향하는 당랑이 같은 용기로써 붓을 들었다. 이것을 쓰는 과정에서 나는 더욱 나의 말과 글의 부족을 느꼈다. 물론 보다 근본적인 것은 말이나 글보다 나의 머리 속의 사상 그것이겠으나 그 사상을 표현하기 위해서는 표현의 무기인 말이나 글이 우선적으로 요구되는 것은 피할 수 없는 일이다. 그런데 나에게는 이 무기가 없는 것이요 있어야 강철로 된 것이 아니고 묵철이나 납덩이로 된 것보다도 오히려 못한 그런 것이었다.

나는 말과 글에 대한 공부에 더욱 힘써 가면서 오랜 시간을 걸쳐서 그 영화를 나의 글로 번져 냈다. 물론 나 자신이 그 표현에 많은 불만을 가지고 있었으나 나의 동무들은 아주 재미있다고 말하였다.

사람이란 어떤 영리하고 위대한 사람도 자기를 취주는 때 띄우지 않는 사람이 거의 없는데 어리석고 재주 없는 사람일수록 띄우는 정도가 높은 법이다.

그러나 나에게는 준비된 하나의 굳은 교훈이 있었다. 내가 아직 어렸을 때 나의 아버지는 나에게 이런 의미의 말을 한 일이 있었다.

"사람은 그가 아무리 위인이라 하더라도 남이 추는 데 걸리지 않는 사람이라곤 별로 없는 법이다. 그러므로 남이 추는 말에 띄우지 않는 사람이 가장 훌륭한 사람인 것이다."

이것은 나의 아버지가 자기의 일생을 통하여 나에게 준 가치 있는 교훈의 하나이며 나에게 근로 정신과 근로 습관을 가르쳐 준 그것과 아울러 가장 큰 교훈이었다. 그래서 나는 동무 아이들이 추는 말에도 결코 자만자족하려 하지 않고 나의 문학 공부를 계속하였다.

물론 이때 아직 나는 내가 하는 일이 작가 수업이라고는 생각하지 않았다. 솔직하게 말하자면 나는 아직 문학이란 것을 전연 알지 못했다고 해도 과언이 아니다. 그러니만치 앞으로 작가가 되려고 글을 쓴 것은 물론 아니었고 다만 쓰고 싶어서 쓴 데 지나지 않았다. 그러나 무엇이고 쓰고 싶어서 쓰는 것이 중요하다. 나의 이 생각은 옛날이나 지금이나 다름이 없다. 두말할 것 없이 문학은 반드시 생활과 정신의 강렬한 연소와 요구로부터 산생되어야 하며 바로 그의 정확한 표현이어야 하는 것이다. 그러므로 이때 나에게 있어서 '다리 아래의 신소설 낭송'은 하나의 나의 문학 세계에서 나로 하여금 여기 대해 쓰고 싶어 견딜 수 없게 하는 고무적인 요소를 가지고 있었지만 내가 보고들은 등 덥고 배부른 사람들의 생활은 내가 바라는 생활이 아니었기 때문에 하나도 나에게 쓰고 싶은 충동이나 자극을 주지 않았고 또 결코 쓰려고 하지 않았다.

겉보기는 가난한 사람들보다 훤칠하고 깨끗하지만 부자들에게서 나는 아름다운 것을 느끼지 못했다. 그 대신 넝마를 건 사람들에게는 인간의 마음과 인간의 참된 미를 느꼈다. 그것은 말하자면 이들에게는 인간으로서의 이상의 추구나 정신의 연소가 있지만 부자들이나 권력자들에서는 그것을 전연 느끼지 못했던 것이다.

그러나 이때 나와 어린 정신의 연소에 대해서 주의를 돌려주는 사람도, 더욱 이를 바른 길, 빠른 길로 인도해 주는 사람이라곤 없었다. 그러니까 오직 나의 어린 한 머리가 혼자서 두꺼비 씨름을 하고 몸달아하는 외에 별 도리가 없었으나 그러나 이 고독은 한편으로는 나 자신에 대한 나의 노력을 고무해 주는 동력으로 되었던 것도 사실이다. 그런데 이때 우리 학교에 선생 한 사람이 새로 부임해 왔다. 그는 시간마다 자기가 담당한 과목은 뒤로 밀어 던지고 주로, 一八, 一九 세기의 불란서 계몽 학자와 진보적 작가들에 대하여 이야기하였고 一九세기의 로씨야 작가들에 대해서도 말하였다. 이것은 나에게 지난 세기의 작가, 특히 불란서와 로씨야 작가들의 작품에 주의를 돌리게 하였고 그 작품들을 탐독하게 하였다. 물론 조선 작가들의 작품도 쥐는 대로 다 읽었다.

이때는 개화당으로 알려진 조선 부르조아 작가들의 작품이 판을 치는 때였으나 이 작품들이 나에게 일정한 감흥을 주었던 것은 사실이다.

이들은 주로 인습 타파, 봉건 유습 타파, 연애 자유, 가부장 제도에 대한 항의에 관하여 썼다. 그러나 표면상 그들의 정치적 본질은 숨기어져서 나는 오로지 그들의 글에서 낡은 것들에 대한 증오를 느꼈으며 따라서 그 작품들에 일정한 감흥을 가지게 되었던 것이다. 사실 이런 작품들도 이때는 이런 점에서 약간의 진보적인 역할을 놓았던 것이다.

물론 나는 아직 이들의 숨겨진 본질이나 그 작품이 가지고 있는 타협적이며 개량주의적인 그런 면을 적발해 낼 만한 식견이 없었다. 그래서 나는 오로지 이들과 같이 나도 낡은 것을 반대하는 그런 글을 쓰고 싶다는 것과 더 나아가서 그들의 것보다도 더 좋은 것을 쓰고 싶다는 엉뚱한 충동을 받았을 뿐이었다. 그러면서 나는 또 계속해서 열심히 영화, 영극, 창극들을 관람하였다.

그래서 학생들에게서 '활동 사진 박사'라는 별명을 받았고 그제사 겨우 '흙냄새 난다'던 평가를 면하게 되었고 그 아이들마저 영화, 연극 또는 창극 같은 데 대해서는 나의 지식을 빌어야 하였다. 그리하여 이것은 학생들과 나의 관계를 개선하고 친근하게 하는 한 계기로 되었다. 이때는 벌써 나는 서울말도 자유로 하게 되었고 서울 아이들도

"애, 너 시골내긴지 알 수 없구나."

하고 나에 대한 평가를 달리하였다. 그리고 내가 쓴 글을 보다가는

"애, 이거 너 남의 소설에서 따 온거 아니냐?"

하고 딴전을 써서 나를 쳐주기도 하였다.

그러나 이때 벌써 나는 나의 조그만 재능보다 까마득하게 먼 곳에 나의 이상을 두고 있었다. 이것은 오늘까지도 그렇고 아마 일생 그럴 것이다. 모르면 몰라도 모든 지난날의 작가들이 아마 누구나 자기의 이상을 창작 실제보다 까맣게 먼 곳에 둔 채로 세상에서 사라졌으리라고 나는 생각한다.

이때까지 나는 내가 한 일에 스스로 만족을 느낀 일이 없었다. 그것은 아직 나의 이상과 실지가 너무 먼 거리에 떨어져 있었기 때문이다. 그러기 때문에 나는 항상 나 자신에게 매를 들 것을 잊지 않았으며 나 스스로가 '마차말'로 자처하였으며 마차말이라도 내리막길에 빈달구지 끄는 마차말이 아니라 죽도록 올리막 험한 고개길을 무거운 짐을 끌고 올라가는 마차말이라고 생각하였으며 결코 이것을 면하려고나 멍에를 벗어 놓고 쉬려고 생각하지 않았다.

독자들은 끝간 데를 모르는 멀고 높은 고개길로 무거운 짐을 실은 달구지를 끌고 땀을 철철 흘리며 올라가는 어린 '마차말'을 상상해 보라. 그리고 그것이 바로 하나의 이름 없는 미래의 작가라는 것을 생각해 달라고 나는 말하고 싶다. 한것은 거기서 작가 한 설

야를 발견할 수 있으리라고 생각하기 때문이다.

작가를 정신 노동자라고만 생각하는 것은 잘못이다. 작가는 누구보다도 무서운 육체 노동자라고 나는 생각한다. 정녕코 내 경우에 있어서는 그러한 것이다.

이때의 나의 이상은 결코 하늘에 있지 않았고 또 다른 어느 높은 곳에도 있지 않았다. 생각컨대 나의 이상은 일생을 통하여 나의 가는 고갯길 앞에 있고 또 나는 즐겨 그를 추구할 것이다. 그것은 빤히 내다보이는 아주 가까운 데 있는 것 같으면서도 실상은 아주 먼 곳에 있는 것이다.

즉 영원히 끝날 날이 없는 내가 걸어가는 멀고 먼 고갯길 앞에 나의 이상이 있는 것이다. 그리하여 마치 가을걷이하는 농민이 낟알을 거둬 들이듯이 나는 나의 고갯길의 이상을 한 알, 두 알씩 주워 모으면서 걸어 왔고 또 앞으로도 그렇게 걸어 갈 것이라고 나는 생각한다.

지난날의 나의 어린 소견으로도 많은 사람들이 자기의 이상을 하늘에 또는 천당과 낙원 같은 데 두고 그것을 추구하고 있는 것을 보았다. 그들의 이상을 들어보면 그지없이 크고 높고 휘황 찬란하였다. 그러나 거기에는 인간의 훈향도 땅의 자양도 없었다.

나는 일찍 한 번도 그렇게 높은 데, 그렇게 굉장한 이상을 설정해 본 일이 없다.

나는 역시 내 눈앞에 있는 나의 흙냄새 나는 이상을 찾고 줍기에 언제나 골몰하였다. 하나의 구체적인 실례를 들자면 서울 밤거리의 다리 아래에 벌어지는 신소설 낭송에서 한 가지 새로운 '세계'를 발견하였고 그 사람들의 생활과 머리에서 빚어져 나오는 이야기를 듣는 것이 다름 아닌 그때의 나의 '이상 줍기'였다.

나는 땅에서 씨알을 줍는 하나의 농부에 지나지 않았다. 많은 사람들이 하늘에서 별을 따오고 엄청난 것을 찾으려고 애쓰고 덤비었지만 나는 언제나 인간 속에서, 흙 속에서 먹을 것을 찾는 일꾼이며 농사꾼임에 지나지 않았던 것이다. 그러나 결코 이것은 용이한 일이 아니었다. 나 자신이 그렇게 생각했고 남들도 응당 그렇게 볼 일이나 인간 속에서 인간의 훈향을 찾고 흙 속에서 씨알을 찾는 일은 공허한 환상을 하늘에 그리는 것처럼 용이한 일은 아닌 것이다.

나는 중학을 졸업할 그 무렵에 三·一 운동에 참가하여 많은 학우들과 함께 왜경에게 체포되었다.

그때 나는 틀림없이 우리의 어머니—조선 땅이 곧 우리가 희망하는 밝고 희망에 찬 내 땅으로 돌아온다고 생각하였다. 그러나 일제의 침략 통치는 계속되었다. 이때로부터 나는 우리의 이상을 완강히 가로막고 선 것의 존재에 대하여 더 똑똑히 눈을 뜨게 되었고 그것을 제거하는 데 요구되는 무한한 노력의 필요를 느끼게 되었다.

당시 우리 학생들을 지도한 한 선배 학생은 경찰에서 왜경에게 맞아 당장 그 자리에서 피를 흘리며 유치장으로 끌려갔고 한 학생은 무지하게 생긴 왜경이 일본 유도로 메다때리면서 그때마다 항복하라고 돼지 먹 찌르는 소리를 지르나 똑똑한 소리로 몇 번이든지

"아니다!"

하고 도도히 외쳤다.

사람이 자기의 이상을 관철시키기 위하여 피를 흘리고 생명까지 바쳐야 하는 처참한 광경을 나는 이때에 여기서 보았고 그것은 뼈에 사무치도록 나의 가슴에 새겨졌다.

불우의 천재 라운규는 이때 나보다도 어린 나이로 감옥 안에서 벌써 "나는 예술로써 싸우리라, 나라와 인민에게 복무하리라"고 선언하였다.

즉 그것은 예술로써 나라를 찾는 사업을 하고 그런 일을 하는 사람들의 대오에 끼여서 살겠다는 말이었고 예술을 자기의 일생 일대의 사업으로 하겠다는 말이었다. 또 그는 감옥 안에서의 선언대로 일생을 그렇게 살았다.

지금 생각해 보아도 나는 그때 라운규 같이 명백한 이상을 아직

가지지 못했던 것 같다. 즉 문학에 대한 자각이나 자신이 아직 확고히 서지 못했던 것이다.

나는 감옥에서 나와서도 얼마를 지난 뒤에야 비로소 문학을 나의 일생 사업으로 하고 싶다는 그런 충동의 장성을 차차 의식하게 되었다.

나는 그 당시 한 사람의 젊고 아름다운 여성을 동경한 경험이 있다. 그러나 그것은 오래지 못했다. 하기는 벌써 나의 사정이 한 사람의 여성을 사랑하는 데 불리한 조건들을 가지고 있었던 것이다.

더욱 시대가 시대인지라 젊은 아들들의 이상을 구속하는 가부장제하의 봉건 구가인 나의 가정은 옛날의 관습 그대로 나의 이상이나 행동을 아버지의 의사에 복종시킬 것을 완강히 요구하고 있었다. 아버지의 이상이 곧 나의 이상이어야 하며 그 이외의 일은 용허되지 않았다.

그런데 또 하나는 나의 가정이 그런 불리한 조건들을 덮어 주면서 남의 선망을 받을만치 부유한 가정이었다면 또 문제는 달리 틔어졌을지도 모르나 그러나 나는 그런 처지에도 있지 못했다. 그래서 결국 그 여성은 가고 말았으며 그것은 나에게 심리상 깊은 타격을 주었다.

그때 청년들은 흔히 새 세대를 찾는 사람들의 특징이며 자랑으로 번민이니 오뇌니 하는 말을 했는데 나도 나의 연애문제로 하여 그런 심리상 고통을 느꼈던 것은 사실이다. 그러나 그러면서도 여기서 명백히 말 할 수 있는 한 가지 특이한 사실은 그 때 나의 가슴에서 유연히 솟아 난 반발의 정신이다. 즉 나의 머리 한구석에서는 고민만 하는 나 자신에 대해서 또는 나를 버리고 간 그 사람에게 대해서 맹렬한 반격을 개시하였던 것이다.

자기의 환경에 지지눌리며 곤란과 장애를 스스로 헤치려는 패기를 가질 대신에 도리어 그런 것에 치며 울며 하는 인간의 그 미운 연약함에 불길 같은 반발이 한편에서 나의 가슴을 못 견디게 채질

하였다.

연약한 자를 미워하는 감정이 나의 가슴에서 불탔다. 나는 우리들 앞에 가로놓인 조그만 장애 때문에 나에게서 도피해 버린 그 여성이 내 무릎 앞에 끓앉는 날의 광경을 벌써 확신을 가지고 상상하였다. 물론 이런 상상은 그에게 대한 나의 미련에서 오는 것임은 사실이었으나 그러나 이것은 결코 연약과 싸우려는 나의 정신적 태동을 저지시키는 것일 수는 없었다.

나는 남을 강압하는 권력자와 꼭 같이 남을 맹종하며 남의 의사에 자기 의사를 희생시키는 약자를 미워하였다.

약자를 없애야 강자가 없어진다고 나는 생각하였고 그러니만치 먼저 약한 자를 미워하였다.

이것은 힘찬 충동으로 되어 나를 고무하였으며 그리하여 나는 이런 쩨마로 첫 장편에 착수하였다.

인간의 앞을 가로막는 장애를 스스로 배제하면서 사랑하고 일하는 그런 청년을 이 장편의 주인공으로 하였다. 그러나 주인공의 애인은 아직너무 부드럽고 약하였다. 그리고 여주인공의 이 약점을 타고 세속적인 장애가 집요하게 두 사람의 사이로 파고들었다. 그리하여 마침내 이 장애는 그 여성으로 하여금 백기를 들게 하였다. 여주인공은 일단 남주인공을 떠나려 하였으나 남주인공의 굴할 줄 모르는 정신과 노력으로 하여 여주인공도 마침내 제 앞에 가로서는 장애를 박차고 나아가게 되며 여기서 주인공 청년 남녀의 나갈 길은 점차 열리게 된다. 한말로 말하자면 이 작품의 사상은 인간은 자기의 행복을 자기의 손으로 땅 위에서 주워 모아야 한다는 그것이다.

이 작품을 씀으로 해서, 이미 위에서 말한 것 같이 내가 걷고 있는 길에서 스스로 행복을 줍고 씨알을 심어 그 열매를 얻는 사람으로 되려는 나의 사상은 더욱 성숙해 갔다. 즉 나의 정신은 첫 장편을 쓰는 과정에서 환경과 싸우면서 좁은 길을 열려는 사람의 사상으로 좀 더 다져지게 되었다.

그러나 씨알을 심고 열매를 따는 일은 용이한 일이 아니었다. 그것은 언제나 불굴의 정신과 진지한 노력을 요구하는 투쟁인 것이다. 그것은 때로 피나는 싸움이기도 하나 이 싸움 없이는 결코 인간 생활과 문학 창조에 필요한 어떠한 씨알도 열매도 기대할 수 없는 것이다.

어떠한 이상도 입을 벌리고 가만히 앉은 사람에게로 떨어져 오는 것은 아니다. 그러나 이와 반대로 나아가서 전투하는 때는 아주 희귀한 보물도 따라 잡을 수 있다. 여기서 나는 어떤 어려운 이상도 나의 노력과 투쟁에 의하여 실현될 수 있다는 그런 신념을 가지게 되었다.

어떤 조그만 하나이라도 가만히 앉아서는 가져지지 않으며 또 설사 가만히 앉아서 얻어지는 것이 있다손 치더라도 그것은 아무 가치 없는 그런 것이리라고 나는 생각하였다.

내가 학습에 힘쓴 것도, 특히 사회 과학에 보다 많이 정력을 돌리게 된 것도 우에 말한 나의 이상을 실현하기 위하여 보다 많은 길을 진취하기 위해서였다.

남들은 나에게 문학을 전공할 것을 권했으나 나는 문학을 하기 위해서 우선 문학 이외의 다른 것을 많이 배우려고 하였던 것이다. 내가 대학에서 문과를 택하지 않고 사회과학을 택한 것도 이 때문이었다. 말하자면 이 시대는 내가 나에게 가장 충실하던 시기이다.

일찍 소학교 때 나는 남을 위하여 '신의'를 가질 데 대하여 생각하였으나 어느덧 나는 사회나 어느 누구도 '신의'에 대해서 그리 큰 관심을 돌리지 않는다는 것과 동시에 나는 누구보다도 '신의'가 두터운 사람이라는 것과 그러니 그런 일에 특히 머리를 쓰지 않아도 좋다는 그런 의식 속에 살게 되어 거기 관심을 주지 않은 대신, 나 자신의 발전을 위해서 또는 나 자신의 이상을 따라 잡기 위해서만 오로지 노력하려 하였다.

그것은 물론 나쁠 것이 없다. 그러나 그 뒤에 생각하였고 더욱 지금도 두고두고 생각되는 것은 만일 당시의 사회가 사람들로 하여금 서로서로를 위하여 '신의'를 존중하게 하며 개인의 욕망을 사회적 관심과 관련시키는 그런 기풍으로 교양하며 자극 주는 그런 사회였다면 나는 적어도 그때 내가 살아 온 그것보다 훨씬 개인적으로나 사회적으로 가치 있는 생활을 했을 것이라고 생각한다.

내가 조국과 인민에 대하여 눈을 돌리게 된 것은 그 뒤의 일이다.

첫째는 三·一운동 이후 조선 프로레타리아 계급이 급속히 장성하면서 이것이 민족 해방 투쟁의 핵심 부대로 되는 이 역사적 행정에서 나자신이 맑스 - 레닌주의의 교양을 받게 되어 나의 안목은 개인주의적이던 과거의 범위에서 사회적 내지는 계급적으로 점차 이행하게 되었던 것이다. 그리고 다음은 계급적 장성, 특히 계급적 문화 부대의 장성이 나로 하여금 자기 계급과 자기 계급의 문학에 눈을 뜨게 하였고 그것이 나를 길러 주는 힘으로 되었다.

당시 조선 프로레타리아 계급의 장성은 이미 계급의 두뇌 즉 당을 요구하게 되었고 자기의 문화 부대를 길러 내게 되었다. 그리하여 이 계급의 요구에 대답한 프로레타리아 문화인들은 어느덧 자기의 조직 대열을 가지게 되었다.

처음은 조그만 크루쇼크에 망라되었던 계급적 문학 예술인들이 계급적 양심을 가지고 자라나는 많은 청년들의 요구에 대답하여 一九二五년 八월에 비로소 조선 프로레타리아 문학 예술 동맹(카프)을 결성하게 되었던 것이다.

나는 물론 이 조직 대열에 참가하였다. 그런데 이 참가는 다시 말해서 개인주의적인 의식으로부터 사회적, 계급적인 방향에의 이행을 말하는 것이다. 여기서부터 나 자신보다 동지와 계급을 더 생각하게 되었고 내가 하려는 사업을 사회와 계급의 이익과 결부시켜 생각하는 각성된 의식이 장성하였으며 이것은 나의 계급 문학에의 한없는 정열을 길러주었다.

여기에서 나는 다시 '신의'에 대하여 생각하게 되었다. 사상적 변동에서 오는 동지에 대한 정열과 신뢰감이 인간성의 심도와 진폭(振幅)을 넓혀 주면서 새로운 생활의 윤리, 계급의 윤리에로 나를 인도하여 주었던 것이다.

이 계급의 윤리는 곧 계급이 나의 생활에 가져다 준 피와 살이며 또 교훈이었다. 생각컨대 진실로 이 피와 살로 생활함이 없이는 계급의 아들로 될 수 없는 것이다.

물론 예 이제 없이 출세의 도구로서 시대적인 요구에 편승하는 사람이 있는 것이나 그런 사람은 결코 진정한 시대의 산아, 계급의 아들 딸로 될 수 없고 언제든지 편승에서 탈락하고 마는 것이다. 즉 계급적인 생활의 윤리로써 자기의 육신을 단련함이 없이는 결국 역사의 흐름을 진실하게 생활하며 끝까지 헤쳐 나갈 수 없는 것이다.

그러므로 우리가 오랜 생활 경험에서 보는 바와 같이 맑스 -레닌의 학설을 다만 머리에 암송해 넣어 가짐으로써만은 그가 진정한 계급적 생활 속에 동화될 수 없으며 따라서 진정한 계급의 아들 딸로 될 수 없는 것이다.

계급의 아들 딸이 된다는 것은 단순히 이때까지 모르던 맑스-레닌의 이론을 소유하는 것을 말하는 것이 아니고, 진실로 그 이론과 학설에 의해서 자기 자신의 피와 정신을 개변시키는 것을 말하는 것이다. 이 인간의 개변이 없이 계급의 아들 딸이 된다는 것은 거짓말이다. 그런데 이 인간의 개변은 원칙적으로 생활의 개변에서 오는 것이니만치 생활의 개변 없이 인간의 개변이 있을 수 없는 것임은 두말할 것이 없다.

그러므로 입으로 그럴듯이 까는 것만으로써 인간이 개변되었다고 생각하는 것은 어리석은 일이다. 그러나 세상에는 언제나 입만 까는 참새떼가 있는 것이다.

그 당시에도 참새떼는 잘 재잘거려 댔다. 물론 이러한 참새떼는 역사 발전 과정에서 어느덧 탈락해 버렸던 것은 두말할 것이 없다. 그러나 이들은 계급의 생활에 모독을 주었던 것에서 얻은 교훈을 우리는 혁명운동에 있어서 언제나 산 교훈으로 삼아야 할 것이다.

한것은 어느 시대에도 편승자와 가장 무도가들이 계급의 대열에 뛰어들어 유해로운 작용을 하는 것이기 때문이다. 여기 뛰어 드는 것이 유리하다고 타산한 자들이 아주 그럴듯한 가장과 떠벌림질로써 눈에 피를 올려 가지고 시장에 기어드는 모리배처럼 계급의 대열의 틈새를 노리고 있는 것이다.

카프에도 이러한 참새들이 적지 않게 기어들었는데 그것은 여러 가지 형의 참새들이었다. '아나키스트'라는 이름을 듣는 참새들, '수정주의'를 감추어 가지고 들어 온 참새들, 일제의 나발을 몰래 가지고 들어온 참새들이 점차 카프 내부에서 제 목소리로 짖어대기 시작하였던 것이다.

그러나 우리는 이내 이 목소리들이 우리의 비위에 맞지 않는 것을 깨달았다. 그리하여 우리는 이내 이들의 목소리를 족치며 까발리는 일에 나섰다.

프로레타리아 계급이 우리에게 이 일을 시급히 요구했던 것이다.

역시 프로레타리아 계급은 본질에 있어서 언제나 건전하며 그리고 씩씩하게 전진하였다. 나는 이 전진 속에서 점차적으로나마 자기를 개변시켜 갔다.

나는 이때 문득 내가 중학교 시절에 본 서울 종로 다리 밑에서의 신소설 낭송에 대해서 다시 생각하게 되었다. 나는 그 당시 이 신소설에 대해서 감격도 하였고 거기서 배운 것도 물론 있었으나 다시 생각할 때 그들 작가며 그 작품들이 우리 계급의 요구와 거리가 먼 것임을 새삼스레 깨닫게 되었다.

시대는 이미 저들 부르죠아 신소설이 요구하는 그러한 개량주의적인 개변으로써 만족할 수 없을 뿐 아니라 개량주의적 정신은 구경 시대의 힘찬 전진에 유해한 것이라는 것을 알게 되었다.

　조선의 광명과 전진을 가로막는 것은 일본 제국주의이며 일제와 야합한 민족 부르죠아지라는 것을 나는 생활에서 확연히 알게 되었다. 동시에 신소설이나 또는 그 당시의 부르죠아 작가들이 써내는 문학 작품들이 바로 일제와 민족 부르죠아지의 이데올로기에 뿌리 박고 있는 것임을 알게 되었으며 이것을 타승함이 없이 조선 문학은 전진할 수 없다는 것을 알게 되었던 것이다.

　나는 일찍 초기 창작생활 시기에 있어서 시골 농촌에서 작품을 써서 서울에 있는 잡지사와 신문사에 투고하였었다. 그중에서 어떤 작품은 잡지나 신문에 실리는 동시에 편집자로부터 호평을 받은 일이 있었다. 그때 제일 많이 나를 추장해 준 사람은 바로 이광수였다. 그러나 나는 차차 계급의 아들로서 눈이 띄어지면서 이광수의 입장은 나와 다를 뿐만 아니라 적대편에 있는 것을 알게 되었다.

　그때 이광수는 누구보다 명성 높은 작가로서 후진 작가들을 자기들의 진영에로 끌어 들이기 위해서 우리들-나어린 작가들의 작품을 자기의 잡지에 실어 주고 추켜 주는 일을 하고 있었다.

　최서해도 이광수의 지지를 받던 작가로서 리광수가 주간하던 잡지사에서 일하고 있었다. 그러나 최서해도 나도 리광수의 정체를 알게되고 갈수록 거기서 적성을 발견하게 되면서부터 더욱 그를 인민들 앞에 폭로함으로써 인민들을 옳은 길로 눈을 돌리게 해야 한다는 것을 깨닫게 되었다.

　그들이 우리에게 주는 찬사나 지지 때문에 우리 스스로가 자기의 눈을 멀게 할 수는 없었던 것이다.

　최서해는 이광수의 잡지에서 탈퇴해 나왔고 나는 평론으로써 이광수 문학의 해독성을 폭로하는 일에 나섰다. 내가 리광수와 로자영 등의 색정 문학, 퇴폐적인 낭만주의 문학에 대하여 공격을 가하기 시작한 것이든지 "계급 대립과 계급 문학"이라는 평론을 쓴 것은 바로 이때다.

　나는 나의 이상을 실현하기 위해서는 항상 과감해야 하며 나의 이상을 가로막는 그 어떠한 것과도 싸우지 않으면 안 된다고 결심하였다. 이때 나는 이미 계급의 이상을 막고 선 존재가 바로 나 자신의 이상을 가로 막고 있는 존재들이라는 것을 알고 있었던 것이다. 그러므로 개인적인 친분이니 정신이니 하는 것에 구애될 수는 없었다. 그러한 것은 나의 이상에 비해서 아주 조그만 모래알에 지나지 않았던 것이다. 이러한 각성은 두말할 것 없이 계급이 나에게 준 시대적인 모랄에서 온 것이었다.

조선 사람 앞에서 강도 일본 제국주의가 총과 대포를 들고 가로서 있었다. 그리고 그들에게 추종하는 민족 반역자들과 예속 자본가들이 또한 조선 인민의 앞길을 막고 서 있었다. 그리하여 전체 조선 사람이 저들 앞에 자기의 이상을 강압 당하고 있었다.

작가 중에서 이 민족의 아픔을 자기의 아픔으로 느낀 것은 누구보다 프로레타리아 작가들이었다. 프로레타리아 작가들은 일제로 하여 자기의 이상이 억눌리고 있는 것을 육신으로써 느끼고 있었던 것이다. 우리 프로레타리아 작가들은 아직 문학적으로 어렸고 또 불리한 환경 속에 살고 있었지만 인민과 계급의 부름에 감연히 일어섰고 문학으로써 자기들의 적들과 싸우는 것을 민족적, 계급적 자랑으로 또 의무로 생각하였다.

우리들의 문학적 실력은 물론 약했지만 그 정신은 인민들에게 접수될수 있었다. 그리고 이 인민적 지지로 하여 우리는 당시의 부르죠아 신문, 잡지, 기타 출판물들을 이용할 가능성을 가지게 되었다. 당시 우리들은 아직 우리들의 출판물을 가지지 못했더니만치 일반 부르죠아 출판물들을 이용해야 하였다.

그런데 재미있는 일은 저들 부르죠아 출판사들은 자기들의 출판물을 일반 군중들에게 먹임으로써만 존속될 수 있었다. 그러니까 자연 인민들의 요구를 무시할 수 없었고 따라서 자기들의 이상과는 맞지 않았지만 인민들이 요구하는 프로레타리아 작가들의 작품이나 글들을 싣지 않을 수 없었던 것이다.

　　그러므로 말하자면 우리는 부르죠아 잡지, 신문, 기타 출판물의 혜택으로 글을 썼거나, 살아 간 것이 아니고 실상은 인민들의 지지로 해서 살아 갔던 것이다. 바꾸어 말하면 어떤 경우에든지 부르죠아가 우리를 먹여준 것은 아니었다.

　　나는 그 당시 일부 작가들이 언제나 부르죠아의 전횡 밑에서 더는 글을 쓸 수 없고 생활할 수 없다고 말하는 것을 들은 일이 있으나 실상인즉 그것은 그들이 철저한 인민적 입장에 서지 못한 데서 나온 발언인 것이다. 그러므로 이 사실에서 우리는 진실로 인민적 입장에 선다고 하면 어떤 시대에도 인민의 지지를 받을 수 있으며 문학할 수 있고 살아 갈 수 있다는 것을 확언할 수 있는 것이다.

　　최근에도 나는 국제 회의 같은 데서 일본의 일부 작가들로부터 일본 정부의 반동통치로 말미암아 일본의 양심적인 작가들이 먹고 살 수 없다는 말을 듣는 일이 있으나 나는 그때마다 어떤 시기이고 부르죠아 통치자들이 양심있는 작가를 먹여 살린 일이 없었으며 언제나 인민들이 먹여 주는 것이니 오늘 일본의 양심적인 작가들이 진실로 인민을 위해서 쓴다고 하면 절대로 발표하지 못하거나 먹고 살지 못할 리가 없을 것이라고 말해 주곤 하였다. 생각컨대 그들이 진실로 인민적 입장에 튼튼히 서지 못했기 때문에 인민들이 먹여 주지 않는 것이리라. 인민들이 지지하는 작가라면 부르죠아 신문도 반드시 그들의 글을 실어 주지 않을 수 없으리라고 나는 생각하였다.

　　일본의 그 많은 부르죠아 출판물도 거의 예외 없이 일본 인민의 구독에 의하여 명맥을 부지해 가는 것이 사실이다. 그러니까 이 사실은 곧 인민적 입장에 선 작가들이 자기의 문학 활동을 인민들의 지지로 하여 부르죠아 출판물들에서도 유지해 갈 수 있다는 것을 말해 주는 것이다.

　　부르죠아 출판물들은 자신의 존속을 위해서 즉 인민의 버림을 받지 않기 위해서 싫으면서도 양심있는 작가들을 완전히 뽀이코트할 수 없는 것이니 이것은 과거 조선 프로레타리아 작가들의 산 경험을 통해서도 명백히 입증할 수 있는 것이다.

오늘 부르죠아 국가들의 양심 있는 작가들도 사정은 마찬가질 것이다. 미국에서도, 불란서에서도 양심 있는 작가들이 작품 활동을 하고 있으며 부르죠아 신문을 이용하고 있는 사실을 우리는 알고 있는 것이다.

과거 조선 프로레타리아 작가들은 초기에 있어서 부르죠아 출판물들을 이용하는 방법을 많이 썼으나 인민적 지지의 발전은 점차 우리의 기관지며 출판물을 가질 수 있게 하였다. 일제 관헌이 이런 출판물에 대해서 탄압을 내린 것은 사실이나 그러나 모조리 없애버릴 수 없었던 이유는 인민들의 지지에 일제 관헌의 검은 손이 견제 당하지 않을 수 없었던 데에 있는 것이다.

이렇게 인민들의 지지로하여, 그리고 그것에 대답하기 위하여 당시 조선 프로레타리아 작가들은 질적으로 좋은 작품들을 쓰기에 노력하였을 뿐 아니라 량적으로도 실로 부르죠아 작가들보다 훨씬 많이 썼다.

일제의 체포, 감금, 투옥이 일상사로 계속되었으나 우리들의 작품활동은 중단되지 않았다. 감옥 안에서도 구상하고 창작에 대한 토론들을 진행하였다. 그러므로 우리 작가들은 감옥에 갔다가 나오면 오히려 더 좋은 작품을 보다 많이 썼다. 그것은 감옥 안에서 놈들에게 헛되게 시간을 빼앗기지 않기 위하여 감금의 시간을 우리들의 문학 수업에 살려서 쉬지 않고 작품을 구상했기 때문이었다.

나 자신에 대하여 말한다 하더라도 많은 단편들과 장편 「황혼」, 장편 「탑」이 모두 다 감옥 안에서 구상된 작품들이며 감옥에서 나와서 곧바로 씌어진 작품들이다.

우리의 경험은 이상을 위하여 투쟁하는 사람에게서만 이상은 실현될 수 있다는 것을 가르쳐 주고 있다. 그러나 이와 반대로 어떠한 천재도 주어진 자기의 처지에 졸고 있는 때는 그 천재가 결코 반영될 수 없다는 것을 우리는 또한 현실에서 보고 배웠다. 그러므로 전투적 정신은 언제나 혁명에 있어서 기본이며 생명인 것이다.

전투적 정신만이 인간을 혁명가로 육성하는 것이다. 진실로 이리하여 카프 시대의 많은 작가들이 조선 혁명에 있어서 일정한 역할을 놀 수 있었고 해방 후의 바뀌어진 새 환경 속에서도 사회주의 건설을 위한 투쟁에서의 문학 예술 무대의 핵심으로서 일할 수 있게 되었던 것이다.

해방 후 작가들은 누구나 자기들의 이상과 현실이 접근하고 있는 것을 의식하였다. 또 그런 속에서 생활하였고 창작하였다. 그러나 작가들이 자기의 이상과 합치하는 현실에서 어떻게 전투적 정신을 기를 것인가에 대해서 고려함이 부족했으며 아직도 부족한 것을 우리는 느끼고 있다. 두말할 것 없이 작가는 자기의 이상과 합치되는 오늘의 새 현실에서 보다 전투적 정신을 길러야 하며 그래야 혁명가로서의 생명을 잃지 않을 것이요, 그 정신으로 창작 활동을 계속해야만 혁명적 작가로, 당의 작가로 될 수 있는 것이다.

역사와 현실을 급속도로 개변시키고 전진시키기 위해서 우리는 최대의 노력이 무조건 요구되는 것이다.

오늘 조선 인민은 바야흐로 천리마의 기세로 역사의 길을 줄달음치고 있다. 공산주의를 지평선 위에 바라볼 언덕에 올라 설 날도 결코 오래지 않은 것이다. 이것은 바로 중공업의 급속한 발전과 농촌의 전반적 집단화에 따른 농촌의 수리화와 전기화와 기계화의 경이적인 약진에서 설명된다.

이 눈부신 전변과 혁신에 뒤떨어지지 않기 위하여 다른 모든 부문과 같이 문화 전선도 두말할 것 없이 보다 고도의 노력과 투쟁이 절실히 요구되는 것이다.

그러나 이 원칙이 왕왕 순조로운 환경의 안일 속에 파묻혀 버리는 것을 우리는 본다. 즉 이데올로기 전선은 물질 경제적 하층 구조의 개변에 따라 스스로 개변되는 것이라고만 지내 낙관하거나 또는 마치 오늘의 현실과 역사는 전투 없이, 계급 투쟁 없이 술술 열려지는 것 같이 생각하는 사람이 있는 것이다. 그러나 사실은 전투 없는 곳에서는 길이 열려질 수 없는 것이요, 씨 뿌리지 않은 곳에서는 열매가 거둬질 수 없는 것이다.

조선은 一九四五년 해방으로써 우리 민족의 역사적 숙망인 부강한 민주주의적 조국 창건의 새로운 시대에 들어섰지만 그렇다고 이것으로써 곧 우리의 발전하는 이상이 언제까지나 저절로 해결되어 갈 수는 없었다.

인간은 사회와 역사가 전진할수록 그 이상도 높아져야 하며 언제나 그 이상을 실현하기 위하여 투쟁하지 않으면 안 되는 것이다. 투쟁이 없이 전진을 기대할 수는 없다. 바로 당의 영도를 받는 창조적 노력 투쟁에 의하여 오늘 우리의 생활은 즐겁고 행복하다. 그러나 오늘과 같이 아무리 좋은 환경 속에 살고 있다 하더라도 우리의 모든 이상이 저절로 실현되는 것은 아니다. 공산주의 사회에 가도 인간에게는 이상을 실현하기 위한 투쟁이 있어야 할 것을 우리는 의심하지 않는다.

해방 전에 있어서 우리의 가장 큰 염원은 조국에서 일제 통치를 물리치고 사랑하는 조국을 찾는 그것이었다. 그리고 자본주의 지주의 착취가 없는 사회를 갈망하면서 그것의 실현을 위하여 싸웠다. 인간과 인간을 차별하며, 남녀를 차별하며, 도시와 농촌이 대립되며, 부자와 가난한 사람이 딴 세상 사람처럼 구별되는 이러한 모든 불합리와 모순과 대립에 종말을 주기 위하여 우리는 오래도록 싸워 왔다.

나는 어려서 가정에 있어서 부모들이 같은 자식을 두고도 지지리 남녀를 차별하고 양녀와 자기자식을 엄격히 차별하고 자식들의 의사가 부모에 의하여 완전히 구속되는 데 대하여 회의를 가졌으며 혐오를 가졌으며 나아가서 그런 일들을 없애 버리려는 의욕을 가지게 되었다.

　그러나 해방으로 하여 기본적으로 이런 것들이 공화국 북반부에서 소멸되게 되었다. 오늘 우리의 생활은 조선 노동당에 의하여 계획되고 조직되고 확신성 있게 실천되고 있으며 그러니만치 우리의 오늘 속에 우리의 미래가 싹트고 있으며 현재가 그대로 미래와 연결되어 있다. 이것은 두말할 것 없이 역사적인 전변이다. 그러나 그렇다고 그로써 우리의 희망이나 이상이 전부 실현된 것은 아니다.

　나는 작가로서, 인간으로서, 새 사회의 주인공으로서의 새 인간을 탐구하며 그런 인간을 자기 작품의 주인공으로 창조하기 위하여 꾸준한 노력을 기울여 왔다. 동시에 나 자신을 역시 그런 인간으로 개변시키는 일이 또한 나 자신에 의하여 나에게 지워졌다. 또 나는 이러한 개변되는 인간에 의하여 개변되는 현실의 본질을 정확하게 인식하며 형상화하는 작가적 과업을 스스로 메고 나섰다.

　동시에 그를 위하여 현실 속으로, 인민 속으로, 근로자들 속으로 들어가는 문제도 중요하게 나섰다. 그러나 이런 일들이 결코 용이하지 않았다. 이것은 바로 내 눈앞에 보이는 이상들이지만 이것을 손수 잡아서 나의 생활로 또는 창작으로 전변시켜 놓는 일은 결코 용이하지 않은 것이다.

　나의 눈 앞에는 새 현실의 새 인간이 얼마든지 나타나고 있다.

　그리고 나는 그의 모든 특징들을 보고 들을 수 있다. 그런데 그 인물을 작품 속에 그대로 형상화하는 일은 지극히 어렵다. 공장들에서 많은 노력 혁신자들과 노력 영웅들을 만날 수 있으며 그들의 이야기를 들을 수 있다.

　그러나 듣고 본 대로 적어 놓아도 실제의 인간같은 그런 노력 영웅이나 노력 혁신자와는 거리가 먼 그런 인간으로 밖에 작품 속에 나타나지 않는다. 말하자면 하나의 인간의 진정한 내면 세계, 정신 세계, 즉 그를 남과 구별하는, 남과 다른 그런 개성적인 인간으로 만들어 주는 그 정신의 세계는 용이하게 포착되어지지 않는 것이다. 그러므로 창작에 있어서 그런 인물 형상이 용이하게 실지에 있는 그대로 나타나지지 않는 것이다.

한데 창작에 있어서 인물의 성격을 살리지 못한다면 그 작품은 불피코 실패로 돌아가고 마는 것이다 즉 창작에 있어서 인물 형상이 가장 중요한데 동시에 이것이 가장 어려운 것이다.

그러나 그렇다고 이런 일을 포기해서는 결코 안 된다. 아무리 어려운 일이라 하더라도 작가인 이상 이것을 꼭 해야 하는 것이다. 이 어려운 일을 어찌해서든지 달성하는 것이 작가인 나의 이상이다. 그런데 위에서도 말했지만 이 이상은 가까운 데 있으면서도 비상히 멀며 잡기 힘든 것이다.

그러기 때문에 인간은 이상의 현실을 위해서 영원한 전투가 필요하며 부단한 노력이 요구되는 것이다. 아무리 좋은 사회라 하더라도 인간의 이상은 그 환경으로 하여 저절로 해결되어지는 일은 없는 것이다.

공산주의 사회에 갔다고 해서 내가 스스로 좋은 작가가 되어지며 좋은 작품이 씌어질 리는 없는 것이다. 즉 항상 발전에 대한 전투 없이 스스로 훌륭한 인간이나 작가로 되어질 수는 없는 것이다.

물론 현실이 개변되면 인간도 개변되는 것은 사실이다.

그러나 그 인간이 보다 현명하고 우수하며 훌륭한 사람 또는 뛰어난 작가로 되기 위해서는 그 자신의 노력과 투쟁이 절대적으로 필요한 것이다. 그리고 인간이, 또는 작가가 하나의 혁명가로 되기 위해서는 보다 더 큰 노력-즉 부단히 자기를 개변시켜가는 노력과 투쟁이 필요한 것이다.

인간의 이상과 목적에 부합하도록 자기를 개변시키는 일이란 모든 일 중의 근원이며 가장 어려운 일이다.

인간이 훌륭한 인간으로 되기 위해서는 물론 먼저 높은 이상을 가져야 한다.

그러나 이상을 가지는 것만으로는 아직 부족하다. 그 이상은 반드시 실현하고 생활화해야 한다. 이것이 힘든 것이다.

　그런데 혁명가로 되기 위해서는 이상을 생활화하는 것만으로도 아직 부족하다. 즉 혁명가는 자기 자신의 개조에만 그치는 것이 아니고 항상 군중에게 영향을 주며 그 군중을 하나의 혁명적 이상에로, 혁명적 집단에로 가까이 접근시키며 전 대중을 하나로 뭉치게 하는 보다 커다란 임무를 실행해야 하기 때문이다.

　더욱 이상이란 남이 가져다주는 것이거나 또는 높은 하늘 위에 있는 것을 발견하는 것이 아니고 항상 건전하게 생활하며 자기 조국과 사랑하는 자기 인민에게 복무하는 실천적 투쟁 과정에서만 우리 앞에 나서는 것이다. 그렇게 해서 얻은 이상만이 진정한 이상일 수 있는 것이다.

　그러므로 또한 이상은 실천에 따라서 자꾸 자라며 발전하는 것이며 발전하는 실천만이 이상에 맞게 저와 남을 개변시킬 수 있다.

　그러나 교조적이며 추수적이며 형식적인 실천으로서는 결코 저와 남을 개변시킬 수 없다. 물론 현실이 개변되는 데 따라서 인간이 개변되는 것은 불변의 원칙이나 그러나 그렇다고 이 원칙에만 사회 발전과 인간 개변을 맡기고 인간들은 수수방관해도 좋다는 말은 아니다.

　인간을 개변시키는 노력, 자체를 개변시키는 노력이 인간에게 절대로 필요할 것이다. 저와 남을 개변시키며 발전시키려는 노력만이 인간을 풍부한 정신의 소유자로, 높은 휴매니티를 가진 인간으로 개변시킬 수 있는 것이다.

　휴매니티란 높은 인간성을 가지는 데서만 가져질 수 있는 것이며 이것을 가짐으로써만 인간의 높은 이상과 사상이 완전하며 바른 상태로 그에게 잡혀지며 깃들여질 수 있는 것이다.

　소위 ‘원칙’을 물고 나섬으로써 해서 인간성이 도리어 빈곤해지는 사람, 사상과 이론을 으리으리하게 표면에 무장함으로 해서 속은 도리어 텅 비어지는 사람에게서 인간성이나 휴매니티를 찾을 수는 없다. 따라서 이런 사람은 동지들에게 진정한 영향을 줄 수 없으며 인간이나 사회의 발전에 기여할 수 없는 것이다.

작품에 있어서도 이치는 마찬가지다.

작품이 높은 휴매니티를 가지지 못한다면 인간 생활의 훈향과 그 정신 세계의 깊이를 가질 수 없고 고상한 사상이 또한 깃들 수 없는 것이니 진정 거기에 인간다운 인간이 부접할 수 없는 것이며 따라서 인간을, 독자들을 교양할 수 없는 것이다.

그리고 보니 인간이 자신을 개변하는 일과 또는 남을 개변시키며 그에게 영향을 주는 일이란 지극히 어려운 것이며, 그러한 인간들이 살아서 움직이는 작품을 창작하는 일은 또 더욱 어려운 일이다.

나는 오랜 창작 생활에서 스스로 나의 노력에 대해서 말할 수 있다. 그러나 생각하면 아직도 부족함이 너무도 크다. 더 많은 노력과 영구한 노력이 요구되는 것이다. 그러나 주관적인 의도는 여하튼간에 나타나는 결과는 적지 않은 경우에 있어서 나의 노력이 아직 부족하며 때로는 불성실하기까지 하다는 것을 말해 주고 있다.

나의 이상은 물론 내가 걸어가는 바로 길 앞에 있으나 그러나 그것은 항상 먼 것이며 끝날 날이 없는 것이다. 그렇기 때문에 그것을 잡아서 나의 생활로 만들기 위해 끝장을 모르는 투쟁과 노력이 요구되는 것이다.

그런데 하나를 하면 하나만치 이상이 실현되는 것임에는 틀림없으나 그렇다고 이상이 하나만치 작아지는 것은 아니다. 이상은 나 자신이 그것으로부터 물러서지 않는 한 언제나 작아질 줄을 모르는 것이다. 동시에 또한 영원히 내 앞에서 나를 보다 밝고 보다 높은 데로 이끌어 주는 데서 이상은 물러서지 않는 것이다. 그러므로 나는 이것을 추구하여 영원히 전진하며 영원히 분투 노력하지 않으면 안 되는 것이다.

그리고 그 노력은 두말할 것 없이 항상 인간의 전진에 집중되어야 하며, 또 전진을 위해서는 전진을 방해하는 모든 장애의 배제에 또한 노력과 투쟁이 돌려지지 않을 수 없는 것이다.

인간을 어두운 데로, 낮은 데로, 비문명과 비문화에로 돌려 세우려는 모든 경향들과 싸우는 일이 다름 아닌 전진의 한 양상인 것이다.

오늘 국제적 규모에서 사회주의가 결정적으로 승리하고 있는 새로운 역사적 환경 속에서 일부 수정주의자들이 계급 투쟁에서 프로레타리아의 독재 없는 통일과 중앙 집권이 없는 민주주의를 부르짖고 있으며 부르죠아적 자유를 진정한 인민의 자유, 전진에 필요한 자유에 대치하려 하고, 이런 자유 세상에 입각하여 아무렇게나 제 가끔 떠벌림질하는 그런 문학과 예술을 들고 나오고 있으나 우리는 그것이 인간 생활과 사회 역사의 전진에 결정적으로 해롭기 때문에 견견히 반대하지 않을 수 없다.

무궤도한 생활의 자유, 무절제한 인간의 행동은, 인간이 전진하는 길에서 뒤로 돌아 서며 곁골목으로 빗가기 위해서만 필요한 것이다.

그러나 우리는 보다 행복한 조국의 앞날을 지향하고 전진하는 사람들이며, 그를 위하여 전투에 나선 전사들이 아닌가. 이것을 잊어서는 안 되는 것이다.

전진만이 우리에게는 가치 있는 일이며 필요한 일이다. 이것을 위해서는 우리는 더욱 노력해야 하며 또 더 노력하지 않으면 안 되는 것이다.

리상과 노력

리 기 영

머리말

나는 가끔 미지의 젊은 동무들로부터 문학에 대한 편지를 받는다.

그들은 나에게 여러 가지로 묻는 것이었다. 즉 어떤 동기로 소설을 쓰게 되었으며, 유년 시대를 어떻게 지냈으며, 소설 공부는 언제부터 시작하였으며, 첫 작품은 어떻게 썼으며, 문학 공부는 어떻게 해야만 되는 것이냐고……, 요컨대 그들은 나의 작가로서 걸어 나온 작법에 대한 것을 알고 싶어하는 모양 같다.

◆

나의 어린 시절은 봉건 이조가 최후를 고할 무렵이었다. 1910년—일제가 조선을 강제로 '합방'하던 해에 나는 만 15세였다.

나의 어린 시절의 환경은 과연 문자 그대로 암흑 천지였다. 더구나 나는 시골 산촌에서 아무 문견이 없이 고루하게 자라났다.

충청남도 천안군 북면 엄리(嚴里)라는 고장은 천안군 읍내에서 10여 리 상거되는 산골짜기 속에 있다. 이 엄리는 상·중·하(上中下)세 부락으로 나뉘었는데, 내가 살던 중엄리 밑에 있는 하엄리는 옛날부터 서울로 통하는 삼남 대로변이었다. 중엄리에서 상엄리까지는 약 2키로를 산 속으로 들어가는데 상엄리 부락은 바로 성불사(成佛寺)가 있는 흑성산(黑城山) 밑으로 산재해 있다. 내가 장편 『고향』을 쓰던 데가 바로 이 성불사였다. 상엄리에서 흘러 내리는 개울은 내가 살던 중엄리를 지나서 하엄리 앞으로 휘돌아 나갔다. 거기에는 약간의 소나무와 참나무 숲이 산 밑까지 꽉 들어 섰는데, 그것은 동구를 가리워서 아늑하게 하였다.

하나 이 참나무 숲은 이 판서의 묘를 쓰고 심은 것이다. 상엄리 뒷산에다 서울 이 판서의 묘를 썼는데, 그는 바로 이완용의 집안이었다. 이 묘를 쓰게 되자 상·중·하 세 부락의 동유림이던 산림은 모두 이 판서집 '사패지'로 되어 버렸다. 그리고 상엄리에는 이 판서집 묘지기를 두었다. 그 집 산지기가 세 동리에서 왕 노릇을 하였음은 물론이다.

상·중·하엄리는 민촌(民村)이었다. 원래 그 곳은 빈농과 화전민들만 살았었지만, 여간 양반은 이사를 와서도 오래 살지를 못하였다. 그것은 이 판서집 산지기의 등쌀에 배겨 내지 못하고 미구에 쫓겨 가기 때문이다.

나는 열 살까지 서당에 다니며 한문을 배웠다.

그런데 그 이듬해 봄에 장질부사의 전염병이 창궐하여 우리 집 식구들도 깡그리 그 병을 앓았는데 맨 나중에 드러누운 어머니는 필경 세상을 떠나고 말았다. 일조에 모친을 여읜 나는 마치 광명한 천지가 별안간 암흑으로 변한 것과 같았다. 어릴 때에는 아버지보다도 어머니가 제일이라고 하거니와 정말 그것은 나에게도 그러하였다. 나는 뜻밖에 어머니를 잃은 절망과 비애 속에서 그날 그날을 우울하게 보내었다.

나는 그후부터 전에 없던 고독과 쓸쓸한 심정을 걷잡을 수 없었다. 어머니를 생각하고 남몰래 울기도 많이 하였다.

어머니가 상사난 후에 우리 집 살림도 말이 아니었다. 나는 선생에게 바치는 곡량을 그 해부터는 낼 수가 없었다. 그러나 우리 집 사정을 잘 아는 선생은 곡량을 면제해 주었다.

나는 학용품을 사 쓰지 못하였다. 책부터 남의 것을 빌어다 읽었으니 붓 한 자루, 먹 한 장인들 어떻게 살 수 있었겠는가.

글을 한 차례씩 읽고 나면 다른 애들이 글씨를 썼다. 그러나 나는 한구석에 우두커니 앉아서 그들의 눈치만 보고 있었다. 그것은 그 애들 중에서 누가 쓰고 난 분판을 빌려 주어서 나도 글씨를 썼으면 하는 욕망으로 해서였다. 분판을 빌려 쓴다 하려니와, 붓이 없고 벼루와 먹도 없다. 백줴 아무것도 없이 빈손으로 남의 것만 빌리려는게 워낙 틀린 수작이다. 그래서 그들은 잘 빌려 주지 않으려 했다. 여러 애들은 나를 가난뱅이라고 수군거렸다.

사실 나는 그들이 내버리는 모지라빠진 몽당비와 같은 붓을 주워다가 글씨를 썼고, 나중에는 분판을 빌릴 수가 없어서 서당 울안의 감나무 이파리를 따다가 쓰기도 하였다.

한 번은 글방에서, 주막거리에 사는 어떤 애가 새로 산 붓을 잃어 버렸다고 발끈 야단이 났다. 그들은 은연중 나를 지목하였다. 그때 나는 안 가져 갔다고 저저히 발명을 하였다. 그러나 붓을 잃어 버렸다는 아이를 위시하여 여러 애들이 내 말을 곧이듣지 않으려 했다.

그럴 수밖에-다른 애들은 제가끔 지필묵을 가졌다. 오직 나 혼자만 붓 한 자루를 못 가졌으니 의심을 받을 사람은 나밖에 없지 않은가. 그후 그들은 며칠 동안을 두고 나의 행동을 주목하였다.

뿐만 아니라, 그들 중에 심술궂은 아이들은 소위 방여를 한다고 산 미꾸라지를 잡아다가 바늘 끝으로 찔러서 양쪽 눈을 뽀얗게 멀려

놓고는 붓을 훔쳐 간 놈의 눈깔이 이렇게 멀라고 저주를 퍼부었다.

그것 역시 나를 지목하고 하는 짓이었다. —네가 붓을 훔쳐 가고서도 아니 내놓으니 그 벌역으로 응당 너의 눈이 멀어야만 한다는 것이었다. 나는 물론 그 눈치를 채고 있었다. 그러나 그들 중에서 나이가 제일 어리었고, 여러 애들이 한통속으로 짜고 윽박지르는 바람에 나는 어찌할 수 없이 은인자중하였다. 그런데, 다행히도 그 애가 잃어 버렸다는 새 붓은 사흘 만에 찾았다. 그것은 그 아이가 저의 집에다 빠뜨린 것을 모르고 글방에서 잃어버린 줄로만 알았기 때문에 그런 실수를 한 것이었다. 하여튼 그때 나는 정말로 붓을 찾았다는 붓 임자보다도 더 기뻐하였다. 왜 그랬느냐 하면 나는 도적의 누명을 깨끗이 벗었기 때문이다.

내가 왜 지금 어린 시절의 간고하게 지내던 것을 마치 자서전처럼 장황히 쓰는가? 그것이 일후에 소설을 쓰게 하는 데 적지 않은 영향을 주었기 때문이다. 누구나 유년 시대의 환경과 인상이 장래에 많은 작용을 한다지만 그 중에도 작가에게는 더욱 그러한 것 같다. 때문에 어떤 사람의 경우에는 소년시절의 생활 환경이 곧 작가로서의 준비시기로 되기도 하는 것이다.

나는 어머니를 여읜 이후에 이야기책—고대 소설—을 읽기 시작하였다.

그것은 가정 환경이 부지중 나로하여금 무엇에든지 마음 붙일 곳을 찾게끔 하였다. 나는 그것을 고대소설에서 찾았다.

나는 글방에서 한문을 배웠지만 어쩐지 머리에 잘 들어가지 않았다. 한문은 배울수록 모르는 새 글자가 자꾸 나오고 점점 더 어렵기만 하였다. 그런데 국문은 단번에 깨칠 수가 있었다. 그해 여름 어느날 나는 할머니한테서 쉽게스리 국문을 깨쳤다. 국문을 배운 나는 고대 소설을 읽기 시작하였다. 만일 그때 서당 선생이 실학파(實學派)의 저서를 가르쳐 주었다면 나는 같은 학문이라도 그것을 파고 들었을 것이다. 그러나 그들은 이단(異端)으로 금지된 그런 책은 아니 가르치고 남의 나라 역사인 통감(通鑑), 사략(史略)등을 가르쳤다. 그후에 학교에서도 논어(論語)와 맹자(孟子), 중용(中庸), 대학(大學) 등을 배웠다. 당시 나와 같은 시골 소년들은 박연암(朴燕岩)이나 정 다산(丁茶山)과 같은 실학파의 저서는 한 권도 읽지 못하였으며 그러한 우리 나라의 학자와 애국자가 있는 것까지도 잘 몰랐다. 사대 사상에 중독된 양반 통치 계급은 자기 후손에게도 남의 나라 글만 가르쳤다. 그들은 자기의 주체를 찾지 못하였다.

내가 고대소설을 탐독하게 된 것은 자진해서라기보다는 피동적이었다. 그러나 나는 이야기책을 그 뒤에도 계속해서 읽었다. 나는 어른들이 저녁마다 이야기책을 애독하는 동네 사랑으로 마실을 갔었다. 어른들이 읽어보라고 해서 읽기 시작한 것이 어느덧 나는 소설「낭독꾼」으로 뽑히어 다니게까지 되었다.

그후 몇 해 동안 —읍내 소학교에 다닐 때에도—나는 틈만 있으면 이야기책을 읽었다. 그리하여 나는 고대소설이란 고대소설은 손에 잡히는 대로 모조리 읽었으며 여러 번 반복하여 읽었다.

어느 누구도 시골 산골에서 자라난 나와 같은 소년들의 앞길을 인도하여 주는 선배가 없었다. 봉건 양반들은 케케묵은 완고한 사상으로 옛날 이야기만 하였고, 나라가 멸망하여 가건만도, 그들은 애꿎은 탄식과 '정감록의 계룡산' 타령만 하고 있었다.

어머니를 여의던 해 겨울에 읍내에서 사립 영진학교(寧進學校)가 설립되었다. 나도 개교하던 날 그 학교에 입학을 하였다. 그러나 학교란 것이 역시 반 서당식의 얼치기 학교였다. 거기에서도 한문을 가르쳤다. 오직 산술과 체조와 일어를 과목에 넣은 것이 서당에 없는 새로운 것이었다. 그런데 그 당시 소위 개화를 하였다는 사람들 가운데는 「일진회」와 친일파가 적지 않았으니 그들에게서 청년들이 무엇을 배우겠는가?

때문에 그 시절에 나는 고대소설에서 많은 영향을 받았다. 봉건

적 사상이 담겨 있기는 하였지만 그래도 민족적— 애국주의 사상을 섭취할 수 있었다. 그것은 나로 하여금 고대소설의 주인공들을 다시없는 이상적 인물로 생각하게 하였던 것이다.

새것에 대한 갈망

그러나 고대 소설을 읽어 갈수록 나는 그에 대한 불만족을 또한 느끼었다. 그것은 봉건제도가 허물어지고 외래 자본주의가 침입하는 시대적 변천과 아울러 낡은 것에 대한 새것의 갈망이 부지중 솟구쳤기 때문이었다. 바꿔 말하면 고대 소설의 주인공으로는 도저히 변천하는 새 시대에 적응할 수 없으며 또한 그들이 이 시대를 수습할 수도 없겠다는 생각이 들었다. 아무리 제갈량이가 재생해 온다 하더라도 발달된 현대 문명의 기계와 무기를 어떻게 당할 수 있겠는가? 군함과 기차로 실어 오는 왜병들을 무엇으로 막아내며, 대포와 속사포로 쏘아 대는 총알을 옛날 방패로 막을 수 있겠는가? 그러기에 「정미년 7 조약」(매국조약)을 맺고 조선대군을 왜놈들이 강제로 해산시킬 때에도 남대문 시위대를 위시한 조선군인들은 영웅적으로 전투를 하였지만, 일병이 숭례문(南大門) 문루 우에다 속사포를 걸어 놓고 사방으로 쏘아 대는 통에 할 수 없이 퇴각하지 않을 수 없었다. 만일 왜놈에게 그런 신예 무기가 없이 서로 육박전으로만 달라 붙었다면 그까짓 쪽발이는 일당백(一當百)으로 해내었을 것을 원통하게도 참패를 당하였다고 그때 전투에 참가하였던 조선 군인의 분통해하는 말을 나는 직접 그에게서 들었다.

내가 고대소설의 주인공들한테 환멸을 느끼게 된 것도 조선 군인한테 들은 그 말에서 더욱 영향을 받았기 때문인지도 모른다.

그런데 신소설이 나왔다. 신소설은 종이로부터 활자와 표지에 이르기까지 고대소설과는 다른 새로운 것이었다. 내용에 있어서도 신소설은 새로운 맛이 났다. 가령 고대 소설은 으레 '각설 이때' 식으로… 그것도 중국의 고대 소설을 모방하였거나 번역한 것이었기 때문에 조선 사람한테는 소설 내용이 그들의 생활과 거리가 멀었다. 더구나 그것이 고대 소설이고 보니 현대인의 생활 감정과는 너무나 동떨어져서 맞지 않았다. 춘향전, 심청전과 같은 훌륭한 걸작들이 있으나 그 역시 옛날 이야기는 마찬가지였다.

한데, 신소설은 현대인의 생활 —특히 그 중에도 봉건 양반의 몰락상과 서민 계급의 보통 인물들을 주인공으로 등장시켰다. 이것은 고대 소설에서는 도무지 찾아 볼 수 없는 특징이었다. 나는 「치악산」을 처음 읽어보고 커다란 충격을 받았다. 그것은 강 동지의 부녀와 같은— 양반에게 압박과 착취를 당해 오던 근로 인민을 주인공으로 하여 그들의 운명을 그린 것이 나의 생활 환경과 연계가 있었기 때문이다. 나는 신소설을 읽기 시작한 뒤로는 고대 소설을 집어 치웠다. 그것은 나도 모르게 새것을 지향하는 시대적 충동이 있었던 까닭이다. 그 전에는 고대 소설의 주인공들을 자기의 이상적 인물로 삼았던 것이 인제는 신소설의 주인공들로 자리를 바꾸게 되었다. 그러한 사정은 나로 하여금 집을 떠나야 하겠다는 생각을 우선 가지게 하였다.

1920년에 이조 조선은 필경 왜놈에게 최후의 멸망을 당하는 '합방'이 되었다. 「합방 조약」이 발표되던 당시 이 왕(李王)의 유고(諭告)를 읽어 본 유생들은 계룡산 신도(鷄龍山 新都)안에 다음과 같은 허황한 글귀—

사년 七월 이화락 (四年七月李花落)
육대 九월 해운개 (六代九月海雲開)
방부인괘   (方夫人戈—庚戌)
구혹화다   (口或禾多—國移)

등이 바위돌에 새겨졌다고 수군덕대었다. 이것은 『정감록(鄭鑑錄)』에 있는 「비결(秘訣)」인 만큼 국운(國運)이 다하여 나라가 망하였으니 할 수 없는 일이라고 그들은 숙명론을 되풀이하며 오직 한탄을 할 뿐이었다. 그런가 하면 「일진회」 ―친일파들은 왜놈의 세력에 붙어서 자기 일문의 영화와 출세를 도모하여 이권과 상권을 얻으려고만 눈이 뻘겋게 날뛰었다. 이 자들은 개화(開化)에 빙자하여 매국 배족의 몰염치한 죄악적 행동을 하고 있었다. 이런 환경 속에서 사는 시골 소년들이 무엇을 배우고 그들의 장래를 지도할 사람이 누가 있었겠는가?

'합방'이 된 후에 나는 더욱 집을 떠나고 싶었다. 만일 시대가 바뀌지 않았다면 나는 고대 소설의 주인공들처럼 도승(道僧)이나 진인(眞人)을 찾아서 조선 팔도를 헤매다가 어느 산중으로 깊이 들어갔을 것이다. 그래서 도학과 무술을 배워 가지고 진세로 다시 나와서 어지러운 세상을 평정하고 출장입상(出將入相)하는 꿈을 꾸었었겠지만, 새 시대로 세상이 바뀌었으니 그러할 수도 없었다. 나는 신소설의 주인공들처럼 우선 해외에 유학을 하여 서양 각국의 문명한 공기를 마셔야겠다는 생각으로 가득 차 있었다. 그래서 고국으로 돌아와서는 나라의 독립과 자유를 위하여 활동하는 애국자로― 훌륭한 사람이 되겠다고 몽상하였다. 그것은 나의 고향인 천안에 그냥 있다가는 아무런 발전도, 장래의 희망도 없을 것이라는 것을 잘 알고 있었던 까닭이다. 말하자면 이것이 나의 20세 이전 소년 시절의 공상이었다. 정말 나는 소년 시절에 시골에서 그런 공상을 하고 있었다. 오늘 공화국 선진 작가들이 나의 이 말을 들으면 옛날 이야기와 같이 곧이를 아니 들을는지도 모른다.

그러나 나는 정말로 그랬으니 어찌하랴!

방랑 생활

나는 1910년 봄에 읍내에 있는 사립 영진학교를 명색 졸업이라고 하였다.

그때 나의 가정 형편이 상급 학교에는 진학할 처지가 못 되었다. 나는 소학교나마 중도에 퇴학을 하고 집에서 농사를 짓다가 그 이듬해에 다시 복교를 하여 겨우 학교를 졸업했다. 그때 나는 서울 유학과 같은 것은 꿈에도 생각할 수 없었다. 나는 숙부와 같이 유량리로 이사를 하여 갔다. 유량리는 민촌이 아니라 양반이 많이 사는 '반촌'이다. 나는 양반들의 눈꼴틀리는 모양을 볼수록 더욱 집을 떠나고만 싶었다.

나는 서울 유학은 아예 단념하고 해외로 도망갈 궁리를 하였다. 하나 그 역시 나에게는 어려운 일이었다. 당시 나의 처지로서는 단돈 1원을 마련할 길이 없으니 우선 여비를 어떻게 변통할 수 있느냐 말이다.

나는 어떻게든지 해외로 나가 보려는 공상을 실현하기 위하여 남모르는 고심을 하였다. 그후 나는 차비를 겨우 변통해 가지고 마산으로 도망을 쳤다. 그때는 4월 초순이었다. 나는 그때까지 100리 이내인 도 소재지 공주 밖에 더 멀리는 나가 보지 못 하였다. 기차도 멀리 타 보지 못하였다. 그런데 마산에까지 기차로 여행을 한다는 것은 나의 생전 처음이다.

마산에서는 소학 동창의 친한 동무가 있었다. 나는 그 동무와 부산까지 가서 어떻게 여비를 또 벌어 가지고는 동경으로 건너갈 작정이었다. 그러나 나는 그 동무와 함께 부산으로 가기는 갔으나 역시 뜻과 같지 못하여 집으로 되돌아오지 않을 수 없었다. 나는 그때 부산에서 천안까지 1원 돈을 가지고 하루 한 두 끼씩 굶으며 도보로 내처 걸어올라 왔다.

집에서 그후 1년간 농사를 짓다가 나는 또다시 방랑의 길을 떠났다. 그 길로 나서서 나는 남조선 일대를 정처없이 동서로 표박하였다.

나는 이 행정에서 근로 인민들의 비참한 생활들을 이모저모로 깊이 알 수가 있었다. 동시에 나도 그들과 같이 굶주리며 왜놈들의 박해 속에서 자기의 앞길을 찾아 헤매었다.

　나는 고향에서 얻지 못한 지기를 타관에서 구해보려고 하였다. 나는 홍성, 서산, 해미 등 내포(內浦)와 경상, 전라도 등지를 수년 간 떠돌아 다녔는데, 농촌, 광산과 수리 조합 제방 공사장에서 날 품을 팔고 광석을 캐기도 하였다. 경상북도 풍기군 금계 바위에 중 석광 신혈이 터졌다는 소문을 듣고 쫓아 가 보기도 하였다. 그때는 벌써 중석을 다 캐 먹은 뒤여서 나는 소백산 줄기로 망치를 차고 다니며 일시는 탐광을 하여도 보았다. 이와 같이 나는 소년 시절에 방향을 못 잡고 갈팡질팡 암중모색을 하였다. 그것은 결국 아무 소 득이 없이 유랑 생활을 몇 해 동안 한 것 뿐이었다. 내가 소년 시 절에 갈피를 못 잡고 헤매게 된 것은 이조 망국의 암흑 시대와 일 제 통치하의 식민지 노예로 전락된 근로 인민들과 같이 압박과 착 취를 당했던 까닭이었지만 그때는 아직 맑스 ―레닌주의의 사상을 알지 못하였기 때문에 유심론적 인생관에 사로잡혀 있었다. 그러나 시대적 사조의 영향으로 나는 완고한 노인처럼 숙명관에 빠져 있지 는 않았다. 나는 막연하나마 민족적 해방 의식을 가지고 소극적일 망정 일제를 반항하는 사상― 애국주의 사상을 가지고 있었으며 그 래 장래 조국의 독립을 위하여 분투할 것을 속다짐하고 있었다. 나 는 나와 같은 사상을 가지고 있는 동지를 구하기에 노력하였다.

　그러므로 내가 방랑 생활을 한 것은 무슨 돈벌이를 할 목적으로 한 것은 아니었다. 고향에 돌아와 보니 그 동안에 많은 것이 달라 졌다. 읍내와 정거장은 몰라볼 만큼 새 집들이 즐비하게 늘어섰다. 전에 없던 신작로가 생겨났다. 그리고 경남 철도를 부설하는 철둑 이 서쪽으로 차돌백이 고개를 뚫고 나갔다.

　읍내와 정거장에는 왜놈들이 등쌀을 놓았다. 몇 명 아니 되는 장 사꾼을 빼놓고, 조선 사람은 모두 변두리로 쫓겨났다. 그들 중에는 기어들고 기어나는 오막살이를 의지하고 겨우 연명해 가는 사람들 이 많았다.

농촌 사람들의 생활 형편은 더욱 말이 아니었다. 땅을 빼앗긴 빈 농들은 영세한 소작지에 실낱같은 명맥을 걸고 살았다. 우리 집 처지도 그들과 다를 것이 없었다. 삼촌과 동생이 지주의 박토마지기를 얻어 부쳐서 근근히 입에 풀칠을 하는 모양이었다. 나는 소년 시절에 공상하던 것을 실현해 보려고 아무리 발버둥질을 쳐 보았으나 뜻과 같지 못하고 허송세월만 하였다. 몇 해 만에 고향이라고 돌아와 보니 내남없이 사는 꼴들이 그 모양이다. 우리 집 형편은 내가 아무데나 —하다못해 면 서기라도 취직을 하여서 식구들을 먹여 살려야만 하였다. 부친과 숙부도 은근히 그것을 바라고 있었으며 읍내 친구들도 나에게 그것을 권하였다. 그러나 나는 죽어도 월급 몇 푼에 목을 매여 그 짓을 하고 싶지는 않았다. 그럴 말로면 애당초에 집을 도망치지도 않았을 것 아닌가? 남이야 뭐라고 비웃든지간에 나는 내 주장을 굽히고 싶지는 않았다.

나는 가난한 집안에 붙어 있기도 싫었거니와 식구들의 주지러운 식량을 축내는 것도 마음이 편치 못하였다. 그러나 어데로 갈 것이냐? 나는 갈 곳도 없고 착심을 할 만한 아무것도 없었다. 나의 심정을 이해해 주는 사람은 식구 중에도 없었고 친구 중에도 없었다. 내가 아는 모든 사람들은 그저 어떻게든지 물질적으로 살기 위하여 영영구구하고 있는 것 같았다.

종교는 허위와 죄악의 온상이다

나는 고향에 돌아와서 전에 없던 예수 교회당이 읍내에 생긴 것을 알았다. 어느 주일날 아침에 나는 우정 예배당을 찾아갔다. 나는 그때까지 예수교의 내막을 알지 못하였다. 그런데 목사의 설교를 처음 들어보니 마디마디가 착하고 옳은 말 같았다. 네 이웃을 내 몸과 같이 사랑하고, 속옷이 없는 사람을 보거든 겉옷까지 벗어주라고 하였다. 가난한 사람을 동정하고 선행을 하면 하느님이 기뻐하신다는 것과, 남의 눈에 든 티끌을 보기 전에 네 눈에 든 대들 보를 빼라는 말들이 나의 귀에는 매우 신기하게 들리었다.

나는 그날 예배가 파하자 당장에 예수를 믿겠다고 자원해 나섰다.

그후부터 나는 주일 예배는 물론, 3일, 5일밤 기도회에도 한 번 지각이 없이 예배를 보러 다녔다. 내가 사는 유량리에서 읍내까지 는 거의 십 리 상거나 되는데, 나는 무서운 줄도 모르고 북망산 앞 을 지나가는 읍내를 갔다가 밤중에도 혼자 돌아 왔다.

목사와 교회 직원들은 나를 독신자라고 칭찬하며 기뻐하였다. 나 는 그때 다른 신자들처럼 자기도 신앙이 두터워져서 그런 줄로만 알았었다. 한데 실상은 그런게 아니라, 정신 작용으로 그리 되는 것을 나는 모르고 있었다.

1918년 —제 1차 세계 대전 중에 전쟁 감기라는 유행성 감기가 크게 창궐하던 해 겨울이었다.

나는 그때 논산 영화 여학교의 교원으로 있었는데, 조모의 위독 전보를 받고 집으로 돌아왔다.

나의 조모와 부친은 십여 일 사이를 두고, 전후하여 한 무렵에 세상을 떠났다. 부친은 조모의 장례를 치르고 돌아 와서 병석에 드 러눕더니만 그 길로 다시 일어나지 못하였다. 나는 부친의 장례 후 에 그의 혼백을 저녁 불 때는 아궁이 속에 처넣어서 태워 버렸다.

이 거동을 보고 숙부와 집안 식구들은 대성 통곡을 하며 인제는 집안이 망하였다고 온통 난리가 났었다. 그러나 나는 끝까지 그들 을 반항하고 초상 상제가 제사를 지내지도 않았다.

그것은 내가 광신앙이라기보다도 미신 타파의 견지에서 한 행동 이었다. 나는 신소설을 읽고 잡지와 신문을 구해 보는 중에 어느덧 새로운 것을 동경하는 개화 사상을 가지게 되었다. 나의 그러한 지 향은 이제까지 봉건 전제 도덕에 짓눌렸던 구습에 대한 일종 반발 력을 치솟게 하였다. 나는 유교적 상제(喪祭)의 예법은 허례와 미 신의 화신(化身)이라는 사상을 가졌기 때문에 그와 같은 짓을 한 것이다. 하여튼 나는 자기가 옳다고 생각하는 것을 실행하였을 뿐이었다.

그러나 나는 차차 교회에서도 모순과 허위적 위선을 발견하기 시작하였다. 성경의 교리란 게 논리적으로 모순되는 것은 고사하고라도 목사를 위시한 소위 교역자란 자들의 행실이 그야말로 양의 털옷을 입은 승냥이와 같았다. 한 번 그 속을 알게 된 나는 날이 갈수록 예수교에 대하여 환멸과 반항심을 가지게 되었다.

나는 사경회와 부흥회에도 참여하여 보았다. 그것은 정말로 무당의 굿이나 다름 없는 정신 이상자의 미친 짓과 같은 것이었다.

나는 남감리파(南監理派) 교회의 권사(勸士)의 직책까지 맡아 보았기 때문에 예수교의 내막을 속속들이 알고 있었다.

교회 역시 일종의 계급적 압박과 착취 기구였다. 소위 교역자(敎役者)라는 사람들도 인간의 양심이 아주 없지는 않을 것이다.

그러나 그들이 한 번 교역자로 선발된 후에는 차차 교회의 물이 들어서 부지중 양심이 마비되며 종교적 아편에 중독되고 말기 때문에 정작 자기들이 용서치 못할 죄악을 범하면서도 모르는 체 하고 남의 죄 —일반 교인들의 죄악을 적발하기에만 열중하고 있는 것이다. 그것은 그들이 미국 선교회에서 나오는 월급을 타 먹고 교회 내에서는 상층 간부급에 속하여 있기 때문에 이 종교적 의식은 어느덧 지배 계급으로서의 자만심과 안일한 생활을 합리화하기 위하여 그들은 미국 선교사의 지시 밑에 교역자라는 간부층 속에서 한 통으로 융화되여 있었다.

그래서 목사가 간음을 하거나 전도사가 악행을 하는 경우에는 쉬—쉬—하고 눈을 감는 반면에 평신도 중에서 불미한 사건이 생기면 그것은 혈안이 되어 교회 재판에 부친다, 출교를 시킨다 하며 대소동을 일으키는 것이었다. 교회의 흑막이란 이런 것이다.

나는 서울 부근 농촌의 교회 부속 소학교에서 한 1년간 교편을 잡고 있었는데, 그 교회를 맡은 전도사는 바로 그 곳에 살고 있는 소지주였다. 그는 지주일 뿐만 아니라, 한의 약국까지 차려 놓고 각 방면으로 돈벌이를 하였다. 즉 그는 소작료로 빈농민들을 착취하는 한편 약 장사를 해서 그들의 주머니를 털었으며 한편 고리대금까지 하였는데, 그러면서도 그는 교회의 전도사로서 주일날이면 '거룩한' 설교를 하였다. 이전도사의 소작인들은 이리저리 걸려서 예수를 안 믿을 수도 없고 다른 약국으로 약을 지으러 갈 수도 없었다. 왜냐 하면 그게 발각나게 되면 소작권이 떨어질 위험이 있었기 때문이다.

때문에 그는 이래저래 돈벌이가 잘 되었다. 중앙 교회에서도 이전도사를 긴히 여겨서 융숭한 대우를 하며 상층 간부들이 그를 방문하였으며 그도 중앙 출입이 잦았다. 그래 그는 그 부락에서 왕노릇을 하고 지내었다.

나는 이 유명한 전도사를 모델로 하여 단편 소설 「최 전도사」를 써서 『집단』(카프 기관지)에 실으려다가 그만 원고 째 압수를 당하고 말았다.

나는 「외교원과 전도부인」을 위시하여 「박선생」, 「비」 등과 장편 「어머니」의 반종교 소설을 썼는데 그것들은 내가 교회생활을 체험한 경험 중의 산물이다.

나는 소년 시절에 사회에서 방황하다가 예수교에서 진리를 찾으려고 입교(入敎)하였었는데 수년간 교회 생활의 결과는 목적한 바와 정반대로 교회는 실사회보다도 더 험악한 죄악의 소굴이요, 위선과 협잡의 복마전이라는 것을 알고 새삼스레 놀래었다.

그러나 만일 내가 작가로서 예수교에게서 소득이 있다면 그것은 이상에서 말한 일련의 반종교 소설을 쓴 것이다.

교회는 허위와 위선으로 가득 차 있으며 소위 선교사란 자들은 종교의 탈을 쓰고 침략의 마수를 뻗치고 있는 제국주의의 앞잡이들이었다. 나는 날이 갈수록 예수교의 위선적 흑막이 더욱 똑똑히 보이어서 마침내 교회를 떠나고 말았다. 나 뿐 아니라 속을 모르고 믿었던 당시 청년들도 교회를 차차 멀리 하였다.

내가 논산 영화 여학교에 있을 때였다. 하루는 뜻밖에도 마산에 있던 친구가 나를 찾아 왔다. 웬일이냐고 물으니 그는 작년에 동경에서 돌아 왔다고 하며 자기 집은 연산에 있다고 하였다. 연산 읍내는 논산읍에서 불과 30리—한 정거장 사이였다. 그후부터 우리는 일요일마다 서로 만났다.

그 이듬해가 바로 1919년이었고 3·1 독립운동의 첫 인민 봉기가 일어났다.

3·1 운동 —그것은 나에게 새 희망을 불러 일으켜 주었다. 사실 그때까지 나는 암흑 속에서 광명을 찾아 헤매었으며 자기의 앞길을 몰라서 갈팡질팡 방황하고 있었다. 나는 몇 번이나 집을 뛰쳐 나갔으나 역시 별 수가 없었다. 그러는 동안에 나는 공연히 여기도 기웃, 저기도 기웃하며 정처없이 돌아다녔다.

내가 소년 시기에 마음을 잡지 못하고 방랑 생활을 한 것은 무슨 난봉을 피우기 위해서가 아니라 내딴은 장래에 대한 엉뚱한 공상을 품고 그를 실현하기 위하여 역경과 싸우려 한 것이다. 한때 나는 광산을 찾아 헤매었지만 그것도 무슨 일확천금을 꿈꾸어서 졸부가 되려고 한 것은 아니었다. 실상은 궁여일책으로 해외에 나갈 여비를 어떻게 좀 만들 수 있을까 해서였다.

그러나 그것은 나의 어리석은 생각이었다. 나는 어데를 가나 겨우 입에 풀칠을 하였고, 어떤 때는 그나마도 끼니를 이을 수 없었다. 나는 도처에서 가난한 농민들의 굶주리는 형편과 노동자들의 비참한 생활을 목도할 때마다 치솟는 민족적 격분을 금할 수 없었다. 왜놈들은 그들을 '요보'라는 모욕적 언사로 불렀으며 부역 일을 나온 일꾼들이 조금만 한눈을 팔아도 '고라! 칙쇼!' 하고 욕설을 퍼붓는 말을 들을 때는 정말로 치가 떨려 참을 수 없었다.

그럴 때마나 나는 망국 노예의 설움—나라가 없는 설움이 가장 크다는 것을 느끼었다. 조국이 없어졌기 때문에 왜놈들한테까지 제나라 땅에서 압제를 받는 게 아닌가? 하다면 오직 조선 인민의 민족적 과업은 하루 속히 빼앗긴 조국을 찾아야겠다는 절절한 염원이 있을 뿐이다.

그런데 위대한 사회주의 10월 혁명의 직접적 영향 밑에 3·1 독립 운동이 전국적 규모에서 일어났다는 것은 얼마나 감격한 일인가!

이것은 양심 있는 조선 사람은 누구나 바랐던 것으로서 이 날이 오기를 고대하여 마지않았던 것이다.

그러던 차에 3·1운동이 폭발하였다. 정말 나는 그때 광명의 서광을 바라보는 것 같았다. 그런 생각은 비단 나 한 사람 뿐만이 아니었다. 조선의 광복을 염원하는 양심적 조선 사람은 누구나 다 그와 같은, 공통한 감정을 가지고 있었다. 그중에도 가장 박해와 착취를 많이 당한 노동자, 농민들이 그러했으며 그들의 자제인 청소년들이 그렇게 생각하였다.

3·1운동은 일제의 야만적 탄압에 의하여 실패되었다. 그러나 3·1운동의 실패는 조선 인민의 해방 운동에 커다란 교훈을 남기었다.

이 운동이 실패한 후에 국내에는 향학열이 갑자기 고조되었다. 그것은 선진적 신문화에 대한 일반적 지향이었으며. 봉건과 일제를 반대하는 민주주의 사상이 대두함을 의미하는 것이었다.

일제는 3·1운동을 포악하게 무력으로 내리눌렀다. 그러나 그들은 3천리 강산을 진감시킨 조선 인민의 혁명적 기세에 경악실색하였다. 이에 질겁한 일제는 기만적이나마 일시 회유 정책을 쓰지 않을 수 없었다. 그것은 '무단 정치'를 소위 '문화 정치'로 간판을 개칠한 것이었다.

그 바람에 부르죠아 신문인 『동아일보』와 『조선일보』 등이 발간되고, 잡지들도 창간할 수 있게 되었다. 물론 이것은 조선 인민에게 출판의 자유를 허여한 것은 아니었다. 출판물은 일제의 가혹한 검열과 단속을 받았다.

동경 유학생들이 발간하던 잡지 『학지광』과 서울에서 발행하는 문학잡지 『태서문예신보』 등을 나는 우편으로 주문하여 읽었다. 다른 한편으로는 청년회에도 들어서 문화 계몽 사업에 참가하였다. 그마적에 서울과 동경에서는 청년학생들이 강연대, 음악단, 연극단을 조직하여 지방으로 순회하였다. 나의 고향인 천안에도 그들의 왕래가 빈번하였다.

그럴 때마다 우리는 그들을 열렬히 환영하였다. 청년회에서는 소인극(素人劇)을 상연하기로 하였는데, 나도 한두 번 출연한 적이 있었다. 또한 그마적에는 웅변 대회와 토론을 수시로 열었는데 한번은

'사업 성공을 위하여는 금전이 제일이냐? 학문이 제일이냐?'

하는 문제로 웅변 대회가 열리었다. 그때 나는 '학문'의 편에서 열변을 토하였다. 나는 토론에서 학문 제일을 내세우고 금전을 여지없이 공박하였는데 그것은 내가 무산자의 처지에서 계급적 압제와 박해를 받아 왔기 때문에—돈과는 인연이 먼 가난뱅이 편을 들어서—금전의 죄악면만을 더욱 폭로하고 싶었던 것이다.

나는 먼저도 말한 바와 같이 신문예에 대한 창작 충동을 걷잡을 수 없었다. 그것은 되나 안 되나 나로 하여금 무엇을 쓰고 싶게 하였다. 나는 내가 직접 보고 듣는 근로 인민들의 비참한 생활을—이 인민들의 원통하고 억울하고 분통한 사정을 어떻게 속 시원히 모든 사람들한테 알릴 수는 없을까?…… 나는 그런 욕망을 절절히 느낀 때가 많았다. 지금 생각하면 아마 그것이 후일에 나로 하여금 소설을 쓰게끔 자극을 주었고 그것이 문학에 접근하도록 하였는지 모른다.

나는 용기를 내어 『동아일보』에 투고를 하기 시작했다. 시사 문제에 대한 단평과 창가를 지어 보낸 것이 더러 발표되기도 하였다. 그런 때 나는 무등 기뻤다.

『동아일보』에 권덕규의 「가명인두상(假明人頭上)에 일봉(一棒)」이라는 사대 사상에 중독된 유생(儒生)들을 규탄한 글이 실리었다. 이 글이 한 번 발표되자 경향 각처의 유생들이 모여들어서 『동아일보』사를 습격한 사건까지 있었다. 그러나 청년들은 권씨의 편에 가담하여 완고한 유생들을 타매하는 투서를 빗발치듯하였다. 그때 나도 「가명인두상에 갱가일봉」이라는 투서를 하였으나 발표는 되지 않았다. 그것은 일제의 탄압으로 그런 글은 못 싣게 되었기 때문이다. 왜놈들은 완고하고 썩어 빠진 유생들을 비호하였다.

나는 그 무렵에 작가가 되어 보려고는 생각도 못하였다. 그러나 어떻게 자기의 생각하는 바를 글로 표현하였으면 하는 념원은 간절하였었다. 그것은 내가 보고 들은 생활 경험—나의 주위에 있는 가난한 근로 인민들의 억울한 처지와 그들의 비참한 정황을 어떻게 표현할 수 없는가? 하는 발표 의욕이었다.

그것은 나로 하여금 자기의 사상을 표현하고 싶은 충동을 걷잡을 수 없게 하였다. 나는 그전에 고대 소설과 신소설을 탐독해 왔었는데 3·1운동을 계기로 현대 문학 예술을 지향하게끔 되었다.

그런 생각은 더욱 나로 하여금 시골 산골에 처박혀 있는 무의미한 생활에 만족할 수 없게 하였다.

그러나 나는 집안의 구차한 형편을 차마 방관할 수도 없어서 부득이 취직을 하였다. 천안에 예산 실업가 성씨네의 호서은행 지점이 생겼다. 나는 그 은행의 서기보로 채용되었다.

나는 은행 창구(窓口) 안에서 당좌 예금 출납의 장부를 맡아보았다. 금전과는 인연이 멀던 내가 날마다 숫자상으로는 몇 천 원, 몇 만 원을 장부에 기입하고 있었다. 그것은 스스로 생각해도 가소로운 일이었다.

내가 은행에 취직하자 가족들과 나를 아는 사람들은 행운이 터졌다고 나의 전도를 축하하였다. 나는 그들의 말이 불쾌하게 들리었다. 그것은 이 세상의 행복을 오직 금전의 유무로 타산하려는 것 같았기 때문에―.

　누가 취직을 하게 되면 우선 월급을 타게 된다고 그 사람을 부러워하였다.

　이는 비통한 일이었다. 외래 자본에 의하여 민족 경제가 여지없이 파멸을 당하고 인민들이 식민지 노예로 전락되어 가는 환경 속에서 근로 인민들은 대중적 실업과 기아선상에 헤매게 되었다. 뜻이 있는 사람은 이러한 악현실을 제거하기 위하여 불공대천의 원수인 왜놈들을 조국의 강토에서 몰아내야 하겠다고 절치부심한 것이 아닌가!

　내가 취직을 한 것은 물론 절박한 가정 형편을 차마 볼 수 없어서 호구지책을 취한 것이었지만, 나는 언제까지 죄악적이며 구복의 노예가 되는 그 짓을 하고 싶지는 않았다. 그때 나의 생각은 가족의 생계를 일시 돌보아 주고, 다른 한편으로 나의 종래 계획을 준비하려는 데 목적이 있었다.

　나는 당시 연산에 살고 있는 친구와 연락을 취하고 있었다. 여비가 마련되자 나는 우선 그 친구를 동경으로 떠나 보내었다.

진리의 새 세계

　1922년 4월 초에 나는 은행을 그만두고 일본 동경으로 건너갔다.

　그때 가족들이 울고불고하며 만류하였으나 나는 그들의 반대를 박차고 예정대로 길을 떠났다.

　동경에서 나는 먼저 건너온 동무를 만나서 동거하였다.

　우리는 동경 교외인 「이께부꾸로(池袋)」에 셋집 한 채를 얻어 가지고 자취생활을 하였다. 나는 「간다구」에 있는 사립 정칙 영어 학교에 입학한 후 전차로 통학하였다. 한 달이 못 되어서 나는 가지고 갔던 밑천이 다 떨어졌다. 나는 고학을 하지 않으면 아니 되었다. 같이 간 동무는 노동판을 쫓아다녔다.

나는 구직을 하던 끝에 「간다구 진보쪼(神田區眞保町)」에 있는 「홍문사(宏文社)」를 찾아가서 필생으로 채용되었다.

「홍문사」 주인은 2층의 방 한 간에서 신문 광고로 필생들을 모집하여 돈벌이를 하고 있었다. 그것은 일종의 대서업인데 각 상점과 회사의 광고 봉투를 쓰는 것을 주문 맡아다가 백 매를 쓰는 데 25전씩 받아서 5전씩은 제가 떼먹고 20전씩을 필생들에게 내주는 것이었다. 봉투는 한 시간에 백 장을 쓰기가 힘이 든다. 그런 것을 10시간 써야만 2원 벌이가 된다. 나는 「홍문사」에서 글씨품을 팔아가며 영어 학교의 야학을 다녔다.

그래도 한 달에 30원 벌이는 되어서 내내 필생으로 고학을 하였다. 하긴 어느 날—10시간 이상 서역(書役)을 하고 저녁때에 2층에서 내려오다가 현기증으로 졸도를 하여 그만 층계 밑으로 굴러 떨어진 적도 있었다.

같이 간 친구는 노동자들과 사귀어서 마침내 직업적 사회 운동자로 나섰다.

하루는 그가 얻어다 주는 사회주의 서적—『자본주의의 기구』라는 팜프레트를 나는 처음 읽어보았다. 그후 맑스주의 서적을 탐독하였다.

나는 더욱 계급의식에 눈을 뜨게 되었다. 그와 동시에 나는 처음으로 현대 세계 문학 작품들을 섭렵하고 로씨야 문학을 알게 되었다. 나는 뿌쉬긴, 고골리, 똘스또이, 뚜르게네브, 체호브, 고리끼의 작품 등을 읽었는데 그중에도 고리끼의 작품을 더욱 애독하였다.

그것은 고리끼의 유년 시대의 역경이 나의 그것과 방불한 점이 있는 것 같아서 공감을 불러 일으켰던 줄 안다. 물론 나는 고리끼만큼 그렇게 심각한 생활 체험을 유년 시대에 겪어 보지는 못하였었지만 그러나 나도 어린 시절에 어머니를 여의고 가난에 찌들려 지낸 것이 고리끼의 처지와 비슷한 데가 있어서 계급적 공통성을 느끼게 하였으며 그의 고상한 인도주의 정신에 감동을 받았던 것이다.

고리끼의 작품들에는 '정직한 사람들을 지휘하는', '돼지와 바보와 도적놈들'의 세상인 부패한 낡은 제도와 백성들의 고혈을 짜 먹고 만판 호강을 하는 자들에 대한 폭로와 저주가 반영되어 있으며 인민들—빈민들에 대한 동정과 신임이 표현되어 있다. 동시에 근로자들 속에서 몽롱하게나마 움트고 있는 사회적 자각성이 반영되고 압박과 모욕을 반대하는 반항자들의 목소리—항거 정신이 울려 나왔다. 나아가서는 부르죠아, 지주적 소유자 사회를 반대하여 현실적으로 싸우는 인민적 투사들의 군상이 형상화되어 있기도 하였다. 특히 「매의 노래」와 「해연의 노래」는 혁명에로의 강렬한 호소를 한 것이어서 심금을 울리게 하였다.

「어머니」는 낡은 사회를 때려부수기 위한 자각된 노동 계급의 영웅적 투쟁의 위대성과 인민의 아름다운 작품성을 알게 하였으며 사회주의 이상의 승리는 필연적이라는 것을 깨달을 수 있게 하였다.

이렇게 고리끼의 작품을 탐독하던 중에 나는 고리끼 자신이 '생활의 대학'을 거쳐서 체득한 세계관—노동에 대한 심원한 인식과 낡은 사회의 매장자이며 새 사회의 주인인 프로레타리아에 대한 깊은 신임과 그들의 해방 투쟁에 대한 열렬한 지지, 사회주의 이상의 필연적 승리에 대한 확신으로 공명을 느끼었다.

이때까지 갈팡질팡 헤매던 나는 고리끼의 작품을 읽으면서 미궁에서 벗어나 인간의 새 세계를 발견한 듯했고 세상 진리를 어느 정도 체득한 것 같았다. 그렇지만 이 시기에 나의 과학적 세계관 형성이 아직 미숙하고 낮은 수준에 있었던 것은 더 말할 나위가 없었다. 더구나 고리끼의 새로운 사실주의적 창작 방법을 체득하지는 못했었다.

참으로 쏘베트 문학은 나의 인생관과 세계관을 확 바꿔 놓게 하였다. 나는 그때까지 계급사회의 모순을 분명히 해명하지는 못하였다. 이 세상이 옳지 않은 것은 알았지만 무슨 까닭으로 그렇게 되었는지 과학적, 이론적으로 그 원인을 해명할 수 없었다. 그것은 마치 운애가 낀 먼 산을 바라보는 것과 같은 유심론의 너울이 가리어서 나의 심안에 계급 사회의 윤곽이 뚜렷이 보이지 않았다. 그랬던 것이 쏘베트 문학—프로레타리아 문학 작품과 사회주의 서적을 읽어 감에 따라서 나는 계급 의식에 눈을 뜨게 되었다.

그런데 그 이듬해 7월에 뜻밖에 관동 대진재—지진의 소동이 일어났다.

문학의 길에로

관동 지진 통에 구사일생으로 살아 난 나는 『동아일보』사 제1회 구조선 구한국 군함인 홍제환(弘濟丸)을 타고 귀향하였다.

우리 일행은 태평양 연안을 휘돌아 나오는데 폭풍까지 만나서 1주일 만에야 간신히 부산에 상륙할 수 있었다.

나는 여러 해를 별러서 모처럼 해외 유학을 간 노릇이 불과 일년 남짓하여 되돌아오게 되었다. 그때 내 꼴은 「고향」의 주인공 김희준이보다도 더 초라하게 빈손으로 돌아왔다. 그러나 집안 식구와 친구들은 전쟁 통에 죽은 줄만 알았다가 살아 나온 것이 천행이라고 모두 기뻐하였다.

나는 다시 앞길이 막연하였다. 장차 나는 무엇을 할 것인가? 친구들은 또 다시 나에게 취직을 권고한다. 하나 나는 그럴 수가 없었다.

그해 겨울 동안에 나는 집에 엎드려서 장편 소설 「암흑」을 썼다. 그 이듬해—1924년 봄에 나는 원고 보따리를 싸들고 서울로 올라갔다. 우선 나는 『조선일보』 편집국장을 찾아가서 원고 뭉텅이를 내놓고 신문에 게재해 주든지 평을 해 달라고 떼를 썼다.

그때 『조선일보』의 편집국장은 홍덕유인 줄로 기억되는데 열흘이 지난 후에 다시 물어보니 자기네 신문에는 실을 자리가 없다고 하는 말이 결국 퇴짜를 맞은 셈이다. 그는 본인 앞에서 작품이 좋지 않다고 박절히 말할 수 없으니까 그렇게 완곡히 거절을 한 것이 아니었던가 한다.

나는 비로소 자기의 작품이 덜된 줄을 깨닫고 철부지의 행동을 자조하였다. 다시금 나는 낙망하였다. 나는 불가불 집으로 돌아갈 수밖에 없었다. 서울로 올라 온 일이 허사로 되고 보니 모든 희망이 수포로 돌아갔다.

어언간 십여 일 서울에 체류하는 동안에 나는 인사동 도서관에 다니며 문학 작품—그 중에도 로씨야 고전 문학과 고리끼의 작품들을 많이 읽었다. 그때 나는 동대문 밖 용두리에 사는 아는 집에다 기식을 하고 날마다 문안으로 드나들었다.

그런데 하루는 신간 『개벽』 잡지를 뒤지던 중 단편 소설 현상 모집 광고가 난 것을 발견하였다.

그의 모집 기간이 아직도 근 10일이 남아 있다. 나는 즉시 주인 집으로 달려가서 창작의 붓을 들었다.

그때 나는 비상한 결심으로 집필을 하였다. 그것은 내가 처녀작 장편 소설에 실패한 만큼, 나의 장래가 결정되는 기로(岐路)에 섰기 때문이었다. 나는 이렇게 생각하였다.—이번 현상 소설에 투고를 하여서 다행히 당선이 되는 경우에는 작가로 지향하겠지만 만일 낙선이 된다면 그것은 문학의 소질이 없기 때문이니 아예 단념할 것이라고—정말 나는 그런 결심 밑에 투고를 하였다.

한데 뜻밖에도 「오빠의 비밀 편지」가 3등으로 당선되었다. 나는 그때 어찌도 기뻤던지 모른다.—당선작을 계기로 그 이듬해에 나는 서울로 아주 올라왔다. 나는 그후부터 오늘날까지 작가의 한 사람으로 붓을 들고 있다.

만일 그때 나의 단편 투고가 낙선이 되었다면 나는 어떻게 되었을는지 모른다. 혹은 작가로 되지 못하였거나 작가가 되었더라도 몇 해 후에나 되었겠는지?……

하여튼 나는 이와 같이 뒤늦게 작가의 길을 밟았다.

나의 이 하찮은 경력이 오늘 문학청년들에게 무슨 도움이 되겠는지 모르나 나는 솔직히 자기의 과거를 돌이켜 보았다.

그러나 만일 동무들에게 나의 하찮은 생활 체험이 참고가 된다면 그것은 '작가 수업'이전의 '인간 수업'이라고 할까? 나는 작가가 되려고 일부러 방랑 생활을 소년 시대에 한 것은 아니었지만 그것이 다음날 작가로 되는데 기초가 되었다고 지금도 생각한다.

왜 그러냐 하면 그것은 비단 나뿐만 아니라, 위대한 작가들의 전기를 보더라도 대개 그들은 소년 시절의 체험이 그들의 작품에 반영되고 그들을 작가로 육성하는 커다란 영향을 미치게 했기 때문이다.

「카프」와 나의 창작 활동

나는 이상과 같은 경로에서 처녀작을 발표하게 되었다. 그를 계기로 하여 나는 오랫동안 동경하여 오던 서울로 진출할 기회를 얻을 수 있었다.

나는 1925년 여름에 서울로 아주 올라갔다. 그리하여 『조선지광』 잡지사에 취직을 하는 한편 「카프」에도 가맹하였다.

그것은 내가 처녀작을 발표한 후 뒤이어서 『개벽』에 「가난한 사람들」을 발표하였는데 포석 조명희의 반련으로 당시 「카프」 관계자들과 알게 된 것이 결연을 맺게 하였다.

나는 「카프」에 가맹하는 데 조금도 사상적 주저를 하지 않았다. 그것은 내가 무산자에 속하였던 계급적 의식이 나로 하여금 그렇게 생각하도록 하였다.

그후 일련의 단편들을 발표한 것이 「외교원과 전도부인」, 「쥐 이야기」, 「천치의 논리」, 「민촌」 등이 있다.

그러나 이 작품들은 의연히 소위 '신경향파' 문학에 속하는 것들이었다.

주지하는 바와 같이 '신경향파' 작품은 노동자와 농민들의 계급 투쟁이 아직 자연생장적으로 일어나던 초기의 운동을 반영한 것이었는바, 그것은 작가의 세계관이 아직 과학적으로 투철하지 못하였던 데도 원인이 없지 않았다.

「카프」는 맹원 작가들의 이와 같은 약점을 퇴치하고 맑스—레닌주의 사상으로 무장시키기 위하여 비밀 강좌를 수시로 열었다.

그때 우리들은 경찰의 눈을 피하여 구석진 집을 찾아다니며 이동 강좌을 열고 이론 투쟁과 학습회 등으로 자체의 교양을 높이기에 노력하였다.

「카프」는 1927년에 조직을 개편하였는데, 그때 「카프」의 강령도 고쳤다. 그것은 예술의 '볼셰비키'화를 위한 재조직이었다. 이로써 「카프」의 조직체는 더욱 강화되었으며 새 강령은 구체적으로 맹원들에게 행동 방침을 지시하였다.

「카프」는 조선 무산계급 해방투쟁 전선의 일역으로서 노동자, 농민들을 위한 문학적 혁명 운동을 담당하게 되었으며 「카프」가 재조직되면서부터 그의 운동은 더욱 활발하게 전개되었다.

「카프」안에는 출판, 문학, 연극, 미술, 음악, 영화 등—각 부서를 두었는데 나는 출판부의 책임을 맡아보았다.

「카프」의 조직을 강화하고 「카프」 작가들이 사회적으로 진출하게 되자, 부르죠아 작가들은 「카프」 작가들을 공격하여 나섰다. 그들은 예의 문학 예술에서의 사상적 계급성을 부정하려는 것이었다.

이에 대하여 「카프」 작가와 평론가들은 그들을 대항하여 맹렬한 이론 투쟁을 전개하였다.

나는 주로 창작 활동을 하였으나 몇 개의 평론을 쓰기도 하였다.

그것은 이광수를 상대로 한 「소인의 발호 시대」(조선지광), 「〈혁명가의 안해〉와 이광수」 등이었으며, 김동인을 평한 「적막한 애원의 1절을 읽고」와 함일돈을 비평한 「반동적 평론가를 매장하라!」「大潮」 등이었다.

이광수에 대하여는 나는 그의 작품 「혁명가의 아내」를 반박하기 위한 소설 「변절자의 안해」를 써서 『형상』 잡지에 연재할 것을 계획하였다.

그러나 「변절자의 안해」는 제 일회를 발표한 것 뿐으로 일제의 검열에 걸리어 중지를 당하고 검열에 넣었던 원고까지 압수를 당하였다.

일제의 검열망은 「카프」 작가에 대하여 더욱 혹심하였다. 그 당시 「카프」 작가들이 자기의 작품을 발표하기 위하여는 2중 3중으로 난관이 가로막혔었다. 그 중에도 제일 큰 난관은 검열이었다.

그들은 어떻게 하면 일제의 검열망을 돌파할 것인가? 하고 무등 고심을 하였으며 비상한 전술을 짜내었다.

그의 한 가지 실례를 들어보자. 일제는 조선 사람들한테 일본을 '내지(內地)'라고 부르게 하였다. 그들은 일본인을 '내지인'으로, 일본어를 내지어(內地語)로 쓰도록 명령하였다. 그러나 양심적인 조선 작가들은 차마 그렇게 쓸 수는 없었다. 나도 그랬었지만 그들은 부득이 '일본 내지어'라고 썼다.

일제가 패망할 무렵이던 1940년대에 이르러서는 놈들은 발악이 단말마적 절정에 달하였었다. 놈들은 유치원 아동과 소학교 학생에게도 조선말을 못하게 하였으며 소위 일본식 '창씨'를 전체 조선 인민에게 강요하는 언어도단에까지 이르렀었다.

나는 그때 '창씨'로 하여 무등 애를 먹었다. 그것은 끝내 창씨를 하지 않았기 때문이다. 창씨를 않는다고 「사상 보호 관찰소」의 책임 보호사(保護司) 왜놈이 나에게 질문을 할 때마다 나는 이런 저런 구실로 핑계를 대었다. 나중에는 그가 서면으로 창씨를 하지 않는 이유를 보고하라는 것도 나는 묵살해 버렸다.

다른 한편 학교에서는 집의 아이들을 선생들이 족쳤다. 다른 아이들은 '창씨'를 다 하였는데 저희만 하지 않았다고—철모르는 자식들은 마치 월사금을 못 낸 때와 같이 징징거리었다. 나는 너무도 화가 나서 한 번은 "이놈의 새끼들! 뭐라고 창씨를 할테냐? 개자식이라고 성명을 고쳐 달라려무나!"하고 애꿎은 그들에게 야단을 쳤다.

「사상 보호 관찰소」에서는 나를 이용하기 위하여 여러 방면으로 강박하였다. 그러나 나는 일어를 잘 모르기 때문에 글도 쓸 수 없고 강연도 할 줄 모른다고 종시 거절하였다. 나는 소학을 마친 것뿐이어서 그들은 나의 말을 수긍하였는지 모른다.

그러나 놈들의 야만적 탄압이 날로 극심하여 감에 따라서 나는 아무래도 서울에 그냥 있다가는 어느 코에 걸릴는지 모르는 위험을 느끼었다.

더구나 제2차 「카프」 사건으로 검거되었던 「카프」 작가들은 조금만 잘못했다가는 걸려 들 판이었다.

나는 생각다 못하여 붓을 꺾고 농촌으로 깊이 들어갔다. 1944년 3월에 나는 강원도 내금강 병이무지리(並武里)로 전 가족이 소개를 하여 가서 8·15 해방 전까지 2년 동안 자수로 농사를 지었다. 나는 해방 후에 다시 붓을 들었다. 1946년 8·15 해방 1주년 기념 사업의 하나로 나는 연극 대본 「해방」—전 2막을 썼는데 그것을 철원 극장에서 상연하였다. 이것이 나의 해방 후 첫 작품이었다. 8·15 해방 후에야 나는 작가로서도 해방을 만나서 오늘날까지 행복한 환경 속에 집필을 계속하고 있다.

◆

내가 소설을 쓰기까지의 경력은 이러하다. 나의 좁은 견문과 고루한 경력이 오늘 작가를 지망하는 젊은 동무들에게 별로 도움이 되지 못할는지 모른다.

그러나 나는 동무들에게 이것 한 가지만을 말하고 싶다. 즉—내가 살아오던 그런 일제 식민지 통치의 암흑 시대에도 소설을 썼거든, 하물며 오늘과 같은 영광에 가득 찬 시대에서는 더 할 말이 없지 않으냐, 고! 조선 노동당과 공화국 정부와 영명하신 수령 김일성 원수의 지도를 받들고 공화국 북반부에서 사는 청년 문학도들 앞에는 실로 양양한 앞길이 펼쳐져 있지 않은가!

문학은 인간을 연구하는 학문이다. 부족하나마 내가 급기야 문학의 길을 걷게 된 것은 어려서 인민들과 많이 접촉한 결과라고 본다. 농촌에서 생장한 것과 소년 시대의 방랑생활은 부지중 인민들 속에서 그들의 생활을 채득케 하였다. 만일 나에게 그런 경험이 없었다면 나는 소설을 쓰지 못하였을 것이요, 더구나 농촌 소설은 쓰지 못하였을 것이다. 왜 그러냐 하면 모르는 것을 쓸 수 없고 설혹 쓴대야 그것은 추상적으로밖에 될 수 없기 때문이다.

장편 「봄」은 더 말할 나위도 없지만 「고향」이나 「두만강」 역시 어린 시절의 체험과 인상을 더듬어서 구상을 짜내었다. 물론 주인공들이나 부차적 인물들이 모두 실재한 인물들이란 말은 아니다.

그러나 내가 쓴 작품의 인물들은 고향 사람들 중에서 —그 많은 농촌 사람들과 아는 사람들 중에서—전형적 성격을 찾아내기 위하여, 각 사람의 이모저모를 뜯어다 붙인 것이다.

유년 시대의 농촌 생장과 곤궁한 가정 환경이, 그리고 고대 소설과 외국 문학—그 중에서도 고상한 로씨야 문학, 쏘베트 문학 작품들을 읽은 것이 나로 하여금 후일에 작가로 되게 하는 문학 자료의 '축적'을 한 것이었다.

그것은 나의 실제 경험에 의하여도 생활을 모르고서는 문학을 창조할 수 없다는 것을 입증케 하였다. 더구나 오늘 사회주의를 건설하고 있는 우리들이 지향하는 조선 민족 문학—인민 문학을 창조함에 있어서이랴!

그후에 나는 오늘까지 여러 편의 소설을 썼다. 그러나 30여 년을 작가로 종사해 왔지만 아직도 나는 소설을 쓰는 묘방이란 것을 모른다. 아니 모른다느니 보다도 쓰면 쓸수록 어려운 것은 소설이다. 이렇게 말하면 작가를 지망하는 젊은 동무들은 혹시 실망하는지 모르나 결코 그럴 필요는 없다. 왜 그러냐 하면 난관은 노력으로 극복할 수 있기 때문에—.

소설가는 마치 금점꾼과 같다고 본다. 금점꾼은 우선 금광에 대한 지식을 가져야 하고, 그래서 그는 광맥을 찾을 줄 알아야 하겠다. 광맥을 발견한 다음에는 그것을 줄기차게 파내야만 한다.

주지하는 바와 같이 금점은 숱한 버럭을 쳐내고서야 광맥을 찾게 되고 광맥 속에서 광석을 캐내는 것이다. 그러나 설사, 노다지 광석을 캐어 냈다 하더라도 그 광석을 최후의 한 조각까지 분석한 후에 잡철을 죄다 떨어 버려야만 순금이 남는다.—땅 속에 들어 있는 금을 얻기란 이와 같이 어렵다.

작가가 숱한 원고지를 버리고 개작을 거듭하는 과정은 마치 금점꾼이 버럭을 쳐내버리고 광맥을 파들어 가는 것과 같다고 할까. 그리고 추고를 거듭하는 것은 광석을 분석하는 것과 같다 할까? 하여튼 작가는 금점꾼 이상으로 노력을 해야만 된다. 그런 의미에서 창작은 금을 캐내기보다도 더 어려운 일이다. 왜냐 하면 금은 눈으로 보기나 하고 캐내는 것이지만 작품은 머리 속에서 캐내야 하기 때문에…… 그것은 육안으로는 보이지 않는다. 오직 심안(心眼)의 현미경과 같은 렌즈로 보아야만 인간의 내면 세계가 들여다보인다.

그런데 나는 실패한 작품을 많이 썼다. 이것은 마치 서투른 금점꾼이 강목을 많이 친 것과 같다. 하나, 금점꾼이 강목을 쳤다고 낙망해서는 안 되는 것과 같이, 작가도 실패한 작품을 썼다고 낙망해서는 안된다. 실패는 그 대신 경험을 얻게 한다. 이 경험은 앞으로의 성공에 도움을 준다. 강목을 친 금점꾼이 금광에서 손을 뗀다면, 그는 영 다시는 금을 얻지 못할 것이다. 그러나 계속 금점을 하게 되면 금을 캐는 때도 있을 것이 아닌가. 때로는 ‘재벽’을 얻을는지도 모른다. 그와 같이 작가도 창작에 꾸준히 노력하면 성공한 작품을 쓰게 될 것이다.

작가는 남이 모르는 숨은 노력이 있어야 한다. 작가가 되려면, 우선 많이 읽고 쓰고 인민의 생활을 깊이 알고 현상의 배후에 숨은 본질을 잡아내는 통찰력이 있어야 할 것이다.

그러나 그것만으로는 부족하다. 예술가의 높은 긍지감으로써 고매한 문학 정신을 예술의 도가니 속에다 자기의 소재와 함께 용광로 속과 같이 달궈 내어야만 그 작품은 정금과 같이 빛날 것이다.

무심각골의 노력! 이것은 다른 누구보다도 작가에게 더 많이 요구된다.

눈, 머리, 심장

그런데 세칭 '문학 청년'들—장래 작가를 지망하는 청소년들은 늙은 작가의 창작 경험을 알고 싶어서 매우 궁금히 여기는 모양 같은데…… 털어놓고 말해서 무슨 약방문과 같은 창작 비결이란 것을 없다는 것은 우선 동무들이 알아야 하겠다. 아무리 고명한 의사의 처방이라 하더라도 만병 통치하는 약이란 있을 수도 없거니와 또한 같은 약이라도 그 사람의 체질 여하에 따라서 효험을 보기도 하고 반대로 해를 보기도 하는 것이다.

물론 창작사업은 약 처방과는 다른 것이다.

가령 소설 작법이나 시 작법 같은 것을 읽으면 다소간 소득이 없지는 않을 것이다. 그러나 문학을 그런 '방법'으로 속히 성공하려고 한다면 그것은 외도일 뿐만 아니라 우물에 가서 숭늉을 달라는 격이다. 왜 그런가? 문학은 인간의 생활을 연구하는 학문인 만큼 그렇게 조급히 생각해서는 안 되기 때문이다. 그러므로 나는 젊은 동무들에게 문학수업을 하기 전에 먼저 인간수업부터 하라고 권하고 싶다.

문학의 길이란 그렇게 탄탄대로가 아니다. 나의 경험에 의하면 문학—창작사업은 가장 어렵고 힘드는 사업 중의 하나라고 생각한다. 나는 1924년 처녀작을 발표한 이후 오늘에 이르기까지 34년간 창작에 종사하여 왔다. 그러나 나는 아직까지도 창작의 '비결'

이라는 것을 알지 못한다. 내가 과문해서 그런지는 모르지만 동서 고금의 탁월한 작가들에게도 그런 '비결'이 있다는 말은 아직 듣지 못하였다.

위대한 작가 똘스또이는 말하기를 자기는 단번에 써내어 글이 되어 본 적이 한 번도 없는데 만일 누가 단번에 써내었다면 그는 정말 천재라고 하였으며 「전쟁과 평화」와 같은 그런 대장편을 일곱 번이나 고쳐 썼다고 하지 않았는가? 나는 똘스또이의 이 말과 그런 창작태도를 절대 지지한다.

혹은 이렇게 물을는지도 모른다.

문학에는 허구성이 있지 않은가? 또한 얼마든지 과장을 할 수 있지 않은가? 물론 문학에는 허구와 과장이 필요하다. 그러나 문학의 허구성이 있다 하여 맹탕 거짓말을 써도 좋다는 것은 아니다. 과장도 그러하다. 문학의 허구성이란 현실적 진실을 더욱 보편적으로 확대 심화시키기 위한 문학적 진실이라 하겠는데, 그래서 그것을 예술적 허구라 하고 시적 과장이라 하지 않는가?

나의 창작 경험에 의하더라도 직접 간접으로 보고 들은 것을 작품에다 썼지, 맹탕 거짓말을 꾸며낸 것은 하나도 없으며, 또한 그렇게는 작품이 될 수도 없다. 현실에 근거가 없는 거짓말은 아무리 재주를 피워서 쓴대도 첫째 실감이 나지 않을 것이다.

그러므로 나의 경험으로서는 작가가 되기 위하여는 우선 건실한 인간성을 가져야 할 것이며 현실을 깊이 알아야 하겠다.

그런데 이 현실을 안다는 것이 말로는 하기 쉬우나 정말 어려운 것이다. 왜 그러냐 하면 현실을 깊이 안다는 것은 이 세상의 천 만 사를—인간 사회의 광범한 생활면을 널리 알아야 한다는 말과 같은 것이기 때문이다.

하다면 한 사람이 어떻게 이 세상일을 다 알 수 있겠는가? 아무리 공부를 많이 해서 박학다문한 사람이라 하더라도 도저히 그럴 수는 없겠다. 어시호 작가적 수업이 필요하다고 보겠는데 나는 이를 요약해서 세 가지로 구별하여 말하겠다.

첫째는 작가의 눈이다. 작가의 눈이란 현실을 똑바로 옳게 볼 줄 알아야 한다는 말인데 그렇기 때문에 이 눈은 보통 눈으로는 아니 된다. 왜 그런가? 비근한 실례로 어떤 작가가 현지 파견을 장기적으로 나갔다 와서도 성과작을 못 쓴다면 그는 아직 '작가의 눈'이 준비되지 않았다고 할 수밖에 없겠다. 이 작가의 눈을 뜨게 하는 데는 덮어놓고 인민 속에 들어간다고 되는 것도 아니다.

그것은 우선 맑스—레닌주의 사상으로 무장한 과학적 세계관과 고상한 애국주의 정신을 소유해야 된다고 나는 생각한다.

둘째는 머리이다. 이 머리도 보통 머리가 아니라 작품을 구상할 줄 아는 작가의 머리이다. 아무리 현실을 똑바로 보아서 좋은 산 재료를 얻었다 할 지라도 그것을 취사선택하는 정리사업과 그리하여 작품으로 구상하는 창조적 머리를 쓰지 못한다면 소용없을 것이다. 허구와 과장도 이 구상 과정에서 되는 것이다. 만일 작품 구상을 건축에 비교한다면 설계도를 꾸미는 것과 같다고 하겠다. 그것은 아무리 좋은 재목을 구하여서 훌륭한 목수가 집을 짓는다 하여도 설계도가 없이 주먹구구로 짓는다면 결코 그 집이 잘 될 수가 없을 것이다.

셋째는 심장이다. 다시 말하면 작가적 정열을 기울여서 끓는 피로 써야만 되겠다. 작가적 눈으로 본 것을 작가적 머리 속에 정리해 가지고 그것을 심장의 들끓는 피로 쓰는데 그것(작가의 정열)이 팔을 통하여 펜촉에서 잉크로 흘러나오도록 하여야 하겠다는 말이다. 이것은 제철소에 비유한다면, 처음에 광석을 구해 오는 것은 작가가 취재를 하는 과정과 같고, 광석을 용광로에 집어넣는 것은 작가가 취재한 것을 머리로 구상하는 과정과 같고, 광석이 용광로 속에서 녹아서, 쇠물로 흘러나오는 것은 작가가 창작적 정열로 집필하는 과정과 같다고 나는 생각한다.

그러므로 이 세 가지는 서로 유기적 관계를 가지고 있음은 물론

이나 아무리 취재를 잘 하고 구상을 잘 하였다 할지라도 작가의 고상한 문학 정신이 고도로 연소(燃燒)되지 않고서는 훌륭한 작품이 될 수 없는 것이다.

3위1체라고 할까? 이 세 가지가 맞아떨어져야만 되겠다고 나는 생각한다.

결국 그것은 사상 문제이다. 작가적 기량을 안받침한 사상 문제라고 하는 것이 더 정확하다 할는지 모르겠다.

소재와 작품

문학을 한다는 말에도 여러 가지가 있다. 왜냐하면 문학에도 역시 계급성과 당파성이 있기 때문에—. 이광수, 이태준, 임화 따위의 문학이 인민들에게 무슨 소용이 있느냐 말이다. 오히려 그것은 인민들을 해친다

우리는 사회주의 문학, 노동계급의 문학을 위해 투쟁해 왔고 이 것만이 진실한 의미에서 인민의 문학이다. 그것은 사회주의 사실주의 창작 방법에 의거하여 역사의 주인공—사회의 주인공인 근로 인민과 밀접히 결합된 문학이다. 문학이 소수의 착취 계급을 위한 것으로나 '정신 귀족'들의 전용물로 되어서는 결코 안 된다.

여기에서 문학적 소재가 문제로 된다. 어떤 소재를 가지고 쓰는가? 하는 것은 작가가 어떤 눈과 머리로 쓰는가 하는 문제와 같다. 즉 누구를 위해서 쓰는가? 하는 입장에 따라서 소재 선택이 달라진다. 그리고 입장이 확고하면 같은 소재를 가지고도 사람에 따라 이러저러하게 쓸 수 있다.

물론 우리는 근로 인민들을 위해서 쓴다. 그러므로 우리는 근로 인민들의 생활과 투쟁과 그들의 지향 속에서 소재를 선택하는데 그 것은 과거 역사에서도 찾을 수 있고 현재에서도 찾을 수 있다. 과거에서 소재를 찾는다 해도 그것은 소재 자체가 과거 역사에 속할

뿐이지 그 작품의 문학 정신과 호소성은 응당 현대적 의의를 가져야 할 것은 두말할 게 없다.

소재를 선택하는 데는 작가 자신의 생활 체험이 매우 중요하다. 나는 토지 개혁 후에 단편 「개벽」과 장편 「땅」을 썼는데 이것들은 내가 해방 전후시기에 농촌에서 농민들과 함께 일하고 생활한 체험의 산물이라고 생각한다. 만일 그런 경험이 없었다면—그 작품들이 잘 되었다는 것은 아니지만 아마도 그때 그렇게 쓰기는 퍽 힘들었을 것이다.

노동자들과 함께 생활하고 일한 사람들, 노동자들의 감정, 지향 등을 잘 알며 그들의 사상을 자기의 사상으로 체득한 작가는 노동자에 대한 좋은 소재를 선택해서 잘 쓸 수 있는 첫째 조건을 가지고 있다. 그러니만큼 우리는 노동자, 농민 속으로 들어가야 한다.

그렇다고 해서 작가가 체험한 생활만이 절대적은 아니다.

어떤 국한된 지방에 사는 노농(老農)은 기상대의 천기 예보보다도 명일의 기상을 정확히 예언한다. 그는 다년간 그 지방에서 살던 경험의 누적으로 그것을 점칠 수 있다. 그러나 그가 다른 지방에 가서는 전연히 땅뗌을 못한다. 그것은 기상학을 배우지 않고는 누구나 알 수 없다. 단지 자기가 체험한 생활에서만 창작할 수 있는 작가는 마치 제 지방의 천기를 예언하는 노농과 같다 할 것이다.

농촌을 예로 들어 말할 때 협애한 시야를 넓히자면 우리 나라 전체 농촌의 현실을 정확히 파악해야 하며 무엇보다도 우리 당의 농촌 정책을 잘 알아야 한다. 그리고 농촌에 들어가 농민들과 함께 일하며 연구하는 농촌 생활과 농민의 지향, 감정을 파악해야 한다.

이러한 노력이 없이는 아무리 상상력이 비상한 작가라도 농촌의 전형적 사실을 전형적으로 형상화할 수 없다. 더구나 일행 천리의 천리마의 기세로 우리 농촌이 발전하고 변모하고 있어서임에랴!

내남없이 우리 작가들이 농촌 소설을 썼다 하되 사실인즉 농촌 영역에서 극히 조그만 한쪽 구석을 따작거리다 말고 있을 뿐 아닌가? 풍부한 소재는 아직 그대로 묻혀 있다. 왜 그렇게 되었는가? 작가들의 생활에서의 사회적 실천의 빈곤, 현실에 대한 객관적인 정확한 인식의 결여 즉 한 마디로 말해서 세계관의 빈약과 현실 탐구의 부족에서 오는 원인이 큰 줄 안다.

소재보다 거장(巨匠)이란 말도 있다. 소재가 아무리 풍부해도 거장—예술적 기량이 없이는 또한 우수한 작품을 생산할 수 없다는 뜻이다.

작가는 현실에서 이상을 찾아내는 사명을 가졌다고 볼 수 있다. 그것은 마치 탐광가가 광맥을 발견하는 기술과 같다 할까? 문학은 현실적 소재를 그대로 사진 박듯 재현하는 것은 아니다. 그것은 현실의 저수지에서 문학적 소재를 선택하는 동시에 그것을 다시 예술적 도가니 속에서 가공해 내 온 재생산품이 아니고는 아니 된다. 그러니만큼 소재를 선택하고 그를 예술적으로 형상화할 줄 아는 기량을 길러야 한다.

그런데 문학—예술은 세계의 인식이니만큼 그것은 객관적 세계를 정확히 반영할수록 고도의 예술품으로 된다. 그래서 작가를 일종의 철학자라고 함은 우연한 말이 아니다.

그렇기 때문에 문학—예술은 독자의 기분을 맞추기 위하여 다만 재미있다는 매력으로써만 평가할 것이 아니다.

따라서 작가의 기량 역시 그의 세계관, 지식 정도, 생활 체험과 현실 탐구와 분리해서 생각할 수가 없다. 어휘 습득이나 문장 수법이 언어 예술인 문학에서는 중요하지만 요컨대 세계관과 창작 방법이 통일되지 않으면 안 된다.

하긴 작가적 수완이 우수한 작가는 진부한 세계관을 가졌으면서도 훌륭한 작품을 생산한 실례를 볼 수 있다. 우선 똘스또이가 그러했고 발자크가 그렇지 않았던가? 그들은 자기의 소속된 계급의 지배의식과는 전혀 상반된 위대한 예술품을 창작할 수 있었다. 우수한 창작 방법은 간혹 그의 재능을 자기의 의도와는 어긋나는 방면으로 노출케 하는 수가 있다.

그러나 그렇다고 우리는 똘스또이나 발자크의 예를 들어서 작가의 역량은 다만 기술만으로 충분하다고 할 수 없다. 즉 다시 말하면 세계관과 창작 방법을 분리하거나 양자 중 어떤 일자를 소홀히할 수는 없다. 기술 편중은 장인(匠人)의 말기(末技)밖에 안된다. 한편 세계관 뿐으로서는 예술 작품을 창조하지 못하는 것도 같은이치이다. 그래서 세계관을 문학 이전이라 하는지 모른다.

천재적 작가는 무엇보다도 현실을 투시하는 형안(炯眼)의 소유자다. 그들의 투철한 관찰력과 정확한 필치는 왕왕 자기의 사상과 모순된, 객관적 진실을 반영하는 예술품을 창조하는 수도 있으니 그것은 예술의 진실을 떠나서는 생명이 없기 때문이다. 똘스또이의 창작 성과가 그런 실례로 될 것이다. 하지만 똘스또이의 문학을 고리끼의 문학과 비교한다면 역사적 제한성을 고려한대도 역시 똘스또이 자신의 세계관의 제약성이 작품에 미친 부정적 결과를 알 수 있다. 어느 모로 보든지 작가의 세계관을 개조하는 근본적 방법이란 것도 역시 창작적 실천에 있다고 생각한다. 사회주의 사실주의에 기초한 창작적 실천은 진실 탐구이기 때문에……

묘사의 대담성

나는 이상에서 별로 신통치 않으나마 극히 단편적으로 작가적 경험의 일단을 말하였는데 거기에는 이론적 체계가 서지 않고 심오한분석이 없기 때문에 독자들이 이해하기 어려울는지 모르나 하여튼내가 느낀 바는 그렇다.

끝으로 한 마디 더 하고 싶은 것은 창작에서 신비성을 타파하고묘사의 대담성을 발휘하라는 것이다.

보통 인간을 두고 보더라도 비록 최소한 약질일망정 그가 담대한사람이면 능히 강자를 압도할 수 있듯이 옹골진 작품을 만드는 데는 대담한 묘사가 요구된다.

어느 한 작품에 결함이 있다 하자! 그 원인은 여러 가지 있지만 가장 큰 것은 묘사적 대담성이 결핍된 데 있다고 나는 본다. 도식주의, 형식주의가 모두 묘사의 대담성이 없는 데서 나타난다.

대담성은 물론 다분히 모험성을 띠고 있다. 그렇다! 그것은 위험하다. 그러나 호랑이 굴속에 들어가야 호랑이 새끼를 잡을 수 있지 않은가? 작품 속에서 호랑이를 잡으려면 대담한 묘사를 해야 한다. 소심하면 호랑이를 놓치고 만다.

작가의 붓을 검에 비긴 사람도 있거니와 무사가 검을 쓰듯이 작가는 대담하게 붓을 들어야 한다.

묘사의 대담성! 이것은 작가의 정열 문제다. 정열을 식히지 않기 위해서는 불을 노상 때야 되겠는데 나는 그 연료 중의 하나로서 대담성을 말하고 싶다. 대담하게 현실을 파헤치고 들어가 대담한 묘사로써 현실의 핵심을 뚫고 들어가야 호랑이를 잡을 수 있다.

마감말

나의 소년시절에 비교하여 볼 때 오늘 공화국의 문학 청년들에게는 실로 붕정만리의 양양한 전도가 열려 있다. 그때는 아무것도 없었던 것이 지금은 모든 것이 동무들 앞에 구비되어 있지 않은가! 참으로 동무들은 무엇이고 하나이나 부족한 것이 있는가? 내 생각에는 모든 것이 작가를 지망하는 동무들에게도 완전히 구비되어 있는 것 같다.

그것은 노동당과 공화국 정부의 올바른 시책에 의하여 동무들이 마음대로 공부할 수 있으며 또한 자기의 재능대로 소원하는 직업을 선택할 수 있으며 마음껏 작가 수업을 할 수 있는 모든 조건이 갖추어져 있다.

그러나 이와 같이 행복한 환경에 있다 해서 동무들이 가만히 앉아 있어도 저절로 훌륭한 작가나 문학자로 된다는 말은 아니다.

그것은 동무들에게 더 큰 노력을 요구한다. 좋은 환경에 있을수록 더욱 분발하지 않으면 인민의 사랑을 받는 작가로 될 수 없다.

따라서 작가를 지망하는 청소년들은 지식을 넓히고 사회주의 건설의 참다운 역군이 되며 조국과 인민을 위하여 충실히 복무하는 애국자—인재(人材)가 되기 위하여는 남다른 분투 노력이 있어야 할 것은 두말할 것도 없다. 여기에 이상이 필요하다. 청소년 동무들은 작가가 되기 전에 우선 인재가 되어야 하고 인재가 되기 위하여는 위대한 이상과 포부를 반드시 가져야 한다.

그러면 어떠한 이상을 가질 것인가? 인류는 계급 사회의 고해(苦海)를 벗어나기 위하여 오랜 세기로부터 최고 이상 사회를 몽상해 왔다. 그것은 인간의 착취와 압박이 없는 무계급 사회—지상의 낙원을 건설하려 함이었다. 한데, 이 꿈은 우리의 눈 앞에 현실로 나타나게 되었다.

실로 우리들은 양양한 전망을 내다보며 인류의 융성기, 우리 조국의 번영의 시대에 살고 있다.

지금 공화국 북반부에서는 조국 통일의 위업을 달성하기 위한 혁명적 민주 기지 강화와 사회주의 건설에 전체 인민들이 천리마의 기세로 내달리고 있다.

오늘 우리는 우리나라 역사에서 전례없는 혁명적 앙양과 거대한 변혁의 시대에 살고 있다.

우리 나라는 사회주의의 길을 따라 비약적으로 전진하고 있으며 전체 사회의 면모는 급격히 변화되고 있다.

매일과 같이 새로운 혁신이 일어나고 있으며, 매일과 같이 새로운 전변이 일어나고 있다. 우리는 오직 당이 가리키는 길을 따라 용왕매진한다면 멀지 않아서 우리의 이상인 공산주의 사회의 문 어구에 들어 설 수 있게 되었다.

이 보람차고 장엄한 현실—창조적 기류는 모두 다 위대한 예술적 창조의 원천이다.

이 장엄한 현실 속에서 충실히 일하며 이 현실을 진실하게 예술적으로 형상화할 책임이 우리 문학도들에게 있다.

그러자면 자신을 맑스—레닌주의 사상, 공산주의 붉은 사상으로 무장함은 물론 김일성 동지를 수반으로 하는 조선 노동당의 주의에 철석같이 뭉치어 당의 문예 정책을 높이 받들고 사회주의 사실주의 기치 밑에 대담하게 창작적 실천을 하기에 노력해야 할 것이다.

청소년 문학도들이여! 조선혁명의 완수를 위하여, 영웅적 조선 인민의 민족적 기상을 빛내기 위하여 공화국의 진정한 '인간 정신의 기사'가 되라!

어두운 밤 폭풍을 뚫고

송 영

내가 중학생의 모자를 벗어버리고 처음으로 캡을 쓴 것은 나이 열 일곱 살 되던 해인 1919년 3월 초하룻날 저녁때였다.

온종일 목이 쉬도록 조선 독립 만세를 부르고 집으로 돌아 왔을 때에는, 나는 무서움과 겁을 모르는 불덩이로 되어 있었다.

배재학교 운동장에서 떼를 지어 대한문 앞으로 쏟아져 나가던 일, 남녀 노소들의 시위 군중들이 성난 파도처럼 넘쳐 흐르던 서울의 거리와 거리, 황토현 네거리에서 어떤 노인이 "아, 독립이 됐고나"하면서 크게 목놓아 울던 광경, 그리고 탑골 공원에서 독립 만세를 처음 듣던 그 감격, 왜놈 헌병놈들과 순사놈들은 망지소조하여 뻔히 쳐다들만 보다가는 슬그머니 도망치던 꼴……

나는 그날 밤 온밤을 뜬눈으로 새웠다. 독립이 다 된 줄만 알았고 또 만세만 부르면 독립이 될 줄만 알았다.

며칠 뒤 나는 동급 동창생인 박세영 등 몇몇 청년들과 같이 『자유 신종보』(自由晨鐘報)라는 비밀 프린트 신문을 발행하는 데 참가하였다. 한 5, 6호까지 이 비밀 신문은 무사히 발간되었다.

편집, 프린트, 송포 등은 분공이 되었었는데 낮에는 등사판을 유지(油紙)에 싸서 우물 속에 감추어 두고 밤 늦게야 비밀 인쇄를 하였고, 새벽 일찍 이것을 직접 대문 안에 집어넣었다. 그러나 이것도 얼마 오래 계속되지 못했다. 처음에는 아연실색해서 어쩔 줄 모르고 멍하기만 하였던 일제의 통치배들은 얼마 뒤 다시 정신을 차리고 무장군경을 총출동하여 시위 군중을 학살하고 체포 투옥하였다. 이래서 전 조선 강토는 인민 대중의 고귀한 피로 붉게 물들었다.

그러나 그때 독립 선언서에 서명한 손병희, 최린, 박희도 등 33인이 태화관이라는 요리집에 모여 앉아서 총독부 경무국장에게 투항하는 전화를 걸었으며 여기서 기세를 얻은 일제의 통치배들은 피묻은 총칼을 인민 대중에게 돌려 댔다는 것을 인민들은 전연 몰랐던 것이다.

그해 가을에 가서 놈들의 유혈적인 탄압으로 말미암아 이 운동은 일단 잠잠하였다.

대부분의 학생들은 다시 복교를 하였다.

그러나 나는 그때 학생 모자를 다시 쓰지 않았다. 그것은 내가 유달리 배일사상이 강해서 다시는 일제의 교육을 받지 않겠다는 사상적 견지에서가 아니라, 영락 일로를 걷고 있는 나의 집안 형편이 나를 그렇게 만들었던 것이다.

그 대신 나는 3월 초하룻날에 처음 썼던 캡을 그냥 눌러 쓰고 한 달에 8원씩 월급을 받는 운송부의 잡역이 되었다.

여기서부터 나의 파란 많은 사회생활이 시작되었다.

이러한 사회생활은 나를 실제적으로 계급적으로 자각하게 했고 이 계급적 자각은 곧 나의 문학 수업에 목적의식성을 부여하였던 것이다. 그때부터 8·15 해방 직전까지 나는 월급쟁이 생활을 하였다.

더욱이 20세 이후부터 나는 열 식구나 되는 큰 집안을 먹여 살려야 할 책임을 진 세대주가 되었다. 따라서 단 한 편의 창작도 단

며칠 동안이나마 시간을 내어서 전문적으로 써 본 일이 없었다.

창작은 곧 투쟁이요, 투쟁 중에서도 가련한 전투이다.— 이것이 나의 창작 활동을 단편적으로 요약해 주는 표현이다.

운송부원 생활이란 아침 일곱 시부터 저녁 아홉 시까지 온종일 큰 저울대 앞에 서서 위탁받은 짐짝을 달아보고 꼬리표를 써서 그것을 구루마로 싣는, 실로 가혹한 중노동이었다.

이럴 무렵 나는 문학 소년들의 습작 발표 기관인 동인 윤독 잡지 『새 누리』의 동인으로 되었다.

『새 누리』—이것은 새 세상이란 말인데 왜놈이 없어지고 조선 사람끼리만 사는 조선 세상이란 뜻에서 나온 것이다. 그러나 그 당시 일제를 어떻게 물리쳐야 하냐는 행동 강령은 못 가지고 있었다. 『새 누리』 발간은 한 2년 동안 계속되었는데 그 표지의 그림은 지구 위에 비둘기가 앉아 있는 것이었다. 물론 그것은 세계의 평화라는 이념에서 나온 것이었으나, 역시 프로레타리아 국제주의에 입각한 것은 아니요 그냥 막연한 것이었다.

그때 『새 누리』의 동인들 중에서는 다시 배재 학생이 된 박세영, 인쇄직공으로 있는 이적효, 상점 점원인 이용곤과 그리고 내가 핵심이었다.

『새 누리』는 습작 이전의 습작들의 발표 기관이다. 때문에 문학 작품 이외에 그냥 문장이며는 무어나 다 발표하였다. 소설·시·희곡·문예평론·역사·지리·기행문·수필·위인전·자연과학 등 광범한 분야의 글들이 실렸는데 그나마 그 3분의1 가량은 남의 글의 모작이거나 심지어는 도작(盜作)(그러나 이것은 고의로 범한 악덕 행위는 아니었다.)까지들도 있었다.

그러나 한 1년 지나가는 동안에 『새 누리』는 비록 초보적이나마 계급적 경향을 띠게 되었다.

이 시기는 내가 우편국 고원(雇員)으로 있을 때다. 그때 박세영은 상해로 고학을 가고 주로 이적효, 이용곤 즉 근로 청년들만으로 동인의 성분은 개조되었다.

그때 나는 「구름 끝까지」 「어부」라는 습작 장편소설을 썼다. 그것들은 어떻게 길었던지 아마 지금 200자의 원고지로 환산하면 두 편 합해서 만 매는 되었을 것이다.

지금 생각해 보면 황당무계한 일이지만 그때의 나는 오직 창작에 일생을 바치겠다는 활화산 같은 정열 그것만으로, 제 자신도 무엇을 쓰는지 모르고 그냥 쭉쭉 내려 갈겼던 것이다.

그러나 그때, 그런 습작을 할 때에도 세계적으로 저명한 문호가 되어 보자는 막연한 이상만은 가지고 있었다. 노르웨이 작가 그누뜨 한슨의 장편 소설 「주림」은 내가 그때 외국 소설을 제일 첫 번으로 본 것인데 거기에서 깊은 감명을 받은 것은 그 소설의 주인공이 가난한 그 점이다. 그것은 나의 생활과 흡사했기 때문이다.

다음으로 읽은 외국 소설이 도쓰또예브쓰끼의 「죄와 벌」이다. 나는 이 소설에서도 그 주인공이 빈궁과 기아에 허덕이고 있는 데 대하여 공감하였던 것이다.

이래서 그 빈궁의 원인이 어디 있는가를 알려고 하는 대신 다만 그 빈궁을 실컷 말해보고 싶고, 동시에 세상을 저주하는, 말하자면 룸펜 프로레타리아적인 니힐리즘에 빠졌었다.

그후 나는 도쓰또예브쓰끼의 일련의 빈궁소설을 거의 다 통독하였다.

그 영향으로 하여 이 시기에 습작한 나의 두 장편에서는 빈궁을 폭로하고 저주하고 영탄하는 무력한 젊은이가 주인공으로 되어 있었다.

열 아홉 살이 되자 나는 레닌의 『무엇을 할까?』 맑스의 『자본, 임급, 잉여 가치』 『공산당 선언』 및 10월 혁명에 대한 일본말 팜프레트 등 사회주의 서적을 읽기 시작하였다. 동시에 문학 작품으로서는 도쓰또예브쓰끼에게서 싫증을 느끼고 막씸 고리끼의 작품들 즉 단편 「채르캇슈」 장편 「참회」 「세 사람」 「애국자」등을 탐독하게 되었다. 그때부터 나는 조선의 고리끼가 되겠다고 생각하였다. 고골리와 체호브의 희곡에도 깊은 흥미와 공감을 느끼고 동시에 발자크와 모리에르의 작품들도 애독하였다.

그중에서도 고리끼의 「최하층」, 고골리의 「검찰관」, 모리에르의 「인간 증오」 같은 것을 더 열심히 읽었고 그 시기에 그런 작품들을 모방한 많은 습작 희곡까지 썼다.

그때 나는 여전히 우편국원이었다. 왜놈 상관 밑에서 민족적 차별을 받는 나의 직업 생활은 나로 하여금 구체적인 배일 사상을 가지게 하였으며 동시에 사회주의 서적 및 작품의 영향으로 계급적인 사회관이 형성되기 시작하였다.

그러나 이것들보다 더 깊은 영향을 받은 것은 인쇄 직공인 이적효와 상점 점원인 이용곤 등에게서였다. 그때 우편국 생활이란 격일로 교대되는 24시간 노동이다. 그래서 퇴근하고 돌아오면 온몸이 솜같이 피로된다. 그러나 몇 시간만 자고 나서 정신을 바짝 차리고는 원고지와 마주앉아 깨알같은 글씨로 수십 장—어떤 때는 백여 장씩 쓴다.

이러한 생활이 만 3년이나 계속되었다.

그러나 이러한 가혹한 노동 속에서 민족적 차별과 계급적 착취를 당하면서도 습작은 하루도 그치지 않았다. 이러는 동안에 나의 사상도 자라났고 또 필력도 단련되었다.

1922년 여름 나는 왜놈 우편국장을 잉크병으로 때리고 즉석에서 쫓겨나서 밥벌이도 할 겸 고학도 할 겸해서 일본 동경으로 건너가 어떤 유리공장의 견습 직공살이를 하였다. 그때는 일본의 노동 계급의 혁명적 세력이 고도로 앙양되었던 때다. 내가 있던 공장에도 일본인 공산주의자의 지도 밑에 노동 조합이 결성되고 합법적인 파업 투쟁, 보선 투쟁(보통선거를 위한 투쟁)이 격렬하게 벌어지고 있었다.

이러한 환경 속에서 나는 계급의식이 더욱 앙양되고 프로레타리아 문학 창작에로의 새로운 각오를 다지게 되었다.

이 시기 나의 생활은 카프 창립 전후에 발표된 단편들인 「용광로」「석탄속의 부부들」「우리들의 사랑」등 여러 작품 속에 반영되었다.

그때 공장 생활은 어떠하였던가?

작업은 아침 여섯 시에 시작이니까 합숙에서는 네 시에 일어나야 했다. 저녁엔 여섯 시까지인데 일을 다 끝내고도 뒷소제를 하느라면 일곱시가 넘어서야 합숙에 돌아갔다. 더욱이 그때에는 견습 직공이란 도제(徒弟)제도이었기 때문에 자기의 스승(기술을 배워 주는 숙련 노동자)의 개인적인 잔심부름까지 해야 했다.

이러고 일급으로 하루 40전 씩이다. 저녁 먹은 뒤에는 일본대학의 야학부 예술과로 공부를 하러 갔다.

갔다 오면 열두 시나 된다. 그러나 그냥 자지 않고 한 시간 내지 두 시간쯤은 습작을 계속한다. 합숙조건은 말이 아니었다. 넓은 큰 방에서 수십 명씩 뭉텅이로 새우잠을 자야 했고 더욱이 5촉 전등을 켜 주었기 때문에 원고는 커녕 책도 아니 보였다.

그래서 합숙 감독이 자는 틈을 타서 공장 안 용광로 옆에 가서 붓을 달리었다. 여러 번 들키어서 벌금까지 물었다. 한 번에 10전 씩이다.

이렇게 한 반 년 계속하려니까 육체가 말을 듣지 않았다. 코피를 쏟고 얼굴은 창백해졌다. 그래서 거기를 그만두고 나서 고향에 돌아왔다. 돌아와 보니 부르죠아 반동 문예 잡지인 『백조(白潮)』가 발간되어 그 기세가 자못 등등하였다.

여기에서 나는 분격을 느끼게 되었다. 그래서 청년 공산주의자인 시인 이 호(李浩)와 이적효 등 몇 동무와 더불어 프로레타리아 문화 단체인 「염군사」를 조직하였다.

그때의 우리 집안 형편은 문자 그대로 적빈이었다.

유일한 세대주를 잃은 십여 인의 가족이 정말 턱없이 지내가고 있으니 그 형편은 빈궁 이하의 빈궁이었다. 나는 그때 어떤 제약 공장의 직공 노릇을 하면서 오직 「염군사」의 활동에 전력을 기울였다.

나는 가난에 조금도 굴하지 않고 초기의 작품인 소설 「남남대전」(男男對戰) 「어두운 마을」 및 희곡 「백양화」들을 창작 발표하였다. 「염군사」는 최대한도로 당시의 합법성을 이용하면서 여러 가지 형태로 활동을 하였으나 종내 일제 경찰에 의하여 강제 해산되었다.

그때 나는 서울 시외 어떤 농촌에서 사립 강습소를 창설해 놓고 교장 겸 교원, 소사의 일까지 혼자 도맡아 하였다. 학생들은 대부분이 공립 보통학교에 가지 못하는 소작농, 고용농의 자제들이었다.

모두 한 60명 되었었는데 학급은 네 학급이다. 그래서 오전, 오후 두 부로 나누어서 한 번에 두 학급씩 복식으로 교수하였다.

밤에는 성인 야학을 하였다. 이 성인 야학생들 중의 핵심들은 뒤에 지하 농민 조합원들이 되었다.

야학까지 끝내고 밤 늦어서야 집으로 돌아오곤 하였으나, 나는 이 시기에 새로운 장편 「저류」(底流)를 썼다.(이 작품은 제 1차 카프 검거 사건 때에 원고대로 압수를 당하였다.) 그리고 단편 「늘어 가는 무리」, 「선동자」, 「용광로」들도 썼다.

그중 「늘어 가는 무리」는 『개벽』 잡지 현상에 3등으로 당선이 되었다.

이럴 무렵에 「카프」가 창건되었다. 카프 창건 이후에도 이와 같은 나의 농촌 생활은 계속되었다.

1927년 「카프」가 맑스주의적 강령을 들고서 조직적으로 개편된 뒤에는 소년 잡지 『별나라』의 편집 사무에 종사하였다. 동시에 「카프」서기국의 상무 일꾼으로 일하였다.

이 시기 아동 문학 작품으로서 소설 「쫓겨 간 선생」, 「을밀대」등과 기타 동화, 아동극들을 썼다.

그러나 주로는 단편 소설을 썼고 간간이 단막 희곡도 썼다.

「일체 면회를 거절하라」 「호신술」 「신임 리사장」등의 단막희곡, 「석공 조합 대표」 「교대 시간」 「인도 병사」 「로인부」등의 단편소설들, 실로 1년에 수십 편의 창작을 발표하였다.

나는 이상에서 창작 생활의 초기에 대하여 간단하게 언급하였다. 이러한 이야기를 써 내려 가려면 실로 한이 없고 끝이 없다. 그러니 이야기는 이만하고 그치련다.

그러면 내가 왜 이런 자서전 식의 서술을 하였겠는가?

자화자찬하는 불순한 동기가 이 서술 가운데 조금이라도 섞이어 있겠는가?

절대로 그렇지는 않다. 내가 여기까지 그때의 나의 이야기를 대강이라도 서술한 의도는 그런 데 있지 않다는 것을 솔직하게 언명하였다.

그러면 무엇 때문에 이런 이야기를 하게 되었던가? 그것은 오직 창작이란 것은, 더욱이 그것이 계급적 이익을 옹호하는 경우에는, 그 창작 행정이 조금도 순탄하지 않고 말할 수 없는 고난과 애로를 극복하는 투쟁이 없이는 불가능하다는 것을 말하고 싶었기 때문이다. 혁명을 위해 복무하는 창작이란 곧 혁명 완수를 위한 위력한 무기가 되어야 하는 것이다.

작가는 곧 투사이어야 한다. 투사에게는 불굴의 의지와 희생적인 인내력이 요구된다.

일제의 야만적 탄압, 극도의 경제적 빈궁, 그 중에도 제일 안타까운 것은 시간이 없는 것—이런 것을 뚫고 극복해야만 우리들의 지향하는 소기의 창작이 이룩될 수 있다.

그때 나는 단 하루도 직장을 안 가지고 한가하게 집에 들어 앉아서 붓을 들어 본 일이 없다. (집에 들어 앉을 방도 없지만) 그러나 하루도 붓대는 쉬어 본 일도 없다. 이런 사정은 비단 나 한 사람에게만 국한된 것이 아니었다. 한설야, 이기영 등 당시의 「카프」의 작가, 시인들의 극히 평범한 일반적 경향이었던 것이다.

이러한 작가의 정열은 해방전 일제의 암흑 통치 밑에서만 필요했던 것이 아니라 지금 행복하고 유리한 조건 밑에서도 필요하고 더욱 필요한 것이다.

비록 부분적이나마 지금 우리 문학 분야에서 일부 작가들은—특히 기이하게도 신인 작가들이—자기들의 창작 부진의 원인을 시간이 없다, 혹은 적다 하는 객관적 조건에만 태연하게 전가시키고 있다. 이것은 시간이 없는 것이 아니라 시간을 이용할 정열이 부족한 것이다.

자기의 시상(詩想)을 자유스럽게 쓸 수 있고 또는 얼마든지 발표할 수 있는 탄탄한 대로가 열리어 있고 그리고 어떤 신인이 처음 쓴 처녀작이라도 발표만 되면 거기에 해당한 문화 노력 보수를 당당히 받는 그러한 유리한 환경에서 무슨 염치로 이런 구실이 나올 수 있겠는가?

1955년 작가 동맹에서 제1회 신인 작가 대회가 열리었을 때 압록강변 어떤 목재 공장에서 온 청년 시인이 자기 토론에서 "나는 정말 시간이 없어서 글을 못 씁니다. 어떻게 직장을 가지지 않고 전문적으로 집필 생활을 시켜 주시지 못하겠습니까." 하였다.

작가 학원의 새 졸업생 가운데에도 직장에 나가기를 꺼려하고 전문적인 창작시간을 요구하는 청년들이 간혹 있었다.

물론 이러한 청년 신인들의 요구들에는 창작을 잘 해 보겠다는 긍정적인 일면도 있다.

그러나 문제는 그것이 아니다. 때문에 나는 이러한 청년들이 항상 들고 나오는 '시간이 없다'는 말을 '정열이 없다'는 말로 바꾸어 놓는 것이 차라리 솔직한 편이라고 생각한다.

1923년에 함남 홍원 어떤 사립 중학교에서 친일적인 교무 주임을 상대하여 학생들이 동맹 휴학을 일으킨 일이 있다. 그때 학교 당국은 학생들의 정당한 요구를 들어 줄 대신 일제 경찰과 결탁하여 이것은 어떤 공산주의자의 책동이라고 모함하였다. 그때 나는 마침 홍원에 문예 강연 사업으로 나가 있다가 이것을 친히 목도하였다. 그래서 그것을 형상화한 것이 단편 「선동자」다.

정평 농민들이 반일 투쟁을 전개하였을 때 나는 현지에 갔었다. 그런데 기차를 타고 가던 도중 고원역에서 이동 경찰에게 체포 구류되었다. 그러나 그 뒤 석방이 되어 다시 정평에 가서 그때 투쟁의 정평을 취재했다. 이것이 중편 「호미를 쥐고」다. 희곡 「일체 면회를 거절하라」는 일제의 주구가 된 매판 부르죠아지들의 허위적인 조선 물산 장려 운동을 풍자한 것이다. 단편 「군중 정류」는 홍원 농민들이 지주들의 채권을 소각하고 일제 경찰과 싸운 이야기를 일부러 추상화해서 창작한 것이다.

이처럼 당시의 일련의 내 작품들은 그 소재들이 거의 모두가 당시의 노동자, 농민, 학생 청년들의 반일 해방 투쟁의 사건에서 취해진 것이다. 하기 때문에 결과적으로 보아서 그런 작품들은 구체적이요 또는 생생한 생활 감정이 약여했던 것이다.

그러나 그 대신 나는 창작 생활에서 오류도 범했다. 단편 「백색 예왕」이나 「오수향」같은 것이 그 대표적인 실례로 볼 수 있다.

이 소설들은 첫째 그 소재가 구체적인 현실이 아니라 작가가 임의로 설정한 추상적인 개념이었기 때문에 진실감이 없음은 물론, 형상에 있어서도 황당무계하였다.

이랬기 때문에 이런 작품들은 실패작이며 인민들에게 조금도 교양을 주지 못하였을 뿐 아니라 도리어 역효과를 초래하였던 것이다.

이상의 상반되는 현상은 (비록 그 오류는 적은 부분이었다 하더라도) 나의 창작 생활에 있어서 큰 교훈이 되었던 것이다.

현실을 모르고 투쟁의 권외에서 방관하면서 다만 개념과 추상으로써 작품을 쓴다는 것은 작가의 생명을 상실하는 결과를 초래할 것이다.

나는 나의 과거의 이러한 오류를 자기 비판적으로 회상하면서 동시에 지금 글을 쓴지 얼마 안 되는 동무들이나 또는 새로 글을 쓰려고 하는 동무들에게 그러한 오류를 범하지 않도록 경고하고 싶다.

이러한 경향, 즉 현실과 유리되어서 다만 추상적인 개념으로 현실을 방관하며 심지어 관조하는 그릇된 경향은 사실주의 문학 창작과는 인연이 없을 뿐 아니라 적대되는 것이다.

그러나 아직까지 일부 작가들은 (비록 극소 부분이라고 하지만) 일이 바쁘다느니 사정이 있다느니 등등의 구실 밑에 현실 속에 들어가지 않고 좁은 방 속에 들어 앉아 빈 벽만 바라보고, 기껏한대야 작은 들창으로 좁은 하늘을 내다보며 구상하고 집필하곤 한다.

이것이 가장 위험한 일이며 혹심하게 말하면 사이비 작가의 자살적인 행위인 것이다.

지금 우리 눈 앞에는 장엄한 현실이 영웅 서사시 이상으로 벌어지고 있다. 뿐만 아니라 그 진척되고 전변되는 속도는 번개보다도 더 빠르다.

이러한 현실 속에 깊이 침투하여 호흡하고 같이 행동하여도 한 개의 쩨마를 포착하기가 힘드는데, 현실 밖 좁은 구석에 들어 앉아 현실과는 거리가 먼 노래만 부른다면 그 어찌할 것인가?

혁명 투쟁의 최선두에 서서 나아가야 할 인간 정신의 기사로서 명일을 노래할 대신 오늘에도, 캄캄한 지난날의 노래만 부른다는 것은 참으로 한심스럽고 불쌍한 노릇이 아닐 수 없다.

이것은 「안일병」에 걸린 까닭이다. 안일이란 항상 게으름과 한쌍둥이가 되는 법이다.

요사이 가끔 이런 소리를 듣는다. 소리뿐이 아니라 실제로 목격도 한다.

그것은 더 왕성하여야 하고 패기 충천하여야 할 청년 작가들이 도리어 노장 작가들보다 더 게으르고, 더 작품을 못 쓰거나 굼뜨게 쓰는 기이한 현상이다. 이것은 한말로 말하면 노력의 부족이다.

노력—진실한 노력, 꾸준한 노력만이 우리들의 창작 생활에서 좋은 열매, 지금보아도 유익한 걸작이요, 후세에 남아도 고전적인 노작이 될 수 있는 그러한 열매를 맺을 수 있는 것이다.

처음에 먹은 뜻을 백 년을 하루같이 더욱 굳히며 빛내면서 오직 진실하게, 꾸준하게, 부지런하게 계속하며 노력하여야겠다는 것이 나의 창작 경험에서 얻은 나의 좌우명으로 되고 있다.

동시에 대작을 내겠다는 야심만은 항상 왕성하여야겠지만 동시에 안일하게 큰 성과를 얻어 보겠다는, 또는 한꺼번에 큰 열매를 거두어 보겠다는 망상과 욕심은 추호도 가져서는 안 된다고 생각한다.

여기까지 창작하는 태도와 방향을 경험적으로 서술하였다. 실제적으로 구체적인 창작 경험—즉 한 개의 작품이 어떻게 창작되었는가의 고심과 노력의 행정은 묘사되지 못했다.

그래서 이번에는 내가 당과 정부의 따뜻한 배려 밑에 행복하며 자유스러운 환경 속에서 어떻게 어떤 작품을 창작하였는가 하는 경험 중 나의 희곡 「백두산은 어데서나 보인다」의 창작 행정을 공개하려고 한다.

이 희곡은 나의 장편 오체르크 「백두산은 어데서나 보인다」중의 한 부분을 희곡화한 것이다.

먼저 창작 일정이 얼마나 걸리었는가부터 말해 볼까 한다.

현지 답사는 1953년 8월 26일부터 같은 해 12월 21일까지 만 113일간이 걸리었다.

답사한 거리는 약 7천 키로쯤 되는데 평지에서는 기차 자동차 등을 탔으나 장백산맥 백두산 천고 밀림 험준한, 길 아닌 길을 다니었기 때문에 대부분이 걸어서 다니었다.

답사 지점은 82개 장소이며 담화한 사람은 약 7백여 명이나 되었다.

물론 이것은 처음부터 나의 희곡을 쓰기 위한 것은 아니었었고 김 일성 원수 항일 무장 투쟁 전적지 조사단의 일원으로서 참가하였다.

그러나 나는 작가였기 때문에 역사 자료를 수집하거나 현지를 답사한 때에도 작가적인 입장에서 작품 취재에 중점을 두었고 결과적으로는 취재를 위한 현지 답사로 된 것이다.

　돌아 와서 먼저 장편 오체르크를 썼다. 그것을 쓰면서도 불사조의 주인공 그리고 빼또칼 영감과 최 구장에 대한 깊은 사랑을 가지고서 이것을 작품으로 형상화하려고 거기에 대한 구상을 병행하였다.

　그러나 본격적인 구상은 1954년 4월 가을부터였는데 약 반 년 동안 머리를 싸매고 고심을 하였다. 이래서 완전한 프로트는 1955년 초순에 세웠고 제 1차 초고는 1955년 4월19일부터 약 1개월 동안 걸리었다.

　제2차 추고는 1955년 7월 4일부터 한 달 동안, 제3차 추고는 1955년 8월 20일부터 한 달 반 동안, 제4차는 1955년 10월 1일부터 다섯 달 동안 걸리었다.

　이렇게 여러 번 추고를 하였으나 작품은 마음먹은 대로 되지를 않았다.

　프로트에 기본 결함이 있었기 때문에 아무리 뜯어 고쳐도 힘만 들고 시간만 낭비되었던 것이다.

　그래서 나는 대담하게 처음 프로트를 내버리고 새로이 개작하려고 결심을 하였다.

　그래서 1956년 4월 18일부터 개작을 시작하여 7월 17일까지만 3개월 만에 완료하였다.

　그 뒤에는 연출자인 라웅 동무와 세부분에 이르기까지 서로 의논을 하여 작품상의 부족점을 시정해 가면서 황남 도립 예술 극장에서 시연회를 가지고 그 뒤 계속하여 공연을 하게 되었다.

　그러니까 구상을 시작해서부터 작품을 완성하여 첫 공연을 할 때까지는 약 2년 반이 걸린 셈이다.

　그럼 왜 이토록 한 작품을 쓰는데 오랜 세월이 걸리었는가.

　반드시 대작이란 오랜 시일이 걸리어야 하는 것도 아닌데 더군다나 대작도 아닌 한 개 평범한 작품인 나의 이 희곡은 왜 이리 길게 걸리었는가. 그 원인은 주제의 산만성에 있었다.

　모든 문학 작품이 다 그러하지만 더욱이 희곡은 그 주제가 단일하여야 하며 일관되어야 하며 깊이가 있어야 한다.

좁은 그릇에 많은 것을 담을 것이 아니라 하나를 이야기하면서 열 가지 백 가지가 알려져야 한다.

그러면 이제부터는 구체적으로 나의 창작 노트를 펼치고서 중요한 부분만 공개하겠다.

1930년대 김일성 원수를 선두로 한 견실한 공산주의자들에 의하여 조선 민족 해방 투쟁은 무장 투쟁이란 한층 높은 단계에 올라섰다.

항일 무장 투쟁의 승리의 요인 중 그중 큰 하나는 인민과의 혈연적인 관계이다. 김일성 원수께서는 항상 혁명 군대와 인민과의 연계는 '물과 고기'의 관계와 같다고 말씀하시었으며 더욱이 역사적인 8월 연설(1937년)에서는 "우리에게는 일제를 패망시킬 유리한 조건을 가지고 있다. 그것은 곧 고도로 반일 사상으로 무장된 단결된 조중 인민들이 우리들을 물심 양면으로 현실적으로 지원하고 있는 것이다."

인민과의 혈연적인 관계, 혁명 군대를 목숨으로 지키고 돕는 애국 인민들의 영웅적인 모습, 이것이 이번 작품이 가져야 할 쩨마인 것이다.

이같은 쩨마를 천명하기 위하여서 아래와 같이 구성을 시작하였다.

시기(時期)의 선택

전형적 환경에서 전형적 사실들을 선택한다는 것은 사회주의 레알리즘 창작 방법의 기본의 하나이다.

이런 관점에서 이 작품의 시기는(역사적 연대) 15개 성상에 걸친 항일 무장 투쟁사에 있어서 가장 빛나는 페지인 1937년을 선택하였다.

즉 이 시기는 조선 인민 혁명군이 압록강 대안 장백 지구에 진출하여 일제 군경들의 혼담을 서늘하게 하였던 시기이며 20만 회원으로 장성된 조국 광복회가 국내 깊이 침투 조직되었던 시기이다. 또 이 시기는 파쑈 일제가 중일 침략 전쟁을 도발함으로써 조성된 새로운 정세에 대처하여 반일 무장 투쟁이 획기적인 새 전환을 한 시기이다. 그러므로 희곡의 시기(年代)는 1937년 5월 즉 국내 진격을 구상하며 준비하는 환경 속에 맞이하는 5·1절 날에 첫 막이 올라가서 보천보전투, 간상봉 전투의 대승리를 거쳐 중일전쟁 발발에 대처하여 강령적인 8월 연설로써 끝막을 닫자.

이렇게 희곡의 시기는 1937년 5월부터 8월까지 3개월간으로 작정하였다.

다음으로는 작품의 안받침이 되는 역사적 배경으로서 그 중 전형적이라고 생각되는 몇 가지 사실(史實)을 생각하여 보았다.

즉 1936년 11월 연설, 조국 광복회의 활동, 장백현 4종점 임산 노동자들의 대기 입대, 수풀 속의 5·1절, 주경동 참안과 뻬또칼 영감, 애국자 최 병훈 구장, 8월 연설, 보천보 전투, 간상봉 전투들을 적당히 정리 압축 배열하였다.

형상화에 있어서

그 방법에 있어서는 언제인가 말씀하신 김 일성 원수의 교시를 적용하였다.

즉 "하나로써 열을 나타내라"는 말씀이다.

이러자면 조그만 사실의 한 모퉁이를 심화함으로써 사실의 전모를 알 수 있도록 해야 하며 사건의 뒤꽁무니만 따라 다니는 인형 대신에 인간 자체의 성격을 완성시키어야 한다.

그러기 위하여

1, 많은 사건의 나열을 피하고 단일적인 사건에 치중하였다. 즉 송 용석 일가를 중심으로 하고 최구장 부녀는 부선(副線)으

로 한다.

2. 등장 인물은 적게 한다.

3. 전투 장면 없이 전투의 모습을 나타낸다.

4. 사건의 나열과 설명은 피하고 주로 매개 인물들의 성격을 완
　성시키겠다.

등장 인물

등장 인물들은 거의 모두가 실제적인 인물들에 의거하여 작중 인물들로서 정형화시키겠다. 이것은 어떠한 인물을 설정함에 있어서 여러 인물들의 더 전형적인 측면을 배합하여 한 개의 완전한 전형을 만들려는 것이다. 적당하게 허구도 활용한다

송용식(38세. 조국 광복회원, 후에 유격대원)

키는 작고 몸은 홀쭉하고 얼굴이 갸름하고 까무잡잡하다. 대담하며 용감한 성격으로 타협을 모른다.

혜산 산골에 살던 빈한한 화전민으로 포수질도 잘 한다. 왜놈 등쌀에 살 수가 없어 강건너 장백현 밀림 지대로 이사를 갔다.

그곳은 유격 부대의 영향 밑에 있는 혁명 부락으로서, 그의 아들은 동리 청년들과 같이 유격대원이 되었으며 그도 조국 광복회원이 되었다.

아내는 부녀회원, 딸은 아동단원, 실로 그 집안은 혁명가의 집이다.

(다른 인물들도 이같이 모습, 성격, 사상, 출신 성분, 환경 등을 세세히 규정하였으나 약한다.)

장면

1막 — 무송현 밀영지. 백두산이 멀리 바라보이는 밀림 속 고갯마루. 때는 1937년 5월 1일.

5·1절 기념 보고가 끝나고 대원들이 오락회를 하는 데에서 막은 올라 간다.

1. 오락회

　대원들의 모습. (혁명적 낙천주의.)

　인민들. (농민 대표, 노동자 대표, 애국 노파.)

　노래와 춤. (혁명 생활이 반영된다.)

2. 정치 학습회 장면

3. 선전과장의 연설. (해내 진격의 우상.)

4. 김일성 장군 등장. (수령과 인민들)

5. 송명호(송용식의 아들)등장. (목재 노동자로서 입대한다.)

6. 송명호는 정치 공작원에게서 자기의 약혼녀의 아버지가 악질 구장이 되었다는 소식을 듣는다.

7. 김일성 장군은 송명호의 사상과 용감성을 인정하시고 매우 기뻐한다.

8. 조국 광복회 십대 강령가가 우렁차게 일어난다. (막)

2막 — 밀림 속 비밀 아지트. 6월 중순. (보천보 전투 승리 직후.)

1. 지하 정치 공작원 김명회는 조국 광복회 각 지부장들을 모아 놓고 김일성 장군의 지시를 전달한다.

　송용식은 주경동 지부장이다. 새로운 지시는 집단 부락 방해, 생산 유격대 강화, 혁명적 경각성 제고 등이다. 송용식은 최병훈이가 진짜 주구인 줄 알고 그를 저주한다.

2. 회의가 파하고 모두 헤어진 뒤에 송명호는 김 장군의 새로운 지시를 가지고 가서 김명회에게 전달한다.

3. 김명회가 새로운 공작지로 떠나간 뒤 송명호는 돌아가는 길에 약혼녀 최복순을 만난다. 명호는 반가우면서도 증오심이 더 커서 복순이를 가혹하게 비판한다.

3막 1장 — 주경동 부락 .

음력 5월 단오날, 주경동. 조국 광복회 회원들은 이날을 이용하여 비밀 회의를 진행한다.

1. 단오놀이 풍경, 술상도 벌어졌다. 그러나 이것은 실상 비밀 회의인 것이다.
2. 이때 헌병대 특무 백상률이가 나타난다. 백상률이는 씨름판에서 얼굴 아는 유격대원을 발견하고 그의 뒤를 따른다.
3. 최구장은 이것을 보고 백상률을 붙잡고서 억지로 술을 권한다.
4. 그의 딸 복순이는 인민들에게 증오 받는 아버지를 원망한다.

3막 2장 — 주경동 부락.

1. 송용식 등 광복회원들이 백상률이가 이상한 눈치를 채고 간 것에 대하여 대책을 의논하고 있을 때 백상률은 헌병대를 데리고 와서 이 부락을 습격한다.
2. 송용식 등은 체포되어 간다. 그러나 송용식은 가는 길에 왜놈 헌병 소위를 빼또칼로 찔러 죽이고 산으로 도망쳐 유격대원이 된다.
3. 그 후과는 이 부락을 잿더미로 만들었고 송용식의 아내 등 모든 인민들은 체포되었다.

4막 1장 — 장백현청 일본 군대의 지휘처. 간상봉 전투의 직전.

1. 중강 부대 일본 연대장의 큰소리.
2. 일본 군대가 또 참패하여 돌아온다.
3. 송용식의 아내를 고문한다. 그러나 그는 의연하게 혁명가의 비밀을 고수하였다.
4. 최병훈이가 길 안내가 된다.
5. 일본 군대의 출동

4막 2장 — 같은 장소. 큰소리하던 일본 군대가 간상봉 전투에서 참패를 한 직후다.
1. 분격 충천한 패장 일본 연대장의 헛소리.
2. 최 구장의 정체를 안 일군 연대장은 구장을 총살한다. 구장은 의연히 조선 독립 만세를 부르며 혁명의 꽃으로 장렬한 최후를 마친다.
3. 그럴 때 유격대는 대거 습격하여 왔다.

5막 1장 — 밀림 속.
1. 후방 부관이 된 송용식.
2. 선전대원이 된 최복순.
3. 송명호와 최복순의 감격적인 상봉.

5막 2장 — 같은 장소.
1. 김일성 원수의 8월 연설.
2. 새로운 승리를 향하여 대진군.

— 막 —

이상이 첫 번으로 세운 프로트의 대략이다.

이 프로트 대로 씌어진 작품이 어떠했겠는가?

한말로 말해서 주제는 분열되고 (송용식의 용감성, 청년 남녀의 사랑, 최병훈의 숭고한 모습 등으로) 성격의 완성 대신 사건의 나열로 되었고 중요한 사건은 뒤로 들어가고 형상 대신에 추상적인 설명으로 되었다.

말하자면 프로트를 세울 때 내가 나에게 그렇게까지 친절하게 주의를 주었던 그것을 나 자신이 잊어 버렸던 것이다.

이래서 이러한 약점을 시정하기 위하여 넉 달 동안이나 걸리어 그야말로 심혈을 기울여 세 번째 고치어 썼다.

그것을 장면적으로 보면 이래와 같이 변하였다.

1막 — 조선 혜산 산골에 있는 송용식의 집이다. 이 막에서 송용식과 최병훈이가 막역지우이며 사돈지간이란 것을 형상화하였다.

그리고 강제로 징용 갔던 용식의 아들 송명호가 광산에서 폭동을 일으키고 도망을 쳐서 유격대를 찾아서 강을 건너갈 때 약혼녀 복순이를 만나, 왜놈을 반대하는 싸움을 하자고 굳센 맹세를 하고 이별을 한다.

최병훈은 자기 아내를 죽도록 때린 산림 간수놈을 죽이었다. 그래서 송용식과 최병훈의 두 집은 강 건너 피신을 하였다.

무슨 일이 있더라도 왜놈에게 굴하지 말고 깨끗이 살자고 —

2막 — 장백현 송용식의 집.

일 년 뒤다. 송용식은 조국 광복회원이 되었는데 최병훈은 왜놈 구장이 되었다. 그러나 그는 실상 혁명 군대의 지하 공작원인 것이다. 송 용식은 이것을 모르고 최병훈을 저주한다. 그러나 최병훈은 실토를 못했다. 혁명의 규율이란 목숨보다 더 중한 까닭이었다.

3막 1장 — 유격대의 밀영지. 여기에서 송명호의 성장된 모습이 형상화된다.

3막 2장 — 밀림 속에서 최복순과 만난다. (초고와 비슷함.)

4막은 1장이 단오날이요 2장은 참안인데 초고와 같고(약간 다르다) 3장은 송용식이가 헌병 소위를 죽이고 도망치는 장면이다.

5막은 3장인데 1장은 같은 장면이요, 2장은 밀림 속인데 초고의 4막 2장의 사건 즉 최병훈이의 최후와 그리고 초고에서 이야기로 나왔던 최병훈이의 유도로 매복전에서 멸살 당한 일본 군대의 형상을 직접 보여 주었다.

3장은 주경동 애국 인민들이 대량으로 총살을 당할 위험한 찰라에 유격대원의 구원을 받는 장면으로 해피 엔드가 된다.

이것을 보라! 초고와 약간 달라지고 일보 전진도 하였으나 기본적인 결함은 그대로 남아 있지 않은가?

　　이런 결함을 간파한 나는 초고에 대한 미련을 용감하게 내버리고 새로이 개작하려고 전심을 하였다.

　　이러한 전심을 나는 나의 창작 노트 1955년 11월19일 일기에 아래와 같이 썼다.

　　"이제까지 네 번 추고를 했고 또 여러 가지로 새로운 추고 프로트도 세워 봤다. 즉 원형은(초고의) 될 수 있는 대로 그냥 두고 강화 보충 윤색하려고만 했다. 말하자면 땜질만 하고 뜯어 다시 맞추기도 하고 심지어는 색칠까지 하였다. 더욱이 3막의 단오 풍경에 대하여 형상이 잘 되었다고 애착을 갖고서 건드리지 않았고 또 제 2차로 추고한 1막 장면은(혜산 송용식의 집) 완전하다고 생각하였다.

　　말하자면 나는 병신이라도 자식이라고 해서 정당한 평가를 못했고 또는 안 하면서, 지나친 미련만 가지고 있었다.

　　문제는 그러한 부분적인 수정에 있지 않고 기본적으로 구성상 불통일(산만성)에 있었던 것이다. 내가 이런 것을 알지 못했던 것도 아니다. 그러나 나는 이런 것을 알면서도 그 미련에 포로가 되어 대담한 조치가 없었기 때문에 힘이 들대로 들었고 병신은 병신대로 남아 있었다.

　　자기가 쓴 작품에 대하여 애착과 미련을 가지게 되는 것은 작가들의 상정이다. 그러나 문제는 이 상정(常情)이 공정하고 과학적이 되어야 하며 객관적이 되어야 하는 것이다.

　　주관이란 항상 자기 도취적인 편향을 범한다. 이런 것을 모르고 그런다면 차라리 천진하다 하겠지만 알고도 그랬다는 것은 너무나 보수적이 아닌가?

　　알고도 하지 않은 잘못은 대담히 청산하자! 땜쟁이 프로트로부터 개작(改作) 프로트로 용감하게 전진하자."

　　이렇게 결심을 하고 다시 붓을 들었다. 그러나 어쩐지 붓대는 나가지를 않았다. 왜 그랬던가? 그것은 1955년 11월 20일 날의 창작 일지를 펴 보면 짐작할 수 있다. 그날 일지의 제목은「남에게 말하듯이 저도 한다면—」이다.

새로운 개작 프로트의 방향을 결정한 뒤 그것을 구현하기에 또 하루 밤 하루 낮을 보내었다.

잘 될 것 같은데도 정작 붓을 들면 눈앞이 좁아지며 가슴속은 답답하다 못해서 간질간질까지 했다.

이런 때 내가 토끼전에 나오는 토끼라고 할 것 같으면 가슴을 헤치고 맑은 물에 정하게 씻고까지 싶은 안타까움이다.

그럴 때 한 청년이 찾아 왔다. 2군단 정치부에 있는 젊은 대위로서 4·6판 두꺼운 노트에 큰 글씨로 「창작」이란 표제까지 쓴 그런 책을 가지고 다니는 열성적인 문학 청년이다.

그는 흥남 서호 출생으로 해방 전에 비료 공장 유산 째호 노동자로 있다가 강제 징용되여 동북 임구(林口)에 가 있었으며 해방 뒤에 돌아 와서 다시 노동자로 일하다가 입대하여 이제까지 이르는 27, 8세의 청년이다.

그는 장편 소설의 프로트를 나에게 검토해 달라고 청했다. 가제는 「공화국 영웅」인데 모델은 2군단의 '김해련' 영웅이요, 거기다가 자기(작가)의 소년시절을 첨가하여 만들어 놓은 전기적인 것이었다.

그래서 여기에 대해서 결정적인 방조를 주었다. 끝으로 그는 나에게 이렇게 물었다.

"어떻게 하면 잘 쓸 수 있습니까? 가령 수령에 관한 사적을 소설화 한다 하면 어디서부터 어떻게 써야 합니까?"

나는 당장 대답하였다.

"아주 적은 한 모퉁이를 잡아서 그것을 잘 묘사함으로써 전모가 알려지도록 해라. 마치 한 방울의 간장을 맛봄으로써 한 독의 간장 맛을 아는 것 같이—

욕심을 부려서 뭐든지 있는 것이면, 아는 것이면 다 한꺼번에 담으려고 하지 말라.

그러면 맛도 없고 도리어 그릇에 넘치어 먹지 못하게 된다.

사건만을 이야기하지 말고 사람을 그려라.

그리고 창작 태도에 있어서는 침착하고 꾸준해라.

발랄한 의욕(패기)은 높아야 하지만 그 대신 초조는 금물이다.

초조라는 것은 공명주의에서 생기는 것이다.

처음에는 안 그렇다고 하더라도 결국에는 거기로 귀결되는 까닭이다.

이것을 참 잘 써야지— 이것은 좋다, 이렇게 쓴다면 독자들이 놀라고 기성 작가들이 감탄할 테지—여기까지도 좋다.

그러나 이것을 얼른 써서 급히 발표해야겠다, 이것은 삼가야 한다.

발표에 급급하는 대신 그 작품에만 충실해라.

달 자체가 밝으니까 세인들이 밝다고 노래 부르는 것이다.”

다음에는 습작에 대한 구체적인 방법을 부언하여 주었다.

“처음에는 생각나는 대로, 쓰고 싶은 것은 다 써라—

이것은 붓끝을 단련시키는 유일한 방법이다.

처음부터 앞뒤를 척도(尺度)하고 경중(輕重)을 달아 보고 성과를 계산한다면 위축되어서 써지지 않는다. 넘어지더라도 달음박질 해라.

그러나 꾸준한 걸음걸이가 되어야 한다.

이러는 동안에 붓끝은 단련되고 작품도 차차 되어 가는 것이다.”

그 청년은 자신 있게 접수하고 기뻐서 돌아갔다.

◆

나는 그 청년이 돌아 간 뒤 다시 원고지를 펴 놓았다.

또 막연하여지고 답답만 하여 간다. 웬 일인가? 구상이 덜 익은 까닭이다.

그러나 문제의 알맹이는 다른 데 있다. 내가 그 청년에게 말을 잘 해 주었는데 실상 나한테는 그렇게 적용치 못하는 데에 있는 것이다.

왜 남한테 말하듯이 그 적은 한 모퉁이를 잘 묘사함으로써 전모를 알리도록 못 한단 말인가?

왜 현지를 답사하였을 때에 알아 낸 여러 가지 사건과 삽화들을 한꺼번에 머리 속에 넣어 가지고 그것을 압축한다는 미명 밑에 될 수 있는 대로 더 많이 담으려고 하는가?

하나나 잘 파지 다른 모든 것을 다 주인공 같이 스페쓰를 주려고 하는가?

이래서 나는 새삼스러이 나한테 이렇게 충고한다.

'남한테 말하듯이 너도 그렇게 해라! 어디보자!

내가 나한테 충고한 그것을 얼만큼 어떻게 내가 실천하는가를?'

◆

이렇게 또 한 서너 달 지나갔다. 1956년 2월 23일 창작 일기에는 이래와 같이 씌어 있다.

「새로운 해결」

"지난해 11월 개작 프로트를 세운 지 벌써 석 달이 지나갔다. 김 명세 동무가 (빼또칼 영감의 아들이다.) 주명동 참안에 대한 새로운 자료를 제공하여 주어서 프로트 세우는 데 큰 도움이 되었으며 붓만 든다면 일사천리로 잘 되리라고 예상하였다.

그러나 실제에 있어서는 사정이 달랐다. 앞뒤가 들어 맞고 감동성 깊은 작품이 되기에는 지극히 어려웠다.

그러면서도 그 원인을 잘 찾지도 못했다.

다만 소재의 양이 많아서 그로 인해서 주제가 분열되고 약화되었으니까 그것만 즉 주제만 관통성 있게 단일화한다면 좋은 작품이 되려니 하는 정도에 그치었다. 그 결과 개작 프로트는 어찌 되었는가?

송용식 일가의 혁명 투쟁을 중심으로 묘사함으로써 김일성 원수 항일 유격 투쟁의 빛나는 혁명전통을 그 한 모퉁이만 명확하게 보여 주자—"

개작 프로트는 이렇게 다시 구상되었는데 중심 인물들로는 송용식 일가(아버지, 어머니, 두 아들, 딸), 부(副)인물들로서 최 구장과 그의 딸, 그리고 정치 공작원 김명희를 설정하였다.

장면적으로 본다면 모두 5막 1장이다.

1막 1장은 갑산군 어느 벌목장, (큰아들의 투쟁 모습). 2장은 두 가정이 강을 건너가게 된 이야기, (제 4차 추고 때의 제 1막의 이야기).

2막 1장 주경동 송용식의 집,(4차 추고의 2막과 비슷하다). 2장은 김명희가 김 장군의 지시를 광복 회원들에게 전달한다.

3막 1장은 유격대의 밀영지, (큰아들의 성장 모습). 2장은 젊은 남녀의 상봉, (사랑과 오해와 고민).

4막 1장, 2장, 5막 1,2,3장은 4차 추고와 같으나 내용만 좀 달라진다. 여기까지 진척시켰으나 실제로 집필하려면 더욱 곤란했다. 그 원인은 무엇인가? 나의 필력이 약한 탓인가? 그런 것만도 아니다. 그럼 무엇인가?

이것이 나를 석 달 동안 괴롭히었던 가장 큰 괴로움이었었다.

엉킨 실을 푼다는 것이 더 단단히 엉키게만 하는 것이다. 나중에는 머리가 띵해지고 가슴속은 천근 솜이 꽉 들어 찬 것 같았다. 그러다가 오늘에야 그 원인을 깨닫게 되었다. 그것은 개작 프로트 자체가 이제까지 네다섯 번에 걸친 추고 프로트와 본질상 같은 결점이 제거되지 못한 그것이다.

그것은 곧 주제의 산만성이다. 여러 가지 작품이 될 주제들을 한데 몰아 넣고 무리하게 소화시키려는 헛수고였다.

ㄱ, 뻬또칼 영감이 될 때까지. (하나의 주제)

ㄴ, 최구장의 애국 모습. (또 다른 주제)

ㄷ, 큰아들의 성장 모습. (또 다른 주제)

이런 세 가지 주선(主線)이외에 부선(副線)들도 지나치게 강했다. 즉 두 남녀의 애정 문제, 어머니의 최후, 딸의 활동, ― 이러한 많은 소재들은 장편 소설에나 담을 수 있다. 결론한다면 나는 두 가지 잘못을 범했다.

첫째, 같은 소재라도 소설이 될 수 있는 것과 희곡이 될 수 있는 것을 명확히 가리지를 못했다.

둘째, 구성상 소재 나열주의를 범했다. 이런 것을 깨달았기 때문에 내 마음은 가벼워졌다. 그래서 단 한 가지 이야기만 쓰겠다는 새길을 정했다.

즉 젊은 유격대원 송명호를(송용식의 아들)주인공으로 하고 그의 애인 최복순의 활동을 부선으로 한다. 그래서 중심 빠포쓰는 혁명군대들의 전투적인 동지애에 두며 인민들의 원군(援軍) 활동은 안받침으로 한다.

◆

이렇게 결정했으나 또 붓대는 나가지 않았다. 왜 그런가? 유격대의 투쟁 모습과 인민군들의 애국 모습이 병행해서 앞으로 나타나게 되므로 주인공은 하나나 사건은 분열되여 결과적으로 주제는 또 산만하여진 까닭이다.

그래서 다시 구상을 고치어서 구장 최병훈을 주인공으로 하고 중심 빠포쓰는 혁명의 규율을 목숨으로 지킨 전형적인 혁명 투사의 애국심에 두었다.

이래서 최종적인 개작 프로트를(여섯번째) 세웠고 그제야 붓대는 제대로 나갔다. 그러나 역시 일사천리는 못 되었고 일보 전진 이보 후퇴격으로 붓대의 전진은 느리고 무거웠다.

이것은 그 무렵의 일지의 한 토막에 그때 실정이 역력히 나타나고 있다.

"1956년 7월 10일(화요일) 2막 2장을 네 번째 다시 썼다. 나는 김 명희의 대사 중에 이런 것을 썼다. 「김명희(구장 최병훈에게) 어떤 경우에 있어서는 직접 총 들고 싸우는 것보다도 더 어려웁고 중요합니다.」

나는 이런 대사를 쓰면서 나의 창작 사업에서도 직접 이런 것을 느끼게 된다(특히 이번 작품의 창작 과정에서)

「직접 유격 투쟁을 해 보지 않은 나로서 그것을 문학적으로 형상화(창조)한다는 것은 쓰기 어려웁고 더 책임이 무거워진다.」고―"

나는 이러한 책임감으로써 이 작품의 완성을 위하여 '불사조'(不死鳥)같은 노력을 경주하였다.

◆

이상이 희곡 「백두산은 어데서나 보인다」의 창작 행정의 대강 이야기다.

나의 창작 노트에는 이상보다도 더 많은 것들이 씌어져 있는데 지면 관계로 여기서는 생략한다.

그러나 이것만으로도 신인 작가 동무들이 자기 창작 사업을 하는 데 약간의 방조가 되리라고 생각한다.

나는 시를 이렇게 배웠다

박 팔 양

앞으로 작가가 되려는 지향을 가지고 노력하고 있는 동무들에게 참고가 될 수 있도록 당신의 창작 경험을 소개하는 글을 써 주시오 하는 부탁을 나는 편집부 동무들로부터 받았다. 나는 이 부탁을 사양하지 않고 그대로 곧 받아 이 글을 쓰게 된다.

그것은 이러한 부탁이 우리 작가들에 대한 적지 아니한 동무들의 요구를 반영하고 있는 것임을 내가 잘 알고 있기 때문이다.

우리 작가들은 우리들의 작품을 읽어 주는 일정한 수효의 독자들이나 기타 문학을 사랑하는 동무들로부터 일상적으로 이러저러한 편지들을 받게 되는바, 물론 그 편지들의 내용은 다양하다. 예를 들어서 어떤 동무들은 자기의 작품을 보내면서 그 작품의 우결함에 대하여 말하여 달라는 부탁도 하고, 또 어떤 동무들은 작가들이 발표한 작품에 대하여 자기의 감상과 의견을 말하여 주기도 한다. 어떤 동무들은 자기의 생활 환경과 문학에 대한 지향을 말하면서 어떻게 하면 자기의 현재 환경과 조건하에서 가장 효과 있게 문학 공부를 할 수 있겠는가를 묻기도 하고 또 어떤 동무들은 작품 창작의 실제적이며 구체적인 방법과 기술적인 문제들에 대하여 문의하기도 한다.

이렇게 다양한 편지들 속에서 적지 아니한 비중을 차지하는 것이 무엇인가? 나의 경우에 있어서 그것은, 당신은 어떻게 시 창작 공부를 하였으며, 시를 창작할 때에는 주제를 어떻게 선택하였으며, 구상을 어떻게 하였으며, 추고는 몇 번이나 하는가 등등 —한 마디로 말하여 나의 창작 경험에 대하여 묻는 것이다.

경험의 호상 교환 —이것은 모든 사업의 발전을 위하여, 특히 새로운 인재들의 육성을 위하여 필요한 것임은 더 말할 것도 없다.

이러한 견지에서 나는 이 글을 마땅히 써야 할 것이다.

그러나 내가 염려하는 것은 나의 창작 경험이 너무도 평범하고 너무도 값없는 것이기 때문에 이런 것들이 과연 그러한 절실한 요구들에 대한 해답으로 될 수 있겠는가 하는 점이었다.

이리하여 나는 몇 번 주저하였으나 그러나 독자들의 공통된 희망에 대한 나의 의무감으로 하여 나는 마침내 이 글을 쓰게 된다. 여기에서 나의 경험은 구체적이며 개별적인 나의 환경에서 얻어진 것이기 때문에 이야기가 자연히 개별적인 나에 대하여 언급됨을 독자 동무들은 양해하여 주실 줄 믿는 바이다.

내가 시 창작을 시작한 것은 1920년대인 바, 나는 시 창작을 하기 전에 먼저 적지 아니한 시인들의 훌륭한 시들을 애독한 열성적인 시 독자였던 사실로부터 이야기를 시작하려 한다.

다 아는 바와 같이 1920년대는 우리 나라 민족 해방 투쟁의 역사에 있어서 중요한 의의를 갖는 역사적 시기이다.

1917년 로씨야에 있어서의 위대한 사회주의 10월 혁명에 고무된 조선 인민은 1919년에 유명한 3·1 봉기를 일으키고 전체 인민이 총궐기하여 일본 제국주의 침략자들과 그의 주구인 매국 도당들을 반대하는 투쟁을 영용하게 전개하였다. 애국적이며 혁명적인 사상이 전체 인민 대중속에 침투되는 이 역사적인 시기에 중학교를

　겨우 졸업하고 전문 학교 학생이 된 나는 일제의 교육을 받으면서도 그 노예 교육의 정신과는 전연 다른 정신을 가지게 되었다.
　그것은 이미 그 당시 전체 우리 인민 대중 속에 뿌리 깊게 박혀 있던 고상한 애국주의 사상과 혁명적 정신이다.
　이것은 우리 부모 친척들과 동네 사람들과 전체 군중 속에서 배운 것이요, 독특하게 내가 어떤 책에서만 배운 것도 아니요, 어떤 개별적인 지도자에게서만 배운 것도 아니다.
　물론 일부 서적들과 일부 선배들에게서 받은 영향을 전연 부인할 수 없다. 그러나 그보다도 더 많이 나는 이 혁명적인 세대로부터 배웠고 이름도 모를 수 많은 보통 사람들로부터 배웠던 것이다.
　사상적 정신적 각성의 세계로 들어 선 나에게 열광적으로 요구된 것이 서적이었던 것은 더 말할 것도 없다. 나는 학교에서 배우는 책을 젖혀놓고 나에게 요구되는 서적들을 찾아 읽기에 열중하였다. 조선 글로 된, 한문으로 된, 또는 일본 글로 된 사상, 정치, 경제, 문학 모든 방면의 서적들이 모두 우리 생활에 대하여 사색하기 시작한 나의 흥미의 대상으로 되었다.
　이러한 행정에서 특별히 나의 관심을 더 끌게 된 것이 문학 서적들이었다.
　나는 똘쓰또이와 뜨루게네브와 고리끼의 작품들의 번역들을 읽게 되었으며, 쉑스피어와 괴테와 하이네의 이름을 알게 되었다. 또 우리 나라의 고대 소설들과 「춘향전」 「심청전」등을 읽게 되었다.
　어쨌든 나는 내가 처음 작품을 쓰기 전에 먼저 적지 아니한 고전적 문학 서적들을 읽었다는 것을 말하려는 것이다.
　훌륭한 작가들의 훌륭한 작품을 읽고 난 때처럼 나도 한 번 그렇게 써 보겠다는 강렬한 충동을 느낄 때는 없는 것이다.
　그렇기 때문에 나는 우선 우리 청년 작가 동무들에게 훌륭한 작가들의 훌륭한 작품들을 더 많이 읽을 것을 권고하고 싶다. 우리는 위대한 작가들에게서 위대한 사상과 고상한 예술적 방법들을 배울 필요가 있기 때문이다.

나는 1921년경부터 습작을 시작하였다. 나는 내가 습작한 것들을 1922년경부터 편집부에 투고하였다. 물론 당시 내가 쓴 '작품'이란 것이 아직 유치한 중학생 냄새가 가시지 않은 그런 것임은 더 말할 것도 없다.

그러나 나는 시를 쓰는 어떤 선배도 개별적으로 알지 못하였기 때문에 자기가 써 놓고도 그것을 잘된 것인지 못된 것인지 전연 알 길이 없었다. 그렇기 때문에 나의 투고는 발표를 청한다기보다도 일정한 사회적 평가를 받자는 의도가 더 농후하였던 것이다.

나의 시 창작에 있어서 훌륭한 모범으로 되었으며 고무자로 된 것은 이러저러한 로씨야 및 서구라파 시인들과 함께 당시 국내에 있어서는 김소월이었다.

나는 김소월의 시에서 그 인민적인 언어들의 자유로운 표현을 통하여 그 인민적인 소박한 생활감정에 깊이 감동되었다.

나 보기가 역겨워
가실 때에는
말없이 고이 보내 드리 오리다

녕변의 약산
진달래꽃
아름 따다 가실 길에 뿌리 오리다

농촌의 소박한 사람들의 거짓 없는 하소연! 또 그뿐인가, 이 소박한 사람들에 대한 작가의 뜨거운 애정!

아홉이나 남아 되는 오랍동생을
죽어서도 못 잊어 차마 못 잊어
야삼경 남 다 자는 밤이 깊으면

　　이산 저산 옮아가며 슬피 웁니다

　「진달래」나 「접동새」등에서 보는 이러한 이 시인의 세계는 자기 인민과 향토에 대한 뜨거운 사랑의 세계이었다.
　실지로 1920년대 일제 통치하에서 친일 주구배들의 모든 매국적 문장이 활개짓하고 돌아 다닐 때, 또 봉건 귀족들이 술취한 홍에 부르는 한문시와 국한문 혼용체로 된 소위 '유식'하게 썼다는 유교 학자식 문장체 글들이 낡아 빠진 사상을 표현하면서 한 세대를 억누르고 있을 때, 우리 나라 인민의 소박한 말로써 우리 나라 인민의 소박한 생활 감정을 거짓 없이, 새롭게, 쉽게, 강렬하게 표현하면서 출현한 김소월은 실로 애국적인 시인이었다.
　그의 시를 애독한 나의 초기 작품들에 그의 영향이 표현된 것은 결코 우연한 일이 아니다.

　　　황토 묻는 짚세기 보따리
　　　갓모 제껴 쓰고 하루 길
　　　숙여 쓰고 하루 길
　　　나그네의 가는 길
　　　길가에 백학이 날어
　　　논둑에 앉아 글 한 구

　이런 식으로 쓴 나의 「나그네」라는 시가 『동아일보』에 발표되었을 때(1922년)의 나의 기쁨을 나는 30여 년이 지난 오늘에도 잊지 않는다.
　여기에서도 나는 우리 소박한 농촌 할아버지들의 나그네길 형상을 통하여 우리 향토와 거기에 사는 순박한 사람들의 서글픈 심정과, 그러나 어디까지나 낙천적인 그들의 높은 풍모를 노래하려 한 것이 곧 시인 김 소월의 시의 세계에서 내가 배운 것이라는 것을 말할 수 있다.

시의 세계에 있어서도 다른 모든 쟝르에서와 똑 같이 기본적으로 중요한 것이 그의 당성, 그의 계급성, 그의 인민성이다. 제국주의 침략자들에게, 착취자, 억압자들에게 복무할 것이 아니라. 우리가 사랑하는 인민 대중에게 복무하여 그의 진실한 생활 감정을 표현하였을 때에 그것은 값있는 것이요, 그런 것 중의 우수한 작품들이 우리 인민 대중 속에서 찬란한 광채를 발할 수 있는 것이다.

우리가 잘 알고 있는 바와 같이, 1923년 경에 벌써 우리 나라에는 사회주의 사실주의 창작 방법에로 지향하는 신경향파 문학 운동이 일어났다.

송 영 선생 등을 중심으로 한 「염군사」에서 그 첫시집을 발간할 때에 나의 「물 노래」라는 단시 한 편이 그 시집에 수록되었다.

이 시집은 다홍빛 종이에 인쇄한 조그마한 수첩형으로 된 것이었는데, 사회주의 사상 의식을 표현한 일련의 우수한 시 작품들이 수록되어 있었다. 나의 시는 그런 작품들 가운데서 가장 어리고 또 미약한 시였다.

> 산 만나면 돌아서 가고
> 들 만나면 흘러서 가네
> 높은 곳에서 뛰어 내려 폭포요
> 낮은 곳으로 흘러 들어 호수랍니다.

이러한 조로 노래한 나의 「물노래」를 나는 어떤 생활적인 감정으로 썼던가?

한 마디로 말하여 나는 이 흘러가는 물의 형상을 통하여 근로하는 군중이 나아가는 길을 노래하려 하였던 것이다.

물론 이것이 상징적인 수법이었는바, 이러한 수법은 당시 일제 강점자들의 가혹한 검열 조건들을 타산한 기초 우에서만이 이해될 수 있다. 다시 말하여 그것은 불가피하게 요구된 비정상적인 수법이었던 것이다.

근로하는 대중이 나아가는 새로운 사회 제도—사회주의에로의 길은 흘러가는 냇물처럼 처음엔 비록 미미하나 모이고 합쳐 흐르는 중에 큰물의 역량으로 되며 그 역량은 무엇으로도 막아 낼 수 없다. 산을 만나면 물은 돌아서 가고 들을 만나면 흘러서 간다. 낭떠러지를 만나 떨어질 때는 폭포의 위력으로 바위를 때리며, 낮은 곳에 모여서는 말 없고 고요한 중에도 다시 더 모이고 합쳐 호수와 같은 위신 있는 역량으로 준비되었다가 다음의 행진에로 넘어 간다. 어쨌든 모일수록, 합칠수록 거대한 역량을 발휘하면서 앞으로 앞으로 크나큰 바다에로 흐르는 물의 형상으로써 나는 근로자 대중이 나아가는 길의 전망을 노래하고 싶었던 것이다.

그러나 나의 이러한 주관적인 시도에도 불구하고 이 시는 선동성과 호소성이 결여된 치명적인 결함을 노출하였다. 그렇기 때문에 적지 아니한 동무들의 의견에 의하여 나는 그후의 나의 시 창작에서 선동성과 호소성을 중요시하는 작품들을 창작하는 방향에로 자기 노력을 기울이게 되었던 것이다.

나의 초기 습작품들에는 불가피하게 나의 사상성의 미약이 반영되어 있다.

그렇기 때문에 나는 무엇보다도 자기의 세계관을 확립하고 사회주의 사상 의식으로 자체를 무장하여야만 되게 되었다. 그렇기 때문에 당시의 우리 수 많은 청년들이 모두 그러하였던 것처럼 나도 사회주의 서적들을 계속 탐독하였으며 군중 속에서 우리의 현실 생활과 인민 대중의 혁명적인 생활 감정을 배우는 방향으로 자체를 추동하였다.

이러한 행정에서 1924~5년 경부터 나의 시들이 출판물 지상에 약간씩 발표되게 되었다.

「달밤」「공장」「나그네」「한 눈 지긋하고 저 해를 겨누라」「물결 높은 황해 바다 7백 리를 거쳐서」「려명 이전」「시냇물 소리를 들으면서」 등등이 회상된다.

이렇게 나의 창작 생활은 시작되었다. 나는 국내 국외 시인들의 좋은 작품들을 될 수 있는 대로 빼놓지 않고 읽으려고 노력하였으며 또 각종 작시법에 관한 서적들도 열광적으로 찾아다니며 찾아내어 읽었다.

여기에서 나는 또 시인 리상화의 작품들이 나에게 적지 아니한 영향을 준 사실들에 대하여 말하여야 할 것이다.

내가 존경하던 시인 이상화는 다 아는 바와 같이 당시의 지배 계급인 착취자들과 억압자들에 대한 강렬한 부정과 증오와 반항의 시 정신으로써 근로 인민들을 고무 교양한 우리 나라의 훌륭한 선진적 시인이다. 이 선진적 사상의 소유자였던 시인 리상화에게서 나는 당시의 청년들과 함께 근로자들을 위한 반항의 시 정신을 배웠으며 일제 침략자들에 대한 또는, 그의 주구인 지주, 자본가들에 대한 격분한 감정의 표현 수법들을 배웠다고 말할 수 있다.

물론 이보다도 더 많이 배운 것이 당시의 내가 처해 있던 현실적인 생활 자체에서였으며 인민 대중에서였다는 것은 이미 우에서 말한 바이거니와, 그러나 나는 이 시인에게서 특히 그 소리 높은 호소와 박력 있는 표현 수법을 배운 것이다. 「빼앗긴 들에도 봄은 오는가?」 「폭풍우를 기다리는 마음」 등등 일련의 그의 작품들은 나의 시 창작에서 고무적 역할을 놀은 것을 나는 부정할 수 없다.

나의 시 창작 공부는 내가 전문 학교를 졸업한 후 동아일보, 조선일보 등의 신문 기자 생활을 시작하던 그 시절로부터 의식적으로 진행되었다고 말 할 수 있다.

그것은 1925년경부터 내가 나의 장래를 우리 인민을 위한 문학 사업에 바칠 각오를 하게 되었으며, 특히 시와 노래로써 우리들의 뜨거운 정열과 낭만의 세계를 표현하는 일의 참다운 의의를 어렴풋이나마 이해하게 되었기 때문이다.

그 시기로부터 나의 시 창작의 주제는 우리의 생활 그 자체였으며, 인민의 생활 감정의 진실한 표현을 지향하면서 나아갔다고 말할 수 있다.

시 창작에 있어서의 구상과 용어의 선택 등 기술적 문제들에 대하여서도 나는 말하여야 할 것이다. 그러나 이것은 이 예정된 지면에서 충분하게 말하기 곤란한 복잡한 문제이다. 예를 들어서 시의 구상이라고 할 때에 그것은 매우 중요한 문제이다. 서정시와 서사시의 경우가 같을 수 없으며 용어의 선택 등 문제도 구체적인 예증이 없이 막연하게 말할 수는 없기 때문이다.

어쨌든 구상은 오랜 시간을 가지고 깊은 사색 밑에서 신중히 할 필요가 있다.

추고에 대하여 말한다면, 나는 나의 경험에 의하여 추고는 횟수를 많이 하면 할수록 더욱 좋다는 결론을 갖게 되었다. 그렇기 때문에 나는 때로는 10여 회에 걸치는 추고를 한 기억도 있는 것이다.

나는 마지막으로 앞으로 작가가 되려고 노력하고 있는 우리 동무들에게 김일성 원수의 다음과 같은 말씀을 다시 한 번 회상시키고저 한다.

"우리 작가 예술가들은 인간 정신의 기사로서, 자기들의 작품에 우리 인민이 가지고 있는 숭고한 애국심과 절절한 투지와 종국적인 승리를 위한 철석같은 결의와 신심을 가장 뚜렷하게 표현할 뿐만 아니라, 자기들의 작품이 싸우는 우리 인민의 수중에서 가장 강력하고도 예리한 무기가 되게 하며, 전체 인민을 최후의 승리에로 고무추동시켜야 하겠습니다."(『김일성 선집』3권 238페이지 1955년도판)

30여 년간에 걸친 나의 창작 생활의 경험은 이 말씀의 정당성을 뚜렷이 증명하며 이 진리대로 이 진리가 가리키는 길에서만이 우리들의 문학 예술이 인민 대중 속에서 찬연하게 광채를 뿜을 수 있다는 것을 확신케 한다.

이 고귀한 교시는 우리 모든 동무들의 문의에 대한 기본적인 중요한 해답으로 되며, 또 나의 창작에서 일관된 신조로 되고 있다.

인민을 위하여 복무하고저

박 세 영

나는 일곱 살 되던 해에 나보다 세 살 우인 나의 둘째 형과 서울 내사안에 있던 『사립 보인학교』에 입학하였다.

나는 그때 '가'자 한 자 몰랐고 '하늘 천'자 한 자도 몰랐었다. 그러나 나의 형이 처음으로 학교에 가게 되자 나는 덧붙이기로 따라 다니게 된 셈이었다.

그때 나의 집은 얼마나 가난했던지 한 권에 10전 내지 20전 하던 교과서도 사 줄 수 없었던 형편이었다. 그래서 나의 큰형은 백로지로 공책을 매서 교과서를 모사해 주었다.

모사한 교과서라는 것은 필기에만 그친 것이 아니라, 삽화까지 모사한 것으로 아주 유치하고 졸렬하기 짝이 없었던 것이었다. 그러나 동급생들이 놀리는 데 대하여 부끄럽던 것은 한때의 일이요, 나중에는 아주 태연해지고 말았었다.

교과서뿐만 아니라 모자도 살 수 없어 담배를 담았던 권련 상자로 차양 달린 모자를 만들었고, 거기다 먹칠을 해서 쓰고 다녔으니 그 형상이란 가히 짐작할 수 있는 일이다.

동급생 가운데서도 나는 제일 나이가 어리었고, 나로서는 그때의 어려운 학과를 감당해 내기가 힘들었다. 하기는 동급생에는 초립동이 있었고 거의 십 칠팔 세 되는 청년들까지 있었으니 그럴 법도 한 일이었다. 2~3년 후엔가 송 영과 윤기정이 이 학교에 입학하였다. 하나 그때는 이미 내가 낙제를 하고 「삼흥 학교」를 거쳐 「수하동 보통학교」에 입학하였을 때였다.

그 해가 바로 1910년이었다. 여름 방학이 지나고 첫가을에 들어선 때인 것 같았다. 어느 날 종로 네거리에서 남대문 거리를 향하여 떠들썩하고 지나가는 행렬을 나는 보았다. 그러나 나는 그때 어림에도 그것이 조선과 일본이 소위 '합방'한 '기념' 행렬이란 것을 알게 되었다.

그때 나의 마음은 난생 처음 한없이 우울했었다. 그것은 '우리 조선이 왜 일본에게 빼앗기었나'하는 생각에서였다. 그리하여 어리었던 나의 마음에도 통분한 생각이 참을 수 없이 끓어올랐다. 이때부터 나는 장차 무슨 일을 해야 하겠다는 것을 생각하였다. 그것은 '나도 이 다음 커서는 우리 나라를 도로 찾는 일을 해야 하겠다'고—

사실은 소위 '한일 합방'을 하기 전에도 칼을 찬 일본인이 이미 교장으로 있었고 선생들도 모두 칼자루들을 덜그럭거리면서 글을 가르치었다. 때문에 일제의 침략과 식민지 무단 통치의 가혹성은 학교 교육에서 나타난 일면만을 보아도 알 수 있었다.

그리하여 일본 제국주의자들은 우리들의 사상에서 완전히 자기 조국인 '조선'을 말살하기 위하여 온갖 흉책을 다 썼으며 모국어조차도 아직 해득하지 못하는 아동들에게 대하여까지 일본말로 강제적 교수를 하였다. 이와 같은 환경에서 나의 반일 사상은 싹트기 시작하였다.

학교에서 집에 돌아와도 나는 흔히 끼니를 굶을 때가 많았다. 그리하여 나는 어머니를 따라 외가에 가서 밥을 얻어 먹고 밤 늦게

졸음을 참으면서 찬밥을 들고 집에 돌아오곤 하였다. 내가 소학교를 졸업할 때까지는 이와 같은 서글픈 생활이 되풀이 되었을 뿐이었다.

당시 나의 부친은 한학에 많은 관심을 가지었고 항상 독서를 즐겨하시었다. 그리하여 우리 나라의 역사 이야기, 명장에 대한 이야기, 의병이야기, 소설, 또는 전설 등을 무수히 들려주었다. 나는 이야기를 듣는 것처럼 더 기쁜 일이 없어서 때로는 조르기까지도 하였다. 그러면 아버지는 언제나 새로운 이야기를 하여 주시곤 했다. 뿐만 아니라 나의 어머니도 소설을 많이 읽으시는 편으로 그 소설들의 내용을 거의 이야기해 주시었다. 그럴 때마다 매개 이야기 가운데서 나는 긍정인물을 무한히 사랑하는 반면에 부정 인물에 대하여는 무자비하게 증오하였다. 또한 의분을 참지 못하기까지 되는 때도 있었다.

1911년 내가 열 살 되던 해였다. 그때 고등 연예관이란 상설 영화관이 생겼을 때 나는 활동사진 구경을 처음 하게 되었다. 그때 부정 인물에 대하여 나는 격분한 나머지 화면을 향하여 "저놈을 잡아 치라"고 소리를 외치기까지 하였다.

나는 언제나 이야기의 주인공들처럼 세상을 위하여 나도 좋은 일을 해야 하겠다는 생각으로 충만되었었다. 어쨌든 나의 소학 시대는 부모에게서 많은 영향을 받았으며 나로 하여금 문학에 눈을 뜨게 할 만큼 약간의 계기를 준 것도 사실이다.

소학을 졸업한 나는 큰 형님을 따라 충청남도 강경읍으로 가게 되었다.

상급 학교에 갈 수 없었던 나는 이 곳에서 한문을 이태 동안이나 배웠다. 때는 바야흐로 제1차 세계대전이 벌어진 시기로 제국주의 열강이 식민지 재분할을 기도하여 발광하던 때이다.

그때 우리 집은 강경 정거장에서 가까운 「황산」이란 동네에 있었다. 황산은 그리 높지 않은 야산으로 되었으며 이 산을 둘러싸고 초가집들이 널려 있었다.

황산 동남 쪽에는 송림이 울창한 채운산이 있고 강경벌을 건너 저 멀리 동북편에 계룡산이 높이 솟았다. 기름진 넓은 강경벌을 감돌아 흐르는 금강 줄기는 바로 황산 뒷기슭을 살뜰히 흘러내린다.

강 건너 무연하게 펼쳐진 갈대밭은 언제나 설렁거리며 갈새들이 요란스럽게 우짖어 댔다. 여기 강가에서 울뭉줄뭉한 넓은 바위가 밀물에 잠겼다 썰물에 드러났다 한다. 사람들은 이 바위를 벼락바위라고 불렀다. 마을의 여인들은 흔히 여기서 빨래를 하였다.

이와 같이 나의 눈에 보이는 우리 나라의 풍경은 아름다운 것 뿐이었다. 나는 채운산에도 무수히 오르내리었고 넓은 강경벌을 목동처럼 헤매었으나 벼락바위에서 제일 많이 놀았다. 더욱이 해질 무렵에 붉은 노을이 하늘을 불태울 때는 금강의 하류는 금물결이 나부끼어 어린 나의 심금을 울리게 하였다. 그러나 나는 이같이 아름다운 내 나라에서 헐벗고 굶주리며 사는 것을 생각할 때 가슴이 아팠으며 회의를 품게 되었다.

강경에서 한문을 배운 나는 그후 서울에 와서 배재 고등 보통 학교에 입학하게 되었다. 여기서도 나는 학교에서 돌아 와선 이웃집에 있는 서당에서 한문을 계속 배웠다. 나는 비로소 한시를 이해하였으며, 동무들이 시를 써서 선생님에게 칭찬을 받는 것을 보고 많이 자극을 받았다.

나에게 문학을 가르쳐 주던 선생님은 내 짐작에도 우국지사이어서 우리 조국에 대한 이야기를 많이 해 주었다. 그가 창작한 시 가운데는 억울한 조선 인민의 처지를 노래한 것도 더러 있었던 것을 나는 기억한다.

학교에서도 나는 적지 않은 작문에 취미를 가지었다. 특히 역사와 작문을 가르쳐 주던 두 선생님은 인격자이어서 학생들에게 많은 존경을 받았다. 나도 이 두 선생님에게서 적지 않은 영향을 받았다고 생각된다. 더욱이 문학에 조예가 있던 양심적인 작문 선생님에게서는 미학에 대한 개념을 얻게까지 되었다.

내가 배재학교에 입학하던 해인 1917년 봄에 학교에서는 박연폭포로 수학여행을 가게 되었다. 이때에 개성에서 처음 알게 된 동무가 바로 동급생인 송 영이었다. 후에 송 영은 작문의 경쟁자 중의 한 사람이 되었다.

이듬해 봄, 나는 송 영을 위시한 기타 몇 동무들과 더불어 문학동인 잡지 『새 누리』를 (필사로 매월 1회씩)발행하였다. 『새 누리』란 새 세계를 의미한 것이었다. 『새 누리』는 차차 발전하여 3·1운동 후에도 원고에 작품을 쓰기까지 되었다.

여기에 나는 「설봉산에서」란 기행문을 썼으며 시 「약수터」를 썼던 것이 생각난다. 나는 이때부터 시 문학을 전공하기로 결심하고 거의 매호마다 시를 수록하였다. 『새 누리』는 동인들이 다만 윤독에 그치는 것이 아니라 작문 선생님에게서 모든 작품에 대하여 단평을 받았던 것이다. 이와 같은 방법은 나의 습작 시기에 큰 도움을 주었다.

그 당시 동창생들 가운데는 문학열이 비상히 앙양되어 있었으니 송 영 외에도 상급생으로 라도향, 김소월(졸업은 나보다 1년 나중했음), 박팔양, 김복진, 후에 변절한 자로 박영희, 김기진 등이 있었다. 우리와 그루빠는 다르나 다 각기 문학에 열중했던 것은 사실이었다.

이 시기에 나의 머리 속에는 큰 희망의 불길이 타올랐다. 그것은 로씨아에서의 위대한 사회주의 10월 혁명의 승리를 알게 된 때문이었다. 우리 조선은 언제나 저 흉악한 일제 침략자들을 짓모고 로씨야처럼 혁명을 승리하는가? 하는 생각으로 충만되었다. 그리하여 일제가 제아무리 발악을 해도 조선 인민 대중이 단결하여 싸운다면 해방의 날은 반드시 올 것이란 확신을 갖게 되었다.

이와 같은 생각은 3·1 운동을 계기로 나를 무한히 격동시켰다. 나는 등교 통지에 반대하고 당시의 『독립 신문』의 일종이던 『자유

신종보』(自由晨鐘報)를 송 영과 더불어 나의 집에서 비밀히 발행하였다. 격문과 보도, 사설에 이르기까지 입수된 자료에 의하여 서로 나누어 썼으며 나는 등사원까지 썼다. 신문을 편집, 인쇄하여 배포하는 것도 수월한 일이 아니었지만, 등사판을 간수한다는 것은 더욱 어려운 일이어서 나는 뒷마당 우물 두덩을 깊이 파고 감출 것을 생각했다. 그래서 여기에 장치를 해 놓고 등사판을 감추곤 했었다.

한 번은 형사에게 끌려가서 심문을 받기까지 했지만 우리들은 태연하게 거부하여 무사하였다. 그러나 존경하던 두 선생도 모두 일제의 감옥살이를 하게 되었다.

그 당시 또한 많은 사람들이 투옥 학살되었다. 나는 1년 동안은 학교에도 가지 않고 투쟁을 하노라 했으며 한편 문학 서적들을 탐독하기 시작했다. 내가 배재학교에 다시 복교하여 졸업할 때까지는 계속 열성적으로 독서했다. 이 시기는 내가 문학 수업을 하는 데 있어서 가장 중요한 시기였다고 본다

나는 세계에서 유명한 작가들의 작품을 그리 많이는 못 읽었으나 시 문학을 전문하려는 의도에서 시편들과 시집이라면 국내외 것을 막론하고 거의 빼놓지 않고 읽었다.

특히 뿌슈긴, 레르몬또브, 괴테, 쉴러, 하이네, 바이론, 휘트맨, 기타 많은 시집을 읽었으나 사실 나는 거의 무비판적으로 읽었을 따름이었다.

그러나 나의 문학열을 더욱 돋구어 준 것은 로씨야 문학과 쏘베트 문학이었다. 뿌슈긴, 테르몬또브, 똘스또이, 고리끼, 마야꼽스끼, 베드늬의 작품들에서 나는 실로 깊은 감명을 받았다. 쏘베트 문학은 내가 카프에 가맹한 후에 더욱 많이 읽었다.

나는 시 창작에 어찌나 열중하였던지 마음에 느끼는 검은 구름 밑으로 흰 비둘기들이 날으는 것을 보고도 느끼는 바 있어 즉흥시로 노트 뒤에 쓰기까지 했다. 한편으로 나는 문장과 수법을 연마하기 위하여 7, 8년 동안 계속하여 일기를 썼고 일기 가운데는 운문

형식을 삽입해 보기까지 했다. 그러나 일제 경찰에게 일기장을 압수당한 후로는 이를 중단하고 말았다.

그전날 막연하게 우리 나라를 위하여 몸을 바치리라 하던 생각은 이제 와서는 명확히 목표를 정하게 되었다. 나는 '문학으로써 인민 대중을 깨우치고 불러 일으키리라'하는 굳은 신념으로 충만되었다. 또한 반종교 사상을 강렬하게 가졌던 나는 종교인들의 소위 박애주의를 타매하였다. 그것은 종교의 허위성을 잘 알게 되었기 때문이다.

돈 많고 세력 있는 자들에게 아부하는 것이 무슨 사랑이랴, 가난한 사람들을 거들떠 보지도 않는 것이 진실로 사랑이냐? 옳지 않다는 것을 알면서도 양심을 팔아 가며 아첨하는 것이 사람들이냐? 자기 한 몸의 영달과 공명과 출세를 위하여 비굴한 행동을 주저하지 않는 자들이 인간이냐?

글을 쓰기 전에 나라는 사람부터 먼저 도덕적 품성이 높은 사람이 되어야 하겠다. 조국과 인민을 위하여 몸을 바치어야 하겠다. 그리하여 근로 대중의 온갖 쓰라림을 내것으로 알며 그것을 없애주기 위하여 몸을 투쟁하는 사람이 되어야 하겠다는 굳은 결의가 젊은 내 심장을 끓이었다.

1922년 봄, 배재중학을 졸업한 나는 집에서 일본으로 가라는 것을 거부하고 반대로 중국으로 갔다. 속담에도 "호랑이 굴로 가야 호랑이를 잡는다" 했는데 반일 사상이 치솟는다 하여 나는 차라리 중국으로 갔던 것이다.

그러나 나는 놀라지 않을 수 없었다. 그것은 만주는 말할 것도 없고 천진, 상해에도 일제는 둥지를 틀고 있고, 모든 제국주의의 열강들과 더불어 온 중국을 반식민지로 만든 것을 본 때문이었다.

나는 이리하여 혁명 전야의 중국의 진통기를 내 눈으로 똑똑히 보았다. 군벌들의 횡행, 매판 자본가들의 발호, 방약무인한 제국주의 열강들의 침략 —나는 중국의 근로 계급을 끔찍히 동정했다.

이때 나는 국내에서(1922년 1월) 송 영등이 조직한 「염군사」의 동인으로 되었다. 작품을 창작할 의욕은 있었으나 아직 역량 부족으로 쓰지는 못하고 그후에 「강남의 봄」, 「북해와 경산」, 「해방되여 가는 처녀지」, 「화원이 보이는 이층집」 등등을 썼는데, 이는 모두 그 시기에 내 자신이 느끼었던 것을 형상한 것들이다.

상해를 굽이 돌아 흐르는 황포강에 닻을 내린 제국주의 열강의 군함들에서 쟈즈 소리가 요란히 울려 퍼질 때, 몇 만의 중국 노동자들은 한 간의 방도 없이 강반 원목 우에서 별과 속삭이며 잠을 자야 한단 말인가?

이리하여 나는 막연하게나마 자본주의 사회의 모순을 깨닫기 시작했다. 또한 중국 노동자들이 일제를 반대하여 데모를 하는 것도 알았다. 『염군』에 발표되었던 시 「황포강반」은 모순된 이 현실을 노래한 것이라고 생각된다. 그밖에도 나는 더러 작품을 「염군사」에 보내었으며 문화 통신도 하였다.

나의 집이 불시에 몰락하는 바람에 나는 학업을 더 계속할 수 없었을 뿐 아니라 생활에서도 혹심한 고통을 받았다. 그러나 당시 중국에서 고학은 할 수 없었다. 내가 부득이 천진을 거쳐 조국에 돌아 온 때는 1924년 가을이었다.

조국을 떠나 그리 오래지 않았건만 황해 바다에서 멀리 조국의 산천을 바라보던 나의 눈, 어선을 타고 바다로 나가는 흰옷 입은 어부를 보던 나의 눈, 나는 껴안고 싶은 충동에서 눈물이 핑 돌고야 말았다.

그해 가을, 나는 나의 이모를 찾아 문천군 송전만에 간 일이 있었다. 멀리 호도가 보이고 벼랑을 돌아가면 작은 어촌이 있었다. 내가 바닷가에 나갔을 때 굴을 따서 큰 함지박에 가득 이고 오던 한 처녀가 너무 무거워서인지 함지박을 내려놓는 것이었다.

내려 놓기는 했으나 혼자 다시 일 수는 없었던지 망설이면서도 수줍어하며 차마 말을 건네지 못하였다. 나는 그가 혹시나 겁을 내지나 않을까 하고 점잖게 다가가며 "내 이여 드리지요"하였다. 그는 약간 미소를 띄우며 고맙다는 인사를 한 마디 했을 뿐이었다. 그와 함께 드는 굴함지건만 나의 체중보다도 무거운 것 같았다.

　다 떨어진 어머니의 누비옷을 입었는지 무릎까지 내려온 누비저고리를 입은 어여쁜 해변의 처녀는 도시의 청년일 것 같은 나에게 자기의 볼성사나운 꼴을 보인 것을 너무나 부끄러워하는 것 같았다. 그러나 그가 사는 어촌에 내가 갔을 때는 벌써 그는 분홍 저고리를 입고 나와서 굴을 까고 있지 않은가? 내 어찌 가난한 어부의 딸의 이 아름다운 심정을 몰라 줄 수 있었으랴.

　나는 잊혀지지 않는 느낌을 안고 돌아와 내딴에는 정열을 높이어 심오하게 그 처녀의 내면 세계를 형상해 보려 하였다. 그러나 결국 뜻대로 되지 않아 구상만 거듭해 보다가 「해변의 처녀」로 이듬해 1925년 2월에 탈고하였다. 이 작품이 당시 동무들의 평가를 받아 『문예시대』(창간호)에 발표되었으며 나의 처녀작으로 되었다.

　생각하면 문학에 뜻을 둔 사람으로서 그의 처녀작처럼 조심스러운 것은 더 없을 것이며 또 자신이 없는 것도 더는 없을 것이다. 말하자면 나는 문학에 뜻을 둔 지 7,8년, 수백 편의 습작을 거쳐서 세상에 내놓았다는 것이 그리 보잘 것 없는 것으로 되었다.

　그후 연희 전문 학교에 편입하였다가 그만둔 나는 1925년 카프가 결성되자 여기에 가맹하였다. 한편 나는 오랫동안 계속하여 도서관에 다니면서 사회 과학 도서들을 중심으로 읽었다.

　처음으로 『유물사관』을 읽었을 때, 남이 보면 미친 사람이 아닌가 여길만큼 나도 모르게 도서관의 책상을 주먹으로 친 일이 있었다. 그후부터 나는 당시 일본에서 출판되던 좌익 도서만을 읽었다. 이러한 과정에서 나의 사상과 세계관은 3·1운동 시기에 비하여 판이하게 전변되었다.

　따라서 나는 점차 계급 의식으로 무장하게 되었고 부르죠아지들에 대한 증오감은 말할 수 없이 앙양되었다. 필승불패의 맑스 —레닌주의의 사상은 나의 용기를 백배로 불러 일으켜 주었다.

이때로부터 나는 일제 강점하에 있던 모순된 조선의 사회 현실을 맑스 —레닌주의의 세계관으로 볼 수 있었다. 나는 참을 수 없는 원한을 모조리 작품에 담아 근로 대중에게 호소하며 그들을 투쟁에로 불러 일으키려 하였다.

그러므로 나는 첫째 어떻게 하여야 현실을 더 예리하게 보며 그 속에서 쩨마를 찾아 낼 것인가, 찾아낸다 하더라도 가장 강한 시상은 그 시에서 어떤 것으로 삼아야 할 것인가에 항상 고민하였다.

문제는 서정적 주인공의 감정, 근로 계급의 생활 감정들을 맑스주의 미학에 입각하여 어떻게 형상할 것인가에 있었다. 이에 대하여 나는 그것이 비록 소박하나마 심장의 목소리로 되면 그것이 바로 진실일 것이란 생각을 가졌다. 나는 이와 같은 방향에서 카프 작가들과 더불어 작품 행동을 하였으며 사회주의 레알리즘 창작 방법의 길에 들어섰다.

전투적인 카프 작가들이 일제를 반대하고 자본주의 사회를 폭로하며 내일의 혁명을 지향하고 나갈 때, 카프를 반대한 자들은 누구였던가. 이는 더 말할 것도 없이 일본 제국주의자들이며 그들을 추종하는 친일 반동 부르죠아지들이었으며 이자들에게 명맥을 걸고 민족적 양심조차 내던져 버린 일련의 반동 '순수 문학' 작가들이었던 것이다.

이자들은 정치와 예술을 분리시키면서 '예술을 위한 예술'이 마치 정리인듯이 묘사하면서 우리 진영에 대하여 공격의 화살을 퍼붓기까지 하였다. 그러나 근로 대중의 절대적 지지를 받던 프로레타리아 문학 앞에서 저들의 존재는 너무 보잘 것이 없게 되었다.

부르죠아 반동 작가들이 개인 향락을 꿈꾸고 인간 증오 사상을 고취하여 퇴폐적인 진탕 속에서 발버둥칠 때, 카프 작가들은 조국의 운명을 논하고 미래의 승리를 예견하는 낙천성에서 모든 고난을 극복할 수 있었다.

그러면서도 우리 창작품의 집체적 검토를 위하여 비밀 정기 합평회를 가졌었다. 이 합평회는 많은 경우에 윤기정 집에서 집행하였다. 산문과 운문을 따로 나누어서 합평하였으나 작가들은 언제나 다 모이었다. 이 합평회에서는 작품들의 결함을 맑스주의 세계관에 입각하여 정확하게 지적하였으며 그 수정 방향까지를 명확히 제시하였던 것으로, 작가들에게 많은 도움을 주었다.

여기에 많이 참가하였던 작가들로는 이기영, 송 영, 윤기정, 김영팔, 권 환 등이었으며 나도 참가하였었다. 이와 같이 비밀 합평회가 계속 진행된 때는 카프가 새 강령을 채택하고 조직을 개편한 직후의 일이었다. 이 시기의 나의 작품의 경향도 목적의식기에서 한 걸음 나아가 전투적인 것으로 되었다.

그러나 가혹한 일제의 검열 제도로 하여 정열을 한곬으로 쏟지 못하고 이리저리 돌리어 쓰기도 하고 때로는 우회 작전을 해야 했으며 또 상징적 수법으로 쓰지 않을 수 없었으니, 시 「타작」이 그 실례의 하나이다.

예로부터 글을 쓰는 사람은 궁한 법이니 제발 그만두라고 가족들의 권고도 있을 법한 일이었다. 책상 하나 없이 밥상을 책상으로 대용한 지 이미 오래고, 1년이 멀다고 단간 셋방을 얻어 전전하여 다니면서도 원고료라고는 한 푼도 없었으니 어찌 그것이 무리한 말이었으랴.

1927년에 창작한 시 「대지에 그리는 불그림」(시집 『류화』에 발표)에 대하여 말한다면 바로 이런 환경에서 시상을 얻을 수 있었던 것이다. 한 간 셋방이나마 장판이 다 찢어지어 얼룩덜룩 초배지가 드러났다. 한 번은 손님이 왔었다. 그는 찢어진 장판을 보고 "이건 세계 지도와 같군" 하였다.

내가 사는 방이건만 나는 평소에는 무심하였다가 그의 말에 자세히 보니 과연 세계 지도의 아세아 대륙과 비슷하였다. 그후도 나는 더는 아무런 생각도 없이 지내갔다. 그러자 하루는 누구인지 붉은 잉크를 엎질러 초배지가 온통 붉어졌다.

이 때 나는 무슨 진리나 터득한 듯 나의 머리 속에 섬광이 번쩍이는 것을 느꼈다. 그것은 공산주의 사회로 지향하는 쏘련의 지도처럼 된 것을 본 때문이었다. 여기서 나는 선뜻 세계 혁명에 대한 이메지를 추출해 냈다.

위대한 로씨야 사회주의 10월 혁명 승리에 고무되는 단결된 세계 프로레타리아트는 부단한 투쟁을 통하여 오늘의 썩어 빠진 자본주의 사회를 운전해 나가는 낡은 기계를 불 속에 처넣고 있다는 것이다.

그들은 자기 나라에서 혁명의 승리를 위하여 세계 지도 위에 붉은 선을 긋고 붉은 점을 찍어 간다. 온 지도가 붉어질 날은 점차 가까워 온다. 그러면 세계혁명은 프로레타리아의 손에 반드시 전취되리라는 확신을 노래하였다. 그러나 이 시는 그 당시는 도저히 발표될 수 없었다.

이밖에도 1929년에 중국 상해 제방교에서 장개석 도당이 중국 공산당원 40여 명을 학살한데 격분하여 쓴 「40인의 동지를 조함」이란 시도 해방 직후에 발표되었다. 내가 한때는 닳도록 다니던 상해 제방교에서 혁명 투사들이 어찌 이렇듯 파쑈 도배들에게 학살을 당할 줄 알았으랴. 나의 가슴은 아팠다. 나는 이 시에서 중국 혁명의 승리의 날이 기어이 도래하리라는 전망을 노래하였다.

1926년 봄 나는 아동 잡지 『별나라』의 편집 책임을 지자 『별나라』는 카프 산하의 기관지의 역할을 놀게 되었다. 여기에는 송영, 엄홍섭, 안준식 등이 참가하였다. 『별나라』의 내용은 무산 소년을 계급 의식으로 교양하는 과학 문예 잡지로 태도를 뚜렷이 하고 횟수를 거듭하여 발행되었다.

이러는 과정에서 일제 경찰의 그칠 새 없는 간섭과 탄압을 받으며, 이래 8년 동안 싸워 왔다. 그리하여 나는 무산 소년들을 위하여 동요, 동시, 과학 소설, 아동극 등을 수 많이 썼다.

아동극 「어린 소제부」와 동시극 「소(牛) 병정」을 쓰게 된 동기는 모두가 쏘련 인민의 생활을 염두에 두고 쓴 작품들이다. 나는 어느 때인가 쏘련의 삐오네르들이 아침 일찍이 빗자루들을 메고 의기양양하게 청소 작업을 나가는 화보를 보았다.

여기서 나는 무엇을 느꼈던가? 쏘련의 삐오네르들은 자기 고향을 깨끗하고 아름답게 소제하지만 우리는 암흑과 착취와 개인 향락을 끝내 누리려 날뛰는 자본가 지주들을 이 세상 밖으로 쓸어 버려야 하겠다. 이와 같이 하려면 근로자들은 철옹성같이 단결하여 투쟁함으로써만이 승리한다는 것을 그 줄거리로 삼았던 것이다.

동시극 「소 병정」을 쓸 때로 말하면 쏘련이 벌써 사회주의 사회의 굳은 토대를 쌓아 간다는 사실이 나를 사뭇 격동시키었었다. 나는 새 사회를 무한히 동경한 나머지 감화원의 아동을 주인공으로하여 자본주의 사회의 불행을 보여 주며 평화스럽고 행복한 새 사회를 인민 대중에 보여주려 하였다. 그러나 이 작품도 일제의 탄압으로 상징적 수법을 많이 적용할 수밖에 없었다.

『별나라』를 편집하면서 나는 2, 3년 동안 서울 시의 은평면에서 송 영과 함께 사립학교 교원으로 있던 일이 있었다. 그래서 마을 농민들과 친숙했으며 농민 조합 조직을 지도한 일도 있었다. 그러는 과정에서 나는 어느 정도 농민들의 생활 형편을 알 수 있었고 그들의 감정을 파악할 수도 있었다.

1926년과 1928년 『조선지광』에 발표한 「농부 아들의 탄식」, 「타작」 그리고 당시에는 발표하지 못했던 「우리들의 40년」, 「밤마다 오는 사람」, 동요로 「풀을 베다가」, 「대장간」 등등이 모두 그때의 농촌 현실 속에서 느꼈던 것을 형상한 것이다.

그때의 나의 정열은 고조되었다. 나는 일제를 반대하는 작품을 썼다 하여, 또는 비밀 행동을 했다 하여 3차에 걸쳐 일제 경찰에 피검되어 1년동안 갖은 고생을 하였다. 그러나 나는 붓을 놓을 수는 없었다.

1934년 「신건설」 사건(세칭 제2차 카프 사건)으로 동무들이 검속되어 갔을 때 나는 피신해 있었다. 나는 어두운 밤 「신건설」 회관이 있던 연건동 거리를 지날 때 바로 회관이 있던 2층에 꽃무늬보가 깨어진 유리창 밖으로 펄럭이는 것을 보았다.

나의 가슴에선 뜨거운 피가 뛰었다. 지금은 놈들에게 고초를 받을 동무들의 생각으로 걸음은 더 걸리지도 않았다. 놈들은 악착스레 우리의 전진을 막으려 기를 쓰나, 건투하라 동무들이여! 나는 그들의 고귀한 뜻을 결사코 저버리지 않으리라, 하는 결의에 충만되었었다. 이와 같은 사상으로 나는 「화문보로 가린 2층」을 썼던 것이다.

그러면서도 나는 내 심중에 불만이 있었다. 그것은 객관적 정세가 가혹하다 하여, 이제는 자신의 고통을 더 이겨 나갈 수가 없다 하여, 또는 생활이 양심과 의지를 굽히게 한다 하여 투쟁 무기를 헌 신짝처럼 내던지는 동무들도 없지 않은 데 분개해서였다.

우리들이 자유스런 새날을 지향하고 그야말로 심장으로들 맹세하였던 것은 잊어버렸던가, 형편이 좀 나으면 덤비고 불리한 듯하면 도망을 쳐야 하는가.

그러나 탈락자들을 내 눈으로 똑똑히 보았다. 심지어 나에게 나약한 자기의 심정을 고백하는 자까지 있었다. 나는 참을 수 없는 분노로 시 「나에게 대답하라」를 씀으로써 일련의 변절자들을 타매하였다. 의지가 박약하고 지조가 없는 자들일수록 개인 영웅주의와 출세욕, 공명심은 더한 것이다. 결국 이런 자들은 인민을 위하여 복무하는 것이 아니라 자기 일개인의 이해 관계를 타산해서 하며 정세가 불리할 때는 조국도 팔아먹고 적진에로 달아나 버리기도 하였다. 이런 실례를 나는 이미 그때 박영희와 림 화 등에게서 보았다.

지금 와서도 시를 쓸 때마다 고민하는 바이지만 현실을 모르고 시를 쓸 수는 도저히 없는 것이다. 현실을 모르는 데서 느끼는 것이 있을 수는 없다. 느끼는 것이 없다면 시는 될 수 없고 다만 추상적이거나 구호적인 어구의 나열을 면치 못할 것은 자명한 노릇이다. 이런 시들이 어떻게 독자들에게 감명을 준단 말인가.

그런데 나는 실제 내가 쓴 작품들 가운데서도 어떤 사실이나 이야기에 흥미를 가지고 덤비다가 실패한 실례도 적지 않다고 생각된다.

한때는 내용만을 전투적으로 형상한다 하여 나의 감정에 채 순화되기도 전에 무리하게 엮었음으로하여 그 시가 생경하게 되었으며 형식에 있어서도 조잡을 면치 못한 실례들이 적지 않다. 이런 실례를 「우리들의 40년」에서도 찾을 수 있다.

이러한 결함들을 시정하기 위하여 나는 많은 고민을 하였다. 어떻게 하면 쉬운 말로 쓰고 또 아름답게 쓸 수 있을 것인가? 말하자면 어떻게해야 사회주의 내용에 민족적 형식을 담을 것인가 하는 생각이었다. 이런 과정에서 쓴 작품들이 「천변의 병원」, 「산촌의 어머니」, 「산제비」들이라고 생각된다.

나는 또 시를 쓸 때마다 내가 소유한 언어의 빈곤을 느끼는 때가 많았다. 더욱이 운문을 전문하는 나로서는 절실히 느끼지 않을 수 없었다.

때문에 나는 이를 타개하기 위하여 농민들과 함께 생활했던 때는 항상 그들의 언어에 유의하여 적기도 하고, 이를 외우는 것이 아니라 나도 사용해 보는 방향에서 노력했다.

그러나 나의 언어를 다소나마 풍부케 해 준 것은 삼사십 년 동안 같이 살아 온 부모에게서 배운 것이 더욱 많았다. 그리하여 나는 익숙하지 않은 말이라든지 처음 듣는 말은 반드시 그 뜻을 물어 보고 적었다. 이와 같은 방법으로 언어에 관심을 가졌으나 목적을 다 이루지는 못했다고 생각한다.

한편 민요에 대하여 관심을 가졌던 나는 여기서도 풍부한 우리말을 섭취했으며 이를 창작에 도입하기에 적극 노력하였다. 그러나 나는 그당시 몇 편의 민요를 쓰기는 했으나 빈번한 청탁에도 불구하고 가사와 악극을 의식적으로 쓰지 않았던 이유는 퇴폐적인 내용으로 가사를 써 달라고 요구하기 때문이었다.

끝으로 나는 내가 어떻게 「산제비」를 썼는가에 대하여 말하려 한다. 1934년 여름 장마가 진 얼마 후였다 나는 생활이 너무 빈곤하여 충북보은에 있던 동창생 박인서를 찾아갔다. 그는 양심적인 사람으로 병원을 개업하고 있는 동무였다. 그는 내 사정을 알면 얼마간의 돈은 문제 없이 취하여 주리라고 생각한 때문이었다.

그러나 병원을 찾아 간 후 그를 만나니 어쩐지 비굴한 것 같아 말이 나가지 않았다. 그리고 너무 극진히 대해 주는 바람에 돈에 대한 이야기는 입 밖에도 낼 수 없었고 드디어는 잊어버리고 말았다. 그는 말하기를 "자네 마침 잘 왔네, 자네는 시를 좋아하니 속리산이나 갔다 오게. 여기서 한 사십 리밖에 안 되네." 하였다. 나는 쾌히 승낙하고 속리산으로 갔다.

산이 어찌 험한지 일 년이래야 한 두 차례, 안내역으로 앞장서는 법주사(法住寺)의 중까지 밀림 속에서 간혹 길을 잃는 수가 있다고 하였다. 몇 명의 등산자와 함께 나는 산장을 향하여 올라갔다.

무엇이 한 짓인지 나무 뿌리를 어지럽게 파헤치고 곳곳에 붉은 흙이 드러난 곳도 있었다. 알고 보니 이것은 산돼지의 짓이라는 것이었다. 이리하여 나는 겨우 속리산의 최고봉인 문장대에 오르게 되었다.

우리 나라의 아름다운 산봉우리에도 많이 올라 본 나였으나 이때처럼 심중에 느낀 적은 아마도 없었다고 생각된다. 산세가 장엄하고 기묘한 까닭도 있었으나, 나는 다리가 후들후들 떨리는 판에 산제비들은 저 하늘 높이 마음대로 날고 있지 않은가?

우리 강토가 일제 침략자들에게 짓밟히고 나 자신도 철쇄에 묶여 있지 않은가? 여기서 나는 문득 자유에 대한 염원이 솟음쳐 올랐다. 미래의 전망이 날개를 치는 듯하였다.

산돼지와 갈범을 제국주의 침략자로 비유하면서 반드시 어둠의 구렁이에서 멸망하리라는 것을 예견하였다. 동시에 우리의 희망찬 산제비는 별에(공산주의 사회) 날으려 준비를 하고 있다는 것을 구상해 보았다.

　이와 같은 시상으로 당장에 시를 쓰고 싶은 충동도 있었다. 그러나 나는 좀 더 심오하게 형상하리라는 생각에 붓을 들었다가도 놓곤 하기를 무수히 했다. 나는 넉 달 동안 감방에 있을 때도 사색을 그치지 않았다. 드디어 시상은 난숙해지고 머리 속에는 이미 다 써진 것 같았다. 나는 어느 날 붓을 들자 한 시간도 못되어 「산제비」를 탈고하였다. 그러고 보니 때는 1936년, 산제비를 구상한 지 2년 만에 쓴 것으로 되었다.

　그러나 나는 지금 와서도 때로는 느낌이 없이 집필하는 경우가 적지 않다. 이를 극복하는 것은 오직 현실과 친숙하며 인민 속으로 들어가는 길 하나에 달려 있다는 것을 말해야 하겠다.

　그러므로 나는 오늘도 문학을 처음 시작하는 동무들처럼 배우려는 의욕에 충만되어 있다. 그리고 마음속으로 외치는 것이다. '나의 정열아, 정의감아, 활화산처럼 불을 토하라, 그리하여 당이 부르는 길에서 나의 온 정열을 바쳐 조국과 인민을 위해 복무하라.'

공장은 나의 작가 수업의 대학이였다

리 북 명

문동무!

소설 「질소 비료 공장」을 중심으로 나의 작가수업에 관한 글을 써 달라는 수삼차의 동무의 요청에 대답하기 위하여 이제 늦게나마 붓을 들었습니다.

나는 지금으로부터 27, 8년 전인 1930년대에 작품 「질소 비료 공장」은 가지고 당시 '조선 문단'의 말석에 들어서게 되었습니다. 하기야 「질소 비료 공장」 이전 즉 1927년경부터 발표한 작품이 없는 것이 아닌데 그때는 산문 외에 시도 썼습니다. 그러나 나로서는 훌륭한 선배의 지도에 고무되면서 공장의 기대 옆에서 고된 노동의 짬짬을 이용하여 창작한 단편 소설 「질소 비료 공장」을 나의 처녀작으로 삼고 싶었습니다. 「카프」의 선배 작가들과 독자들도 그것을 공인하여 주었습니다. 한 문학 청년에게 있어서 그의 처녀작으로 반드시 그가 맨 처음으로 창작한 작품을 두고 말하는 것은 아닐 것입니다. 그것이 될 수 있는 반면에 그렇지 않은 경우도 또한 있을 것입니다.

그런데 내가 아는 바에 의하면 일부 사람들 가운데는 처음 습작을 시작한 당시의 습작품을 가지고 처녀작으로 자처하려고 하며 따라서 그 시기를 자기의 작가로서의 첫출발의 연대로 삼으려고 하는데, 이것은 지내 조급한 타산이 아닐 수 없습니다.

문 동무! 나는 동무가 이런 조급한 타산을 염두에 두지 않고, 오로지 진지한 태도로 문학 작품을 열독하며, 꾸준히 습작을 계속할 뿐만 아니라 겸손한 태도로 선배작가들에게서 직접 허심하게 배우고 있음을 대단히 믿음직하게 생각합니다. 나는 동무가 앞으로 인민의 사랑을 받을 수 있는 훌륭한 처녀작을 들고나올 것을 기대합니다. 처녀작이란 결국 문학에 뜻을 둔 청년이 비로소 작가로서 인정을 받게 되는 작품이니만치 그것은 작가 자신이나 어떤 소수의 사람들이 평가할 것이 아니라 어디까지나 독자와 인민의 평가를 받아야 하는 것입니다. 독자와 인민의 평가를 받지 못하는 문학 작품은 어느 시대를 물론하고 그 생명력을 가질 수 없기에 말입니다. 이야기가 다소 기로에 들어간 것을 용서하십시오.

그러면 이제부터 당시 23세의 새파란 청춘이었던 내가 기름때 묻은 손에 펜을 잡고 창작한 처녀작 「질소 비료 공장」을 가지고 '조선 문단'에 나타나기까지 누구의 지도 밑에 어떻게 작가 수업을 하였는가에 대하여 쓰겠습니다.

이것은 내가 당시 프로레타리아 작가로 또한 세칭 '로동자 출신의 작가'로 「조선 프로레타리아 예술 동맹」(카프) 대열에 참가하게 된 것과 깊은 연관성을 가지는 문제가 아닐 수 없습니다.

나는 1927년 봄에 H고보를 졸업하였습니다. 나는 학교 재학 중에 문학 연구 소조에 참가하여 닥치는 대로 문학 작품을 탐독, 아니 탐독하는 한편 습작의 붓을 들었는데 주로 시와 소설이었습니다. 야심만은 대해보다 컸으나 밑천이 짧다 보니 시와 소설이 씌어질 리가 없었습니다. 탐독의 결과는 한때 나의 머리를 혼란시켰으며, 지어는 나를 절망의 구렁텅이에로 이끌어 가려고까지 했습니다. 그때 나는 한 선배에게서 어떤 작품부터 읽어야 하는가에 대하여 독서의 방법을 배웠습니다. 소수의 이익을 위해서가 아니라 다수의 편에서 다수를 위해서 씌어진 작품들을 정독하라는 그의 말은 나에게 적지 않은 도움을 주었습니다. 그후부터 나는 「카프」 작가의 작품은 물론 일본어로 번역된 막씸 고리끼, 똘스또이, 체호브 등 작가의 작품을 다시 새 기분으로 정독하는 한편, 일본 좌익 작가들의 작품도 읽었습니다. 특히 「카프」 작가들의 작품은 노트에 어휘를 발췌해 가면서 읽었습니다. 부르죠아 작가들은 퇴폐적이며 색정적인 작품에 비하여 전자의 작품들이 얼마나 내용이 건전하며 그 인물과 생활에 대한 공감과 함께 예술적 향훈이 나의 가슴에 풍겨 드는지 몰랐습니다. 그 작품들 속에 등장하는 억센 의지의 인물과 그들의 지향을 나는 비록 어린 눈이었으나 나의 주위에서 일상적으로 찾아보기 어렵지 않았습니다. 그것은 누구를 위하여 씌어진 작품인가를 대뜸 짐작할 수 있었습니다. 이리하여 나는 어느덧 이런 종류의 작품에 흥미와 매력을 느끼는 동시에 계속 공감을 가지게 되었던 것입니다. 후에 나의 노동자 생활이 이런 경향에로 나를 더 빨리 이끌어 준 것은 의심할 바 없습니다.

나도 작가가 되리라. 되되 반드시 그런 작품을 쓰는 작가가 되리라— 이것이 학창 시절의 꿈 많던 나의 결의인 동시에 또한 희망이기도 하였습니다. 이 결의와 희망이 전기 계통의 상급 학교에 입학한 나를 끝내 공장의 길로, 다시 말해서 노동 계급 속으로 돌려 세웠던 것입니다. 지금도 나는 과거를 회상할 적마다 그때가 바로 '나'라는 다정다감한 청춘의 진로를 결정하는 가장 중대한 「모멘트」였었다고 생각합니다.

문동무! 생각하여 보십시오. 만약 내가 처음 가졌던 문학에 대한 뜻을 헌신짝처럼 버리고 사각모가 부러워서 상급 학교로 갔었더라면 나는 작가로 된 대신 전기 기사가 아니면 그 부문의 기술자로 되었을 것이 아닙니까? 길은 이렇게 달라지는 것입니다.

그러면 나는 왜 교복 대신 노동복을 입게 되었던가?

바로 말하면 나는 좌익 사상이나 문학 이외의 그 어떤 뚜렷한 목적 의식을 가지고 H 질소 비료 공장의 노동자가 된 것은 아닙니다. 그 당시의 나로서는 확고한 사상 의식을 소유하기에는 어느 모로 보든지 아직 어렸던 것입니다.

나는 『카프 작가 7인집』과 막씸 고리끼 장편 소설 「어머니」외에 몇 권의 문학 서적을 책보에 싸쥐고 공장으로 갔었습니다.

현실 속으로! 무산 대중 속으로! 그리하여 거기서 생활의 진실을 체득해야 한다는 「카프」의 선배 작가와 동지들의 교훈이 나를 공장에로 고무 추동시킨 것은 사실입니다. 이미 교문을 단념한 나에게는 공장문 외에는 달리 찾을 문이 있을 듯 싶지 않았습니다. 그리하여 나는 그때까지 내가 읽은 노동자들의 정의로운 투쟁을 쩨마로 한 작품과 그들의 피와 땀을 탐욕스럽게 빨아먹고 사는 기생충인 자본가의 내막을 폭로한 「팜프레트」들에서 얻은 지식만을 가지고 공장의 지하도를 들어섰습니다. 그리하여 그날부터 나는 난생 처음으로 무시무시한 기계 앞에서 노동을 체험하기 시작하였습니다. 이 때로부터 육체적으로 매우 괴로운 나날이 계속된 것은 더 말할 나위도 없습니다. 나는 날마다 열 두 시간 이상의 고통스러운 노동을 용솟는 문학에로의 정열로 간신히 감당해 나갈 수 있었습니다.

'노구찌 왕국'으로 불리우는 H 질소 비료 공장의 속통을 파 보리라! 그리고 노동자들의 비참한 처지와 그들의 생활을 몸소 체득함으로써 노동자들을 위한 '공장 소설'을 써 보리라! 말하자면 그 때 나는 좋은 의미에서의 이런 '야심'에 충만되어 있었던 것입니다.

동무는 혹시 내가 쉽게 들어 가 대즉해 사무원 책상이나 하나 차지했을 것이라고 생각할는지 모르나 결코 그렇지 않습니다. 수학, 물리, 화학 등 필답과 구답 시험을 치르고 5대 1의 비율로 겨우 뽑혀 유안 직장의 현장 노동자로 되었습니다. 보통 학교를 나왔거나 나오지 못한 청년들은 따로 해당한 시험을 받게 되는데 그 채용률은 낮은 경우에라야 4대 1이고 높은 경우에는 10대 1도 훨씬 더 되는 것이었습니다.

그럴 수밖에 없는 것이 H 질소 비료 공장의 거리거리에는 날마다 수백 명의 구직자, 즉 당시의 용어로 말해서 '산업 예비군'이 굶주린 창자를 움켜쥐고 욱실거리지 않았겠습니까! 이렇듯이 공장에 취직하기란 여간 힘든 일이 아니었습니다. 이와 관련하여 당시 항간에는 "딸을 주겠거든 질소 비료 공장에 다니는 총각에게 주라"는 말까지 떠돌았습니다. 이것은 공장의 속통은 알려고도 하지 않고 많은 경쟁자를 물리치고 들어갔으니 사람이 똑똑하리라 하는 단지 그 한 가지 조건만을 가지고 억측한 뜬소문이었습니다. 이 한마디 말만으로써도 그 당시에 실업자의 홍수가 얼마나 심하였는가를 가히 짐작할 수 있을 것입니다.

H 질소 비료 공장의 형편은 내가 이미 소설이나 '팜프레트'에서 읽은 그것보다 훨씬 더 비참하였습니다. 하루 12시간 이상의 노동을 강요 당하였으며 그 삯전은 겨우 4십전 내외였습니다. 이것으로는 최저의 생활도 이어 나갈 수 없었습니다.

노동자들에 대한 멸시와 모욕, 조선 사람에 대한 혹심한 차별 대우와 착취, 노동자의 권리란 쥐뿔만치도 찾아 볼 수 없는 소위 '노구찌 왕국'이었습니다.

밤낮없이 싸이렌이 피에 굶주린 야수처럼 울부짖고 왜나막신 소리가 요란한 공장의 거리거리의 눈꼴사나운 광경이 지금 이 글을 쓰는 나의 눈앞에 선합니다. 굶주리고 헐벗은 수천 명의 노동자의 무리가 날마다 왜놈들의 살기등등한 횡포 속에서 위험하고 힘에 겨운 노동을 강요 당하던 그 당시의 암담한 현실을 어찌 잊을 수 있겠습니까.

기계에 한쪽 팔을 잘리운 젊은 노동자의 창백한 얼굴! 골수에 사무친 원한을 풀지 못하고 값없이 희생되어 들것에 누워 묘지로 향

하던 노동자의 시체! 이렇다할 이유도 없이 억울하게 공장을 쫓겨
난 노동자들! 그러나 내가 목격한 것은 이런 광경뿐이 아니었습니
다. 왜놈들에 대한 참을 수 없는 증오에 못 이겨 이대로 있을 것이
아니라 한마음 한뜻으로 힘을 뭉쳐 가지고 싸워 보자는 노동자들의
목소리가 직장에서 퍼져 갔습니다. 이런 환경이 나를 목석처럼 그
냥 둘 리가 있었겠습니까? 나의 머리 속에 차츰 프로레타리아 사상
의식이 형성되어 갔던 것은 사실입니다. 내가 사상 의식의 형성기
를 노동 계급 속에서 보냈다는 것은 참으로 고귀한 소득이 아닐 수
없었습니다.

1930년대부터 해방을 맞이하기까지, 그리고 해방 후 오늘에 이
르기까지 나의 적지 않은 작품의 대부분이 노동 계급의 투쟁 모습
을(해방 전에는 주로 일제와의 투쟁이었고, 해방 후에는 주로 애국
적인 증산과 건설의 투쟁입니다.) 취급하였다는 사실을 어찌 우연
한 일이라고 말할 수 있겠습니까?

문 동무! 솔직히 말해서 나는 훌륭한 재능을 가진 작가가 아닙니
다. 나는 배우고 또 배워야 하겠습니다. 다만 한 가지 내가 동무에
게 말할 수 있는 것은 30년에 가까운 작가 생활에서 내가 노동 계
급을 잊지 않고, 미력한 재능이나마 그들을 위하여 바치기에 노력
하여 왔다는 것입니다. 나는 앞으로도 계속 그들에게서 배우며 그
들을 위하여 나의 있는 재능과 정열을 아끼지 않겠다는 것입니다.

가장 고귀하고 아름다운 이 사람들을 우리 어찌 잊을 수 있겠습
니까? 우리의 문학 예술은 첫째로도 둘째로도 노동 계급을 위하여
복무할 것이라는 나의 신념에는 예나 지금이나 변함이 없습니다.

공장은 나의 작가 수업의 대학이었습니다. 왜놈들에 대한 불타는
증오를 느끼게 됨과 동시에 절대 다수의 노동 대중이 소수의 자본
가에게 얽매여 허무하게 착취를 당하며, 무권리 속에서 학대를 받는
것이 무슨 때문인가? 그 당시의 나에게는 심각한 문제였습니다. 노
동 대중과 자본가는 물과 불처럼 결코 합칠 수 없을 뿐더러 쏘련에

서처럼 노동자의 단결된 힘으로 자본가를 없애 버리기 전에는 노동 대중 앞에 광명한 새 날이 올 수 없다는 것을 깨닫게 되었습니다.

"잃을 것은 철쇄요, 얻을 것은 전 세계다. 만국의 노동자는 단결하라!" 나는 이 문구를 얼마나 가슴 속 깊이 간직했는지 몰랐습니다. 이 명언은 또한 문학을 공부하는 나에게 창작 방향을 제시하여 주었습니다.

나는 가난한 노동자의 집에 하숙을 정하고 촌가를 아껴 가면서 문학 서적을 탐독하는 한편 습작을 계속하였습니다. 작품의 쩨마로 될 수 있는 생생한 소재는 많았으나 그것을 어떻게 취사 선택하여 「푸로트」를 세우며, 어떻게 구성하여 형상화할 것인가에 대해서는 전혀 자신이 생기지 않았습니다. 나의 가슴에 안겨 드는 현실이 지내 벅찼던 것입니다. 이때까지 나는 한 사람의 작가와도 친교는 커녕 서신 거래조차 가지지 못하고 있었습니다. 나는 지금도 나 자신을 그렇게 생각할 때가 있지만 이것은 흔히 다감한 젊은이가 그러하듯 고독을 즐기며 게다가 붙임성이 없는 나의 못난 성격의 탓이었습니다. 나는 이 나의 못남으로 하여 시간적으로 손실을 보았다는 것을 자인하는 바입니다.

나는 습작을 두 가지 방법으로 진행하였습니다. 일어로 번역된 막쎔 고리끼의 「어머니」를 비롯한 좋은 작품들의 몇 대목을 따서 원작에 충실하게 번역 모방하는 것과, 실제의 노동자를 주인공으로 설정한 실기 콩트 또는 단편 소설을 써 본 것이었습니다. 그런데 제딴에는 애를 쓰느라고 쓴 것이 선배 작가의 지도를 받지 못하다 보니 제가 쓴 작품을 제가 읽고 또 제가 평하는 수밖에 달리는 도리가 없었습니다. 이런 결과는 들인 노력에 비하여 적은 소득밖에 얻지 못하였습니다. 만약 내가 진작 선배 작가를 스승으로 모셨더라면 이런 졸한 1인 3역은 하지 않았을 것입니다.

나는 나의 습작에 대하여 많은 경우에 그다지 미련을 남기지 않았습니다. 왜냐하면 습작을 한 번 읽고, 두 번 읽고, 세 번 읽어보면 볼수록 허다한 결함이 발견되었기 때문입니다. 그보다 더 잘 쓸 수 있는 자신이 생겼고, 사실 또 그 다음의 습작이 전의 것보다 좋았던 것만은 사실입니다. 나는 이것을 내가 발전하고 있는 중좌라고 생각하였습니다. 이것이 사실인 이상 한 편의 습작에만 세월없이 미련을 남길 필요가 어디 있겠습니까? 나의 경험에 의하면 한 편의 습작품에 지내 미련을 걸고 그 자리에서 답보한다는 것은 그의 문학적 정열과 노력이 아직 부족하거나 아니면 발전의 속도가 더디다는 것으로 밖에 더는 설명되지 않습니다. 보다 좋은 생신한 것을 위하여서는 좋지 못한 것을 대담하게 버리거나 개작하고 전진하는 것이 필요하다고 생각합니다. 경우에 따라 개작이 다른 쩨마를 가지고 새로 쓰는 것보다 더 많은 시간과 노력을 허비하면서도 결국 소기의 성과를 거두지 못한 실례를 나 자신 역시 가지고 있습니다.

세월은 흘러 내가 H 질소 비료 공장에서 노동한 지도 어느덧 3년이 지나갔습니다. 손에 못이 박히고 몸에서 제법 기름내가 풍기게 되었습니다. 그간 몇 편의 작품—아니 작품이라기보다 차라리 잡문이라고 말하는 것이 타당할 것입니다.—을 발표하였습니다만 나는 그것을 자랑하고 싶은 아무런 긍지도 가지고 있지 않았습니다.

나는 이때부터 한 편이라도 작품다운 작품을 써 보리라는 새로운 결의를 다지고 「질소 비료 공장」을 구상하기 시작하였습니다. 문학에 뜻을 둔 청년들이 한때 가질 수 있는 '야심'으로 나도 이 작품을 중편 소설로 완성함으로써 일약 문명을 떨쳐 보려는 꿈에 사로잡혔던 것입니다.

그러나 소재를 정리하고 구상을 익히는 과정에서 내가 이도 나지 않아서 콩밥부터 먹자고 덤빈다는 것을 깨닫게 되었습니다. 사실 말이지내가 소유하고 있는 현실 즉 노동 계급에 대한 지식과 나의 문학적 재능 사이에는 먼 거리가 있었던 것입니다. 단편소설이 장편소설이나 중편소설보다 어떤 의미에서는 더 쓰기가 힘들다는 것을 모른 바 아니나 나로서는 역시 선배 작가들의 교시대로 순서를 따라 단편소설로부터 물고 늘어질 뱃심이었습니다.

나는 이 작품을 쓰는데 제딴에는 심혈을 경주한 것으로 생각하였습니다. 그러나 초고가 떨어진 후 며칠 머리를 쉬고 읽어보았더니 아주 형편이 무인지경이었습니다. 도대체 무엇을 어떻게 형상화하려고 했는가? 싸우는 노동자의 전형이 어디 있으며 그들의 생활이 어디 있다는 말인가? 나는 이렇게 반문하면서 자신을 증오하며 원망하지 않을 수 없습니다. 나는 며칠 동안 비관과 실망 속에 잠겨 있었습니다. 심신을 짓누르는 고독 속에서 몸부림도 무척 쳐 보았습니다. 초고를 갈기갈기 찢어 버리려고 한 적도 한두 번이 아니었습니다. 말하자면 나의 작가적 여부를 타진하는 시련기였습니다.

내가 작가 한설야 동지를 알게 된 것이 바로 이 무렵이었습니다. 동무도 족히 상상할 수 있으리라고 믿습니다마는 이것은 나에게 있어서 잊을 수 없는 귀중한 '모멘트'였습니다.

하루는 내가 공장을 쉬고 어둠침침한 하숙방에서 번민하고 있는데 뜻밖에도 K라는 친구가 찾아 왔었습니다. 나는 그더러 나의 우울한 심경을 실토하였습니다.

"자네 못나기도 하네. 서울이라면 몰라도 엎어지면 코 닿을 곳에 선배를 두고 여적 지도를 안 받아? 3년 석 달을 그렇게 혼자서만 벙어리 냉가슴 앓듯 해 보게 문학이 나오는가…"

"선배라니? 누구야?"

그 말에 대뜸 귀가 솔깃해진 나는 다그쳐 물었습니다.

"작가 한설야 말이네."

"카프 작가 그분 말이지? 어데 계셔?"

내 어찌 이 작가 성함을 모를 리 있었겠습니까?

"지금 H시에서 작품을 쓰고 있네. 내일이라도 찾아 가 보게."

"H시에?"

작가 한설야의 고향이 H라는 것을 나는 이미 어느 잡지에서 발표된 작가 주소록에서 알았고 또한 많은 경우에 H시에서 창작 생활을 한다는 말도 얻어들은 바 있었습니다. 그러나 작품을 통하여 사숙하였을 뿐 찾아가서 지도를 청할 용기까지는 내지 못하고 있었습니다. H는 또한 나의 고향이기도 합니다.

"글쎄…"

나는 그때 30리 밖 H로 냅다 달리려는 나의 마음을 간신히 달래면서 망설이지 않을 수 없었습니다. 「카프」의 창건자의 한 분이며 선배 작가인 그를 어떻게 작품도 없이 가서 뵈일 수 있겠는가! 문학은 공답이 아니거늘 그는 반드시 작품을 가지고 왔느냐고 물을 것이 아닌가! 나에게 무슨 작품이 있다는 말인가! 나는 다시 우울하여졌습니다.

그러나 그 며칠 후에 나는 참을 수가 없었기에 제딴에는 비상한 용기를 내어 그를 찾아 갔습니다. 그의 댁은(초가 삼간인데 그후에 알고보니 그나마 셋집이었습니다.) S 강반에 있었습니다. "잘 와 주었습니다. 왜 진작 찾아오지 않았습니까? 동무처럼 노동 계급 속에서 생활하면서 문학을 공부한다는 것은 반가운 일입니다. 양심있는 작가가 되자면 그렇게 해야 합니다. 현실과 진실을 모르고 작품을 쓴다는 것은 거짓이니까요. 여하튼 동무는 길을 옳게 택하였습니다."

나의 실토를 듣고 난 그는 이런 의미의 이야기를 하면서 사뭇 만족해하는 것이었습니다. 작가 한설야는 이름도 없는 일개의 노동자요, 문학 청년인 나를 친절히 대하여 주었습니다. 그의 부드러운 음성과 평민적인 태도가 처음 대하는 나에게 좋은 인상을 준 것은 사실입니다.

"그런데 작품을 가지고 왔습니까? 어떤 작품을 썼습니까?"

H 질소 비료 공장에 관한 나의 이야기가 끝나자 그는 이렇게 물었습니다.

"아직 없습니다."

순간 나의 얼굴은 불을 맞은 듯 화끈 달아 올랐습니다. 어찌도 부끄러웠던지 구멍이 있으면 숨어 버리고라도 싶었습니다.

"글을 쓰는 사람이란 작품을 놓고 이야기해야 합니다. 습작도 없습니까?"

나는 부끄러운 대로 갓 끝낸 초고가 있는데 가지고 오지 않았다고 대답했더니 그는 그것을 정리하는 대로 가져오라고 하였습니다.

"동무도 이미 알고 있겠지만 프로레타리아 문학의 길이란 평탄하지 않습니다. 고난과 싸워야 하며 모진 바람도 각오해야 합니다. 때문에 애당초부터 일생을 이런 문학 활동에 바치겠다는 불굴의 의지와 결의가 없이는 안됩니다. 언제든지 찾아 와 주시오. 배우는 사람이란 가르치는 사람보다 몇 곱절 열성이 있어야 하니까… 그럼 동무의 작품을 기다리고 있겠습니다."

그는 끝으로 이렇듯 전투적이며 교훈적인 말로 나를 고무하여 주었습니다. 그렇다, 나는 문학 활동을 위하여 나의 모든 것을 깡그리 바쳐 나가리라—불타는 정열과 정의를 안고 높은 쌍굴뚝이 바라보이는 공장으로 향하는 나의 가슴속에서 아름다운 공상과 크낙한 희망이 쫙쫙 나래를 펴고 있었습니다.

한 설야 동지와의 첫상봉에서 용기를 얻은 나는 그 이튿날부터 직장에서 노동의 촌가를 이용하는 한편 밤을 꼬빡 새워 가면서 「질소 비료 공장」을 개작하는 데 전력을 다하였습니다. 그야말로 제딴에는 침식을 잊은 결사전이었던 것입니다.

일주일 후에 나는 기계 기름으로 얼룩진 「질소 비료 공장」의 원고를 가지고 그를 찾아갔습니다. 솔직히 말해서 나는 그의 집 마당에 들어 서는 그 순간까지도 나의 작품에 대하여 자신을 가지지 못했습니다.

"사흘 후에 와 줄 수 있겠습니까? 그때 이 작품에 대해서 충분히 이야기합시다."

사흘—나에게는 이 사흘이란 시간이 1년 열 두 달보다 더 길게 더 안타깝게 기다려졌습니다.

"당신은 작가가 되자면 아직 멀었습니다."

그의 입에서 필시 이런 말이 나올 것만 같은 예감으로 하여 나는 얼마나 가슴을 태웠는지 몰랐습니다. 정작 이렇게 된다 치면 상급 학교까지 포기하고 작가 수업을 위하여 몇 해를 공장에서 노동한 것이 어떻게 되겠습니까? 이때의 나의 심경은 형언할 수없이 복잡하고 괴로웠습니다.

드디어 그와 약속한 그날이 왔습니다. 나는 새벽 조반을 필하기가 바쁘게 30리 길을 단숨에 내달려 그를 찾아갔습니다.

"이 동무, 좋은 작품을 쓰느라고 수고했습니다. 반갑습니다. 어서 들어오시오."

그는 이런 말로 나를 맞아 주었습니다. 정녕 내 이 날이 오기를 얼마나 은근히 기다렸던 것이겠습니까! 다함없는 기쁨과 감격이 가슴 뿌듯하게 용솟는 순간이었습니다.

"내가 동무의 원고에 다소 손을 댔습니다. 부분부분입니다마는…"

하고 그는 원고를 나의 앞에 내놓았습니다. 그러나 나는 그 원고를 본 순간 놀라지 않을 수 없었습니다. 왜? 선생은 자신의 창작이 바쁜데도 불구하고, 백로지에 그나마 어지럽게 쓴 나의 원고를 첫 장부터 끝장까지 손수 원고 용지에 깨끗이 정서하여 놓았기 때문이었습니다.

문동무! 신인에 대한 선배의 이 각별한 배려에 대하여 나는 무슨 말로써 감사를 드렸으면 좋을는지 알지 못했습니다. 동무는 혹시 아는지 모르지만 이름도 없는 문학 청년의 원고를 고쳐서 손수 정서까지 하여 준 실례를 나는 아직 그다지 알고 있지 못합니다. 이런 선배의 지도 밑에서 문학의 후배 부대가 장성한 것은 (나 개인을 두고 하는 말이 아닙니다.) 지극히 당연한 일일 것입니다.

나는 이날 그에게서 작가로서 우선 가져야 할 태도, 나의 「질소 비료 공장」에 나타난 이러저러한 결함들에 대하여, 소재로부터 작품을 완성하기까지의 과정과 약속, 어휘를 풍부히 소유할 필요성에 대하여 많이 배웠습니다. 또한 「카프」 작가들의 활동 정형과 조선 문학의 동향에 대하여 실로 몇 권의 책을 읽어 얻은 것보다 더 유익한 지식을 얻었습니다.

"동무의 작품을 「카프」에 보내서 곧 발표하겠는데 작가의 이름을 어떻게 하겠습니까? 「펜 네임」이 있으면 좋겠는데…"

그의 의견대로 나 역시 본명보다 「펜 네임」을 쓰고 싶었습니다. 그러나 이때까지 나에게는 그런 필명이 없었습니다. 「질소 비료 공장」과 동시에 불리우게 된 것이 지금 나의 성명 3자입니다.

나의 처녀작 「질소 비료 공장」은 당시 『조선 일보』 지상에 발표되었습니다. 고 이상춘 동지가 삽화를 담당하였습니다. 그러나 이 작품은 겨우 3회까지 (아마 3회라고 기억됩니다.) 발표되고 그만 게재 금지를 당하고 말았습니다. 게재 금지를 당한 바로 그날 나 자신 역시 '개'들에 의하여 자유를 잃게 되었습니다. 동시에 공장을 쫓겨 난 것은 물론입니다. 이러한 경우를 나는 미리 각오하고 있었던 것입니다.

그후 나의 「질소 비료 공장」은 일본의 좌익 계통의 문학잡지 『문학 평론』에 번역 전재되었습니다. 독자들은 조선 작가가 쓴 작품을 조선말로써가 아니라 잡지를 통하여 왜말로 읽을 수밖에 없었으나 그렇게 되기까지에는 작품은 이미 만신창이의 운명을 면하지 못하였습니다. 그렇다고해서 나는 자기의 처녀작을 우수한 작품으로 과찬하는 것은 결코 아닙니다. 그것은 어디까지나 당시 사회의 제약성을 고려하면서 씌어진 신인의 결함 많은 작품입니다.

나는 처녀작 「질소 비료 공장」을 발표한 후 계속하여 「공장가」, 「민보의 생활표」, 「어둠 속에서 주은 스케취」, 「기초 공사장」, 「오전 3시」, 「암모니아 땅크」 등등 단편소설만 하여도 60여 편을 해방 전에 발표하였습니다. 장편 「제 三로」와 「야광주」는 일제에게 원고를 압수 당하였습니다. 이상 작품들은 대부분이 H 질소 비료 공장의 노동자들의 생활과 투쟁을 째마로 한 것들입니다. 물론 그 가운데는 좋다고 생각되는 작품 외에 지금 발표하자면 적지 않게 수정을 요하는 것도 있습니다. 「질소 비료 공장」의 원고는 줄에 줄을 놓아 찾아보았으나 찾을 길이 바이 없었습니다. 몇 달 전에 겨우 입수한 외국문으로 된 원고를 나 자신의 창작 당시의 기억을 더듬어 가면서 다시 번역하였습니다. 이상이 내가 「질소 비료 공장」을 쓰고 '조선 문단'에 데뷔한 간단한 경위입니다.

이렇게 하여 나는 작품을 쓰기 시작하였으며, 프로레타리아 작가로, 또한 세칭 '노동자 출신의 작가'로 불리우게 되는 동시에 「카프」의 일원으로 되었습니다.

문동무! 이것은 여담일는지 모르나 다음에 쓰는 이야기를 참고로 하여 주십시오.

나와 동시에 부르죠아 문학에 뜻을 둔 어떤 문학 청년이 있었습니다. 이 사람이 어떤 '선배' (물론 부르죠아 작가)에게 어떻게 하면 당신의 지도를 받을 수 있겠는가? 작가가 되자면 어떤 공부가 필요한가를 문의하는 편지를 보냈다고 합니다. 며칠 후에 답장이 왔습니다. 그 내용인즉 지도를 받자면 다달이 지도료를 바쳐야 한다는 것, 작가가 되자면 대학을 나와야 하는데 못 나왔으면 일본 「와세다」 대학 문학 강의록을 공부하라는 것이었답니다. 음달에서 자라난 나약한 풀대와 같은 부르죠아 문학 청년은 가산의 일부를 팔아 가지고 소위 '선배'에게 돈봉투를 안겨 주었던 것입니다. 그러나 얼마 후에 그는 자기의 원고가 '선배'가 일하는 잡지사의 변소에서 뒤지로 사용되고 있는 것을 발견하였다고 합니다.

문 동무! 어떻습니까? 과거나 현재나 부르죠아 작가들이란 이렇듯 비인간적이며 사기한적인 측면을 가지고 있는 놈들입니다. (작품은 더 말할 필요도 없고) 지금 남반부에서 반인민적 독소를 뿌리고 있는 부르죠아 작가들 속에서 이런 기만과 유혹이 벌어지고 있으리라는 것쯤은 상상하기 어렵지 않습니다.

문 동무! 당신은 「카프」 작가가 소유하고 있는 고상한 정신면과 목적 지향성을 일개의 신인을 육성하는 데서 모범을 보여 준 한설야 동지의 경우만을 가지고도 넉넉히 이해할 수 있었을 것입니다. 그들은 명예나 지위 같은 것을 애시당초부터 생각조차 하지 않았습니다. 지금처럼 원고에 대한 보수가 있었는가 하면 그렇지도 않았습니다. 그들은 1930년대에 우리 혁명 운동의 타수(舵手)로, 민족 해방운동의 영도자로 출현한 김일성 원수의 항일 무장 투쟁에 고무되면서 오로지 프로레타리아 문화 건설을 위하여 활동하였습니다.

나는 나의 문학의 스승에 대하여 좀 더 이야기할 것이 있습니다. 공장을 쫓겨 난 후 나는 H에서 살게 되었는데 나의 집에서 그의 댁까지 거리가 5백 미터에 불과하였습니다. 나는 낮이나 밤을 가리지 않고 뻔질나게 찾아가서 배우고 또 배웠습니다. 그는 바쁜 원고를 쓰다가도 내가 배우러 가면 언제나 나의 물음에 응하여 주었습니다. 이런 반면에 모르는 것은 누구에게서나 아주 겸손하게 그리고 허심하게 배울 줄을 아는 그이기도 하였습니다. 그는 배울 때에는 귀로만 듣는 것이 아니라 반드시 노트를 하였습니다. H 질소 비료 공장의 제조 공정과 노동자들의 노동 정형과 생활 형편에 대하여 나에게 물은 것만 하여도 한두 번이 아니었습니다. 그는 나의 서투른 이야기를 주의 깊게 들으면서 적어 내려 갔습니다. 선생의 이런 태도가 그의 작품으로 하여금 형식에 있어서나 내용에 있어서 진실감과 예술적 향훈을 갈수록 더 돋구게 하는데 도움으로 되었으리라고 나는 생각합니다. 우리는 반드시 이런 모범을 따라 배워야 하겠습니다.

「바른쪽 굴뚝에서 연기 나는 선생」—이것이 누구의 대명사인지 알겠습니까? 선생의 자제들이(그 당시는 어린 소년들이었습니다.) 나를 가리켜 부르던 대명사였습니다.

하루는 선생께서 H 질소 비료 공장에 대하여 자세히 묻기에 나는 그림을 그려 가면서 (아마 어떤 직장의 바른쪽 굴뚝에서 연기가 뭉게뭉게 솟아오르는 그림을 그린 것으로 생각됩니다.)설명하였는데 그때 소년들은 그것을 보았던 모양입니다. 그때로부터 소년들은 오랫동안 두고 나를 이렇게 불렀습니다. 지금도 이 대명사가 잊을 수 없는 추억의 하나로 나의 머리 속에 남아 있습니다.

문 동무! 동무도 이상에서 읽은 나의 글에서 내가 어떤 길을 걸어 왔으며 어떻게 선배의 지도를 받으면서 작가 수업을 하였는가에 대하여 개략이나마 알았으리라고 믿습니다. 또한 후진을 양성하는 문제에서 선배 작가의 역할이 얼마나 큰 것이었는가에 대해서도 느낀 바가 있었으리라고 생각합니다.

그러기에 나는 나를 프로레타리아 작가로 키워 준 선배에 대한 존경심을 언제나 깊이 간직하고 있으며 그에게서 계속 배우고 있습니다.

문 동무! 나의 작가 수업에 관한 근 30년 전의 이 낡은 이야기가 동무의 작가 수업에 조금이라도 도움이 될 수 있다면 다행으로 생각하겠습니다.

나는 동무에게 혁명의 불길이 기승스럽게 솟구치는 현실 속으로 대담하게 뛰어 들라고 권고합니다. 오늘 우리 당과 수령의 교시를 받들고 부단히 기적을 창조하고 있는 노동 계급을 비롯한 근로자들 속에서 배우며 그들의 투쟁 모습을 형상화하는 것은 매우 중요한 일입니다. 우리는 영광스러운 당 작가로서 당의 의지와 양심을 지니고 진실하게 쓰고쓰고 또 써야 하겠습니다.

그러면서 나는 마지막으로 해방 전후를 통하여 내가 체험한 공장 생활에 대하여 결론적으로 동무에게 이렇게 말할 수 있습니다.

공장은 나의 작가 수업의 대학이었습니다—라고.

체험은 귀중한 것

엄 홍 섭

작가에게 있어서 체험은 귀중한 것이다.

모든 훌륭한 작품들은 깊은 생활 체험 속에서 탄생했으며 생활 체험은 작가에게 창작적 토대를 준다.

작가는 형형색색의 사회 생활 속에서 각종 인간들과 각종 생활 면모를 깊이 알아야 되고 그에 대한 작가로서의 확고한 주견을 세워야 한다. 그러자면 맑스—레닌주의적 세계관과 더불어 풍부한 생활 체험을 소유해야 한다.

때문에 작가의 현실 체험의 깊이는 그의 작품이 독자들에게 공명을 주는 척도의 하나로 된다. 따라서 그 체험의 깊이는 작품의 예술적 깊이와 통하게 된다.

이런 견지에서 나의 창작 행로를 회고해 볼 때 얼굴이 붉어지는 바가 적지 않다. 그러나 미약하나마 내가 체험에 입각해서 작품을 쓰려 했던 몇 가지 경험을 이야기해 보겠다.

나는 사범 학교를 졸업하고 진주에서 10리쯤 떨어진 「평거」란 농촌의 신설 학교에 교원으로 배치되었다. 그때는 1926년 봄이었다.

취약한 농촌에는 아직 교사도 없고 교원도 나 하나밖에 배치되지 않았다. 나는 교사가 신축될 때까지 초가집 방을 터서 갈자리 바닥에 아이들을 앉히고 서당식 교육을 하였다.

그때 도시에서는 입학난이 심했지만 농촌에서는 도리어 그 반대 현상이었다. 가난한 농민들은 자기 면에 학교가 신설된다 치더라도 학비 댈 것이 걱정되고 우선 당장 굶겨 가며 헐벗겨 가며 통학 거리가 먼 학교에 자기 자녀를 보내려 하지 않았다.

나는 하는 수 없이 입학생 모집을 나섰다. 나는 이 마을 저 마을로 파고 들어가 이 가정 저 가정의 생활 내용이며 인간들의 성격을 이해할 수 있었다.

나는 겨우 40, 50명 정도를 모집해서 교수에 착수하는 일방 학령 초과된 15, 6세 이상의 문맹자들을 따로 모집하여 특설 강습반을 만들어서 그들에게 문자 해득을 시키었다.

이때 나는 농촌의 소박한 소년들과 또 그들의 부형인 농민들과 친할 수 있었고 그 인물들이 뒤에 나의 문학 작품의 주인공 내지 주요 인물로 되었는바 나는 여기서 귀중한 체험을 쌓았다.

나는 교수 시간 이외에는 거의 다 문학 수업에 바치었다.

이곳에서 4 년간 나는 거의 본격적인 문학 수업을 했다.

우선 나는 부근 농민들 속으로 들어가 그들과 호흡을 같이하면서 그들의 사상 감정을 연구하기에 노력했다. 그리고 전집 서적들, 신문, 기타 문예 잡지 등 나는 내 월급의 태반을 서적비로 썼으며 그 것들을 분석 연구했다.

나는 이때 3·1 운동 이후 대두한 초기 프로레타리아 문학의 직접적 영향을 받았고 「카프」 창건 이후에는 나도 「카프」의 맹원이 되려고 노력을 경주하기 시작하였다.

나는 이 시기에 '시'를 썼다. 처음 나는 소설가가 될 생각이 없었다. 짤막한 몇 줄의 시! 사람의 마음을 단박 호흡시키고 감동케 하는 그 힘이, 긴 소설보다 낫다고 생각되었다.

그러나 어느덧 그 생각이 달라졌다.

그리하여 나는 산문 공부로 들어섰다.

이때는 바야흐로 김일성 원수의 영도하에 항일 유격 투쟁이 개시됐고 그의 직접적인 지도와 영향을 받아 각지에서 노동 운동과 농민 운동 및 학생 운동이 활발히 전개되기 시작하던 때였다.

일제 식민지 정책을 반대하는 민족 해방 투쟁의 혁명적 기세가 날로 높아 가는 환경 속에서 나의 문학 수업은 커다란 고무와 격려를 받았던 것이다.

나는 이때 일제 친일 지주를 반대해 투쟁하는 농민들의 모습을 형상화하기 위하여 「흘러 간 마을」을 썼다.

작품에 나타난 지방적 배경은 바로 내 고향인 진주였으며 씌어진 작품 내용은 실제 투쟁을 토대로 하였다.

즉 진주 지방 남강 상류 어느 농촌에서 일어난 조그만 사실을 소설화한 것이었다.

사실은 지극히 콩트적이었고 작은 것이었다.

어떤 부농 지주가 자기집 앞에 연못을 만들기 위하여 개천 물줄기를 가로막아 들였다가 장마가 져서 터지는 바람에 빈농민들의 밭곡식이 피해를 입게 되고 빈농민들이 지주의 집에 몰려 가 손해를 배상하라고 요구한 사실이 있었다. 그리하여 지주와 빈농민 사이에는 언쟁이 벌어지고 빈농민들이 구타를 당하고 돌아 온 것으로 사건은 일단 낙착되었다.

나는 이 사건 발생 이후 일요일을 이용하여 현지에 달려갔다. 그리하여 어떤 빈농민과 담화도 해 보고 농민들의 생활을 깊이 연구하였다.

나는 이때 작가로서 떳떳이 현지 파견을 간 것은 아니었다. 다만 그것은 나만 아는 비밀이었고 표면 이유는 그 근방의 학생 방문이었다. 그것은 일제와 지주의 눈을 피하기 위한 캄플라쥬였다.

나는 곧 구상에 착수하였다.

처음에 흥분되어 씌어진 것은 거의 사실 그대로를 써 놓은 것이었다. 마치 신문 기자가 피해 농민을 방문하여 억울한 심정을 듣는 것 같은 신문 기사식의 작품이 되었기 때문에 작품으로서의 예술적 감흥이 적어서 휴지로 불살라 버리고 말았다.

나는 이때 바로 느꼈다. 문학 작품은 소재 나열로만은 안 된다는 것을, 아무리 훌륭한 소재라 하더라도 훌륭한 예술적 형상화를 통하지 않고는 작품이 될 수 없다는 것을.

그리하여 나는 이 소재를 가지고 끙끙 앓으며 예술적 허구를 더 넣어 본격적인 단편으로 구상해 봤다.

먼저 써서 휴지로 돌려버린 작품에서 구상하지 않았던 여러 장면이 새로 설정되고 그것이 다시 정리되어 주선을 이루기도 했다.

말하자면 거의 다른 것이 되어 버렸던 것이다.

참고 삼아 이야기하면 별장이 불붙어 다 타버린 장면, 추석날 밤으로 농민 시위의 날을 작정한 것, 방축이 터져 마을이 흘러가는 날 밤의 무시무시한 광경 등은 새로 첨가한 것들이다.

그와 동시에 지주 계급의 전형으로 〈최병식〉과 그의 향락 생활을 설정하면서 착취당하는 농민 계급의 대변자 〈고 서방〉을 형상화했다.

이 소설의 발단은 최병식의 별장이 불이 붙어 다 타버리는 데서 시작된다.

그러나 이것은 이야기의 종말에 붙어야 할 사실이다.

그때 나는 단편 소설의 표현 형식에 대하여 선진 작가들의 작품을 세심히 연구하느라고 했고 될 수 있으면 남다른 형식을 들고나서자는 야심도 없지 않았다.

그러나 별로 신기하게 남과 다른 형식이 되지는 못하고 말았다.

나는 그때 대개의 작품들을 그 표현 수법에서 두 가지 형태로 나눌 수 있다고 생각했다.

첫째 원인에서 결과에 이르는 형태, 둘째 결과에서 원인으로 거슬러 올라가는 형태.

「흘러 간 마을」은 결과에서 원인으로 올라가며 이야기를 전개해 나가는 형태에 속하는 작품인 것이다.

단편 소설에 있어서는 이러한 수법이 독자들에게 흥미를 더 줄 것이고 작품 첫머리부터 긴장을 주는 방법이 아닐까 생각되었다.

이러한 수법으로 씌어진 것은 그 뒤의 나의 작품 가운데서 여러 편 있었다고 생각된다.

「흘러 간 마을」에 묘사된 농민들의 형상화에서 나는 '상사뒤여'를 높이 부르며 최병식의 별장을 치러 추석날 밤 방축 우를 시위해 나가는 혁명적인 광경에 가장 역점을 두었고 또 내 자신도 몹시 흥분해 썼다.

그것은 결코 그 장면이 허구로만 씌어진 것이 아니다.

진주 지방의 농민들은 자고로부터 농민 봉기의 전통을 계승한 농민들이었다.

철종 13년(1862년) 봄 진주 농민들은 봉건 양반 통치 계급인 병사(兵使) 및 졸개들을 숙청하기 위하여 봉기를 일으켜 승리를 얻었고 그후 이 지방에서는 일제가 강점하면서부터 식민지 착취가 시작되자 소작 쟁의 사건이 많이 일어났었다.

흥분된 기세로 '상사뒤여'를 높이 부르며 어깨와 어깨를 겨누고 시위하는 장면을 볼 때마다 나는 격동된 감정을 참을 수 없었다.

이 '상사뒤여'는 원래 이 지방의 민속놀이인 「줄싸움」때에 불리웠다.

「줄싸움」은 실로 대규모적인 민족놀이인 것이다. 잡아당길 줄의 굵기는 직경 50센치 이상이었고 그 길이는 한 가닥이 5리 가량이나 나갔다.

성안, 성밖 두 패로 갈리어 이 「줄싸움」을 하게 되는 것이었다.

농민들은 어깨를 겨누고 '상사뒤여'를 부르면서 적편에 대하여 패기를 올리는 것이었다.

이리하여 흥분된 사람들은 줄꼬리를 깔고 앉은 채 여러 날을 주야 불고하고 비가와도 물러나가지 않으며 밥을 날라다 먹으면서 서로 지구전을 하는 것이었다.

이렇게 승벽을 올리며 적편에 대하여 시위하는 유일한 표현이 '상사뒤여'였다.

나는 이 소박한 농민들의 흥분된 구호 '상사뒤여'를 늘 인상 깊게 들어내려 왔고 체험했다.

그리하여 「흘러 간 마을」에서 이 장면이 비교적 손쉽게 씌어졌다.

그러나 말은 쉽게 씌어졌다고 하지만 실상은 반드시 그런 것도 아니었다.

나의 작가적 지반을 튼튼하게 해 주었다고 남들이 말하는 「흘러 간 마을」은 그것을 창작하기까지 내게는 그만큼 축적된 역량이 필요했다.

나는 퍽 전부터 작가로서 일생을 바치어 보겠다는 결심이 섰고 그러자면 나는 무엇보다도 현실 생활을 깊이 알아야 하며 많은 체험을 축적해야겠다고 느끼게 되었던 것이다.

문학 수업기에 습작한 많은 작품들은 대부분이 책상 위에서 머리를 짜낸 작품이었다.

이것들은 「흘러 간 마을」이 씌어진 이후에 내게는 별로 큰 도움을 주지 못하는 휴지가 되었다.

「흘러 간 마을」은 결국 말하자면 정열적인 문학 수업기에 경험과 체험을 토대로 해서 씌어진 작품이라고 할 수 있다.

「흘러 간 마을」이 발표되자 진주에서는 문학 청년들이 모여 와서 합평회를 해 주었다.

그때 합평회에서는 이 작품이 사실을 모델로 했고 작중 인물이 실제의 인물이라고까지 말이 나왔다.

작가의 허구가 많이 들어간 이 작품에 대하여 모델에 이용된 그 마을의 지주는 '명예 훼손죄'로 고소를 하겠다고 날뛰었다. 그러나 고소가 성립이 되지 않아 그 문제는 가라앉고 말았으나 이 지방에서는 적지 않은 물의를 일으킨 것만은 부인할 수 없는 일이다.

　나는 작품 한 편을 쓰기 위하여서 적지 않은 고심을 바치던 사실을 기억한다.

　"현실 속으로 깊이 파고들어 가라!"

　"책상에 앉아서 머리 속으로 작품을 쓰지 말라!"

　"작품을 대중 속으로 침투시키라!"

　"오직 사회주의 사실주의 길로 매진하라!"

　이런 구호 밑에서 나는 현실 속으로 깊이 들어가려고 애를 썼다.

　그러나 일제하에서는 작품 발표뿐만 아니라 작가들이 현실 속으로 들어가는 것도 자유로울 수 없었다.

　작품 취재를 하기 위하여 농촌이나 공장에 나가면 으레 언론 탄압에 혈안이 된 일제 관헌들의 문초를 받아야 했다. 심지어 여관에 유숙해도 새벽이면 형사들의 심문을 받지 않으면 안 되었다.

　그 때문에 친척 방문이나 기타 다른 것을 구실 삼아 취재를 다니는 수밖에 없었다.

　이렇게 일제에게 멸시와 박해를 받아 가며 작가 생활을 계속하기란 그렇게 쉬운 일이 아니다.

　지금 우월한 사회주의 제도하에서의 작가 예술가들에 대한 당과 정부의 배려를 생각할 때, 또 신인들의 육성을 위한 고마운 배려를 생각할 때 이 얼마나 오늘날의 신인들은 행복한가.

　나는 그때 그러한 환경 속에서 그래도 꾸준하게 문학의 길을 걸었다.

　내 양복 속주머니에는 언제나 비밀 수첩이 들어 있었다. 이것은 그 당시 나의 창작 소재 노트였다.

　도중에서 불쑥 어떤 이메지가 떠오르면 나는 걸음을 멈추고 그 자리에서 수첩을 꺼내어 적어 두었다.

　이런 것들이 쌓이고 쌓이는 동안 한 개의 체계가 선 이야기로 형성될 수도 있었다. 그렇지 않다 치더라도 적지 않은 도움이 될 수 있었다.

나는 내가 설정한 작중 인물들과 부절히 투쟁하면서 내 의사에 맞는 인물—즉 그것이 전형적이며 또 개성적인 특성을 가진 인물로 형상화하려고 노력하였다.

그러나 인물의 개성화는 지극히 어려운 일이다. 대개의 경우에 개성화된 인물이 못 되고 유사성을 가진 인물로 묘사되는 수가 많다.

이 원인은 어디에 있는가? 표현 기술의 부족에만 있는 것이 아니라 현실 생활에 대한 관찰이 정확하지 못하고 산 인물들의 개성들에 대하여 깊은 연구가 없는 데서 기인되는 것이라고 생각한다. 작품에 나타나는 인물은 비록 작가의 허구에서 설정된다 치더라도 그 성격의 발전, 행동, 용모, 기타 언어에 이르기까지 실제 인물의 모델을 사용하는 것이 작품 쓰기에 편하며 또 자연스러운 표현도 될 수 있고 실제감을 느끼게 하는 것이다.

나는 작품 중 「정열기」에 나오는 〈문 서방〉, 「아버지 소식」에 나오는 어린 주인공 〈영재〉 등은 바로 실제 인물들을 모델로 한 것이다.

나는 그러한 나의 ‘방법’을 지금도 계속하고 있다.

흔히 작가 지망자들이 나를 찾아와 창작의 ‘비결’을 내게 묻는 수가 많다.

답변하기 곤란한 물음인 것이다. 창작의 ‘비결’이란 없는 것이다. 어떤 수학 문제를 푸는 데는 방정식이 있고 공식이 있어서 쉽게 풀어 나갈 수 있기도 하지만 문학은 그와 다르다.

내가 가진 습성과 방법이 남에게는 적용되지 않을 수 있다는 것을 알아야 한다.

작가를 지망하는 사람들은 남의 경험에서, 남의 수법에서 배우려는 노력도 있어야 하지만 적어도 자기의 개성이 뚜렷한 작품을 쓰자면 자기의 수법, 자기의 쓰찔을 가지고 나와야 할 것이다.

그리고 선진 작가들의 작품을 부절히 연구하며 자기 기술 연마에 정력을 경주해야 한다.

같은 시회주의 사실주의 작가라 하더라도 매개 작가의 작품이 다른 것을 알아야 하고 어떻게 다르며 어디가 다른가를 늘 분석 연구해야 할 것이다.

사회주의 사실주의 작가들은 일제 식민지 압박을 받아 가면서도 앞으로 올 새로운 승리의 날을 내다보면서 부단히 창작을 계속하였다.

암담하고 절망적인 현실 속에서 작가들은 앞에 올 새날의 희망을 작중 주인공들을 통하여 암시하였고 또 그러한 창작 활동이 자기들에게 부과된 작가적 임무라고 생각하였다.

나는 이 시기에 고난의 길을 걸으면서 문학 창작을 한다는 것이 가장 영예스러운 일이라고 생각하면서 자부심과 긍지를 느끼었던 것이다.

생활 연구의 각도

윤 세 중

동무들은 나를 작가라고 부른다. 나도 어느덧 작가로 살고 있다. 그러나 나의 평양 생활은 나로 하여금 이 이상 더 이 영예로운 칭호를 오래 견지할 수 없게 하였다. 한 줌밖에 안 되는 창작 경험, 기교, 문학적 소양—이것만으로는 나로서 이 호칭을 지탱할 수 없었다. 현실은 나를 무시하고 발전하고 있다. 내가 평양 거리를 거닐고 있는 이 사이에도 현실은 무섭게 전진하고 있다. 책상에 앉아 분주히 펜대를 놀리는 사람들은 접촉하고 신문과 라지오와 신간 서적들과 씨름하며 책상에 마주 앉아 땀을 짜내며 이루는 사색—이 것으로 성립되던 내 문학의 시기는 이미 옛것으로 되었다. 현실에서 배움이 없이 내 문학의 전진은 거의 불가능이다. 쓰기 위해 일부러 나가 다니는 단기 현지 파견—이것도 나를 전혀 도와주지 않았다. 나의 조바심은 더욱 심해 갔다. 더는 참을 수 없다. 더는 주저할 수 없다. 용감히 뛰어 들자!

◆

이렇게 하여 나는 황해 제철소로 갔다.

나는 처음부터 조금도 조급해하지 않을 것을 스스로 다짐하였다. 우선 이 곳에서 푹 젖으리라 생각하였다. 초년병으로 배우고 모든 것을 새롭고 의의 있게 한 가지 한 가지 대하리라 결심하였다. 이것은 그 다음날부터 실천되었다.

며칠이 지난 후에야 나는 처음 출강에 참가하였다. 이 공장의 특징은 모든 것이 규모가 크고 높고 굵고 거창한 것이 그 하나이다. 평로에서 내려다보면 조괴장이 아득하게 보인다. 조괴장에서 평로를 올려다보면 까마득하게 보인다.

나는 평로 옆에서 출강을 기다렸다. 80톤 기중기가 우르릉거리며 쇠물 받을 남비를 물어다 수채 밑에 놓는다. 얼마나 큰 남비이냐! 그러나 이것을 실지 보지 못한 사람은 남비라는 개념 한 개가 아무리 상상을 넓히어도 실지의 크기만큼 생각할 수 없을 것이기 때문에 여기서 설명할 필요가 있다. 이 남비는 말이 남비지 사실은 30명의 사람이 3층 무등을 서서 들어서도 머리가 안 보일 만큼 크다. 그런 남비 두 개가 쌍수채 밑에 나란히 놓인다. 로장이 긴장된 얼굴로 평로 뒤를 왔다갔다한다. 나는 시간이 되었다고 생각하고 출강구 쪽으로 돌아갔다. 발이 넘는 굵은 정과 큰 메를 날라온 용해공 둘이 출강구를 막은 콩크리트를 뚫기 시작한다. 마치 큰 암석을 폭발시키려는 수굴 착암공들처럼 그렇게 일을 시작한다. 얼마나 깊이 뚫어야 하는지 전혀 모르는 나는 그들의 작업이 퍽 여유있어 보인다. 그러나 메를 내두르는 용해공은 어느덧 땀을 벌벌 흘리고 있다. 뚫다가는 긁어내고 긁어내고는 또 뚫고 하기를 여러번 반복한, 정을 쥔 용해공이 이번에는 세 발도 넘는 지렛대로 구멍을 쑤시기 시작한다. 들여다보던 다른 용해공들이 재빨리 몸을 제끼며 팔꿈으로 얼굴을 가리고 뒤로 물러선다. 수채가 깊어서 10 메터

밖에 서 있는 나는 구멍에서 내비치는 첫 쇠물을 보지 못했다. 그러나 흰 김 같은 것이 쏜살같이 기어 나오는 것으로 나는 쇠물이 뻗친 것을 직감하였다. 그러는 순간 수채 끝에서는 벌써 황적색 쇠물이 남비 속으로 뻗치었다. 1,300도의 쇠물이 쏟아지는 거기에 돌인들 불이 안 붙으랴! 남비 안에서는 검붉은 화염이 폭음을 내면서 확확 치솟는다. 그러나 안심하라, 남비 속은 내화 연와로 몇 겹을 쌓아 올렸다. 화염은 안에 넣은 투입물과 먼지와 불순물들이 타는 것이다. 쇠물 줄기는 점점 굵어졌다. 어찌 저것을 쇠물이 쏟아지는 것으로 볼 수 있으랴. 황금의 폭포! 옛 문장가들이 현상을 그렇게 과장했지만 이런 문구를 나는 기억하지 못한다. 그러나 나는 지금 서슴지 않고 이렇게 말한다. 황금의 폭포라고 .

　10미터 밖에 선 나는 얼굴과 가슴이 뜨거워서 나도 모르게 뒷걸음을 쳤다. 그러나 코발트 안경을 모자 채양에 단 용해공들은 수채 옆에서 열심히 움직인다. 철판을 수채 위에 걸치기도 하고 투입물을 남비에 처넣기도 하고 팔로 얼굴을 싸고 안경으로 쇠물을 열심히 응시하기도 한다. 그들의 몸은 열이 배인 사람들인가, 불에 단련된 사람들인가? 그러나 나는 다만 눈앞에 벌어진 황홀한 광경에 오직 정신이 쏠릴 뿐이었다.

　황금빛 쇠물이 두 남비에 찰찰 괴어오르기까지는 시간이 걸리었다. 기중기가 내려 와 비명을 올리며 남비를 육중하게 들어 올렸다. 조괴장으로 서서이 옮겨져 갔다. 조괴장에는 키가 넘는 조괴 케스들이 비트 속에 의좋게 열을 지어 서 있다. 레루 위에 놓인 남비는 케스 복판에 서 있는 주입관 위에 가서 머물렀다. 1,300도의 열을 다루는 조괴공들은 벽체를 다루는 미장공처럼 남비를 만지었다. 남비 밑구멍으로 더도 크지 않고 팔뚝만큼 굵은 퉁수리로 쏟아지는 쇠물은 주입관으로 불티 하나 튀는 일이 없이 꽂히었다. 여러 개의 케스에서는 소리 없이 밑으로부터 황적색 쇠물이 괴어올랐다.

　한편 80여 톤의 쇠물을 평로에서는 방금 로상 보수 작업이 진행되고 있었다. 로 천장까지 백열로 끓는 로 안은 화염이 진한 아지 랑이처럼 이글거렸다. 용해공들은 로 바닥에 석회석을 뿌리려 열린 문 앞에서 마구 내달렸다. 그들은 마치 무용가처럼 일정한 율동을 이루면서 삽에 담긴 석회석을 힘을 다하여 로 속 이 구석 저 구석 으로 깊이 던지었다. 겨울에도 홑것을 입고 일하는 용해공들은 마 치 물에 들어갔다 나온 사람 같이 상신을 온통 땀으로 미역을 감고 있었다. 그들은 지금 로 문을 단 일 초라도 빨리 닫기 위하여 모든 정력을 기울여 싸우고 있다. 로문을 열어 놓는 시간이 일초라도 길 면 갈수록 로내 온도에 영향이 미치기 때문이다. 이렇게 거창한 제 강 작업에서 1초 2초이야 상관이 있으랴 할 수도 있다. 그것은 전 혀 모르는 소리다. 출강후 로내 온도를 잘 보장하고 못 하는 데서 다음 용해의 시간 단축에 미치는 영향이 크기 때문이다. 용해 시간 단축과 초과 생산을 위한 그들의 투쟁은 바로 일 초를 다투는 투쟁 이었다.

나는 일찍이 신문과 출판물들에서 수없이 노동자들의 영웅적 투 쟁이라는 구절을 읽었다. 나는 이날 처음 이 표현마저도 부족하다 는 것을 실지로 느끼었다. 그 이상 더 표현할 말이 없단 말인가? 그럴진대 영웅적이란 말을 세 번쯤 겹쳐 써야 되겠다고 생각하였 다. 영웅적이고 또 영웅적인 역사를 창조하는 사람들! 사회를 건설 하는 사람들 !

나는 이날 하루종일 아무와도 말할 수 없었다. 나는 그만큼 감 격되었으며 또 감격을 그대로 보존하고 싶었기 때문이다. 나는 취 재 노트도 펼치지 않았다. 서투른 기록이란 왕왕 하나의 산 감격을 산산이 분해해 버리는 파괴 작용을 하기 때문이다.

◆

나는 처음 올 때부터 조급해하지 않으리라는 것을 다짐하였다.

나는 얼마 동안 그것을 지키었다. 그러나 출강을 보았고 대형 레루가 집채 같은 로루에서 황적색 엿가락처럼 잠간 사이에 한 대씩 쭉 쭉 뽑혀 나가는 것을 보았을 때, 또 박판 직장에서, 선재 직장에서 쏟아져 나오는 귀중한 제품들을 보았을 때, 내 가슴은 거의 터질 것 같이 부풀어 올랐다. 나는 출강을 한다면 아무 때라도 뛰어 나갔다. 밤이건 새벽이건 상관치 않았다. 열 번 보고 스무 번 봐도 볼수록 보고 싶은 것이 그것이었다. 아무리 뛰어 난 예술 작품도, 아무리 절경인 자연도 나의 심혼을 그렇게까지 빼앗아 갈 수는 없다. 제강에서 압연으로 한 바퀴 돌고 사무실로 돌아올 때면 나는 언제나 '감격의 피로'를 느끼었다. '감격의 피로'란 말이 있는가? 실지로 체험하지 않고는 아무도 모르는 말이다.

조급해지지 말자! 그러나 나는 그냥은 참기가 어려웠다. 직업 의식의 발동이 아니다. 무엇이든 쓰지 않고는 견딜 수가 없는 것을 어떻게 한단 말인가? 나의 머리에는 어느덧 하나의 뚜렷한 주제가 떠오르고 있었다. 우선 자그마한 단편 하나를 써 보자. 나는 노트를 들고 평로 보리가다 책임자 추상수 동무를 만났다.

"쇠물이 되기까지 어떤 공정을 거치게 됩니까?"

광대뼈가 군살처럼 돋아 보이고 아이들 얼굴 같이 얼굴색이 붉은 40 넘은 오랜 용해공은 선량한 시선으로 나를 더듬더니

"뭐 공정이야 복잡할게 있나요. 파철과 선철을 잡아 넣으면 되지요."

하고 히죽이 웃었다.

"그래도 여기에는 쇠물이 나올 때까지 복잡한게 있을 것입니다…"

나는 아침에 퇴근하는 추상수 동무를 붙잡고 민주 선전실에 늘어졌다.

나는 며칠 동안 추상수 동무를 비롯하여 직공장 박정근, 책임 기사 심상운, 로장 이창두, 오규택을 비롯하여 여러 용해공들과 담화

를 하기에 바빴다. 로 보수로부터 원료 장입, 슬라스(쇠찌)는 어떻게 만들며, 과거에는 어떤 난관이 있었고 현재에는 무슨 곤란이 있느냐, 용해 과정에서는 어떤 긍정적인 면이 있으며 또 부정적인 면은 어떤 것이 있을 수 있는가—실로 며칠 사이에 내가 그들에게서 알아낸 지식은 취재 노트 한 권을 채울 정도였다. 노트 안에는 그것뿐만 아니다. 시험실에서 분석하는 공식까지 들어 있었고 선철과 파철 및 망강, 아루미늄 등 첨가물의 성분표와 그 화학적 작용의 속성이며 또 가스의 화학적 분석까지 기입되어 있었다. 단편 하나 쓰기 위하여는 너무나 지나친 지식인지도 모른다.

그런데 나는 이 풍부한 지식과 경험으로 작품 한 편을 썼는가? 못썼다. 못 쓰겠다는 결론은 한 달 반이 지나서 명확해졌다. 왜 못썼는가?

나는 많은 지식을 소유했고 재료와 경험을 섭취하는 사이 쓔제트도 생기고 장과 장의 배열도 저절로 배열되었으며 에피소드와 디테일 선택까지도 설정되고 있었다. 그런데 막상 원고지를 대하고 보니 지금까지 전혀 느끼지 못했던 난관이 불쑥 머리를 들며 내 붓을 붙들었다. 그 난관이란 무엇인가? 그것은 인물들의 개성 문제였다. 하나도 인물이 살아 나오지 않았다. 성격이 잡히지 않았다. 나는 한 자도 쓸 수가 없었다. 작품에 나오는 사람들은 1,300도의 고열 앞에서 불사신같이 움직이고 있으나, 비근한 예로 그 어느 한 사람도 그 고열을 얼마나 뜨거워하는지, 또 뜨거운 것을 어떻게 견디고 있는가 그것조차 알 길이 없었다. 더 나아가서는 그들은 무엇을 호흡하고 있으며, 감정은 어떻게 움직이고 있으며, 그들은 지금 무엇을 생각하고 있는가 전혀 알 수 없었다. 다만 움직이는 모습만이 눈에 보는 듯 보이며 그들의 용모와 옷 모양과 부시시 모자밑으로 헝클어진 머리 빛깔만이 눈에 보이었다. 이것으로 소설이 썩어지겠는가? 생산 공정과 화학 작용, 그 공식을 아무리 세밀히 안다 한들 지금 난관에 봉착한 나에게 무슨 도움이 된단 말인가?

이러면 어떤 동무들은 나를 비웃을지도 모른다. —자기의 지혜와 상상력을 발동시키어 그러한 중에서 인간 형성을 창조하는 것이 작가가 아니냐, 새삼스럽게 무슨 말이냐고—. 아니다 만일 내가 내 지혜나 상상력만으로 좋은 작품을 쓸 수 있다면 나는 평양의 화려한 거리를 유유히 거닐며 상상의 날개를 펼치고 지혜를 짜내고 들어 앉아 작품을 쓰지, 여기까지 오지 않았을 것이다. 생산 공정이나 화학 작용의 이치, 그들의 외형, 모습쯤 이렇게 오랜 노력이 필요되지 않을 것이다.

그러나 이와는 달리 나에게 충고를 줄 동무가 있을 것이다.—아예 처음부터 방법이 잘못되었소, 어떤 현상에만 도취되어 그 속을 보지 못하였으며, 현실의 뒤에 누가 있으며, 누가 그것을 그렇게 황홀하게 만드는가, 그러니까 작품이 안 될 것은 당연하다—라고 이 충고를 나는 전적으로 접수한다. 나는 원고지 앞에서 이것을 느끼었으나 이미 늦은 때였다. 나는 원고지를 덮고 말았다.

문제는 인간이다. 현지 생활이란 결국 인간에 대한 공부이다. 작가란 기사도 아니며 경제학자도 아니며 설계가도 아니다. 물론 공정도 알아야 하며 생산 과제도 알아야 하며 무엇을 건설하는가를 알아야 한다. 기사나 경제학자, 설계가 만큼 안다는 것은 작가에게 더 없는 행복이다. 왜냐하면 노동자들의 인간성, 그들의 개성 또는 그들의 생활과 그들의 지향이 모두 이것들과 밀접히 연결되어 있으며, 이것들과의 접촉에서 형성되고 있으며, 이것들을 통하여 더욱 뚜렷이 나타나기 때문이다. 그렇다고 그것만을 추구하는 것으로, 그것만을 공부하고 연구하는 것으로 작품이 씌어진다는 것은 내 체험에서 불가능한 일이라는 것을 확증하였다.

◆

인간을 공부한다는 말처럼 하기는 쉬우나 열매를 거두기 어려운 말은 없을 것이다. 왜냐 하면 그것은 어떤 인간학이나 철학이나 심리학 등만을 배워서 되는 일이 아니며, 한 사람의 자서전이나 경력만을 연구해서 얻어지는 것이 아니기 때문이다. 나는 오늘 현재까지도 이 어려움을 절실히 느끼고 있다. 그것은 아직도 나는 그들을 알고 있다고 말할 수 없기 때문이다.

나는 노동자들과 광범히 담화하는 것을 중요한 일과로 내세웠다. 첫실패는 나로 하여금 이 길을 택하게 하였다. 나는 틈만 있으면 작업장이건 휴게실이건 구락부 길가에서까지라도 용허되는 한 자리를 가리지 않고 그들에게 담화를 청하였다. 나는 되도록 그들의 솔직한 목소리가 듣고 싶은 것이다. 그런데 남의 속말을 드러낸다는 것은 용의한 일이 아니다. 거기에는 일정한 화술이 요구되며, 제스츄어도 요구되며, 그럴듯한 분위기 조성도 절대로 필요하다. 담화하기 전에 먼저 웃음을 보인다든가, 오랜 친구인 양 스스럼없는 몸가짐을 한다든가, 담배를 권한다든가, 다음 공일에는 어디 물고기나 잡으러 가지 않으렵니까? 라고 말을 던진다든가 하는 것이.—이런 말을 들으면 노동자들이 노여워할지 모르나 사실은 부인할 수 없다.—모두 나에게는 한 가지 목적에 복종되고 있었다.

그런데 어느 공장 노동자들이나 다 그런지는 몰라도 이곳 노동자들은 대체로 지나치게 겸손하다.

그들은 아무리 잘한 일이라도 자신들을 자랑할 줄 모른다. 이 지나친 겸손은 어차피 인간 공부를 하려는 작가들에게는 애로이다.

"아 참, 성일 동무, 이 달에는 훌륭한 성적을 올리었더군요. 200프로를 넘겨 하다니, 어떻게 그렇게 할 수 있었나요? 대단한 노력이 있었겠는데—"

"멀요, 생산 조건이 좋아서 그렇지요."

"생산 조건? 전달보다 어떤 것이 달라진 게 있습니까?』

별로 크게 달라진 건 없어요."

"그래도 무엇이든 달라진 게 있으니까 전달보다 50프로를 더 했지요. 같은 기능, 같은 열성, 같은 정력으로 일했는데 그렇게 차이가 날 때는 무엇이나 전달보다 달라진 게 있을 게 아닙니까? 생산 조건이 크게 달라진 게 없다면 동무 자체의 결의라든가 작업 방법의 변화라든가 꼭 무엇이 있을 것입니다."

"글쎄 모든 조건이 좋아지긴 했지요."

이런 대화를 하는 중에서 내가 무엇을 얻었는가? 이런 경우 나는 그에게 더 말을 시킬 수 있으며, 내 안타까운 심정대로 한다면 그에게서 시원한 말을 들을 수도 있다. 가령

"동무, 조선 노동당 제 3차 대회를 계기로 더욱 높은 노력적 성과를 올려 보겠다고 맹세하지 않았습니까?"

"네 했습니다."

"그 맹세를 어떻게 하면 실천할 수 있는가, 그것을 늘 생각하고 있지 않았습니까?"

"네 생각하고 있습니다."

"이번 200프로로 넘겨 한 것도 그 생각의 작용이 없었을까요?"

"그야 물론 있지요. 그러니 3차 전당 대회를 맞으면서 증산 경쟁에 나서고 있는 것은 우리 공장에서 누구나가 다 그런 것이 아닙니까, 유독 나 혼자만 결의를 다지고 나선 것은 아니지요."

그러면 성일 동무는 어떤 악의로 일부러 나에게 진담을 거절한 것인가? 아니다. 나는 그를 잘 안다. 말하자면 성일 동무는 잘하고도 잘한 것을 자랑할 줄 모르는 부류에 속하는 동무이다. 이 대화를 통하여 작가가 그에게서 배우는 것은 극히 적다.

광범한 담화—그러나 이러한 담화들이 인간을 공부하는 나에게 무슨 도움이 되겠는가. 나는 여기서 내 자신을 반성하지 않을 수 없었다.

얼마 후 나는 이런 결론을 얻었다. —작가라는 의식, 인간을 연구하겠다는 목적 의식이 강하게 작용하는 과정에서는 작가로서 결코 만족할 수 있는 현실 공부, 인간 공부가 되는 것이 아니다. 오

직 그것을 잊어 버린 때, 그리고 다만 한 사람의 평범한 인간으로서 혹은 공장의 한 일꾼처럼, 그들과 같이 떠들고 웃으며, 그들이 기뻐하는 일을 같이 기뻐하고 그들이 괴로워하거나 어려워할 때 같이 어려워하고 괴로워하며, 그들이 행복하다고 느끼는 일은 나도 같이 행복하다고 느낄 수 있을 때만이 비로소 작가로서 현실 공부, 인간 공부가 진실로 있을 것이다. 그것이 없이는 현지 생활 10년도 역시 마찬가지일 게다—.

나는 얼마 전에 숄로호브에 대한 작가 웨·오웨치낀의 글을 읽었다. 그는 숄로호브에 대하여 이렇게 썼다. "숄로호브의 창작에서 우리 모두가 얻어야 할 커다란 교훈은 모름지기 훌륭한 재능의 한 개 구성 요소로 되는 생활에 대한 사랑이다. 숄로호브처럼 인민의 사상과 감정들 속에 유기적으로 용해되기 위하여서는 인민에게 밀접히 접근해야 하며 그들 속에서 살아야 한다. 창작을 위한 2, 3차의 출장쯤으로써는 숄로호브가 보고 알며 느끼는 그 모든 것을 인민의 생활 속에서 발견할 수 없을 것이다…"

나는 이 구절을 몇 번이고 되풀이하여 읽었다. 인민들의 사상과 감정 속에 유기적으로 용해되기 위하여서는 그들 속에서 살아야 하며 그들과 같은 식으로 살아야 한다. 작가의 임무와 과업은 꾸준히 더 적극적으로 실천하되, 작가라는 갑옷과 투구는 벗어버리고 살아야 한다….

◆

나의 현지 생활 방식은 또 한 번 변하였다. 나는 이제는 취재 노트를 들고 다니지 않으며 일부러 담화를 청하지도 않는다. 다만 언제나 그들과 휩쓸려 지내는 기회만을 노린다. 그들이 일할 때는 같이 서 있고 그들이 작업 총화를 지을 때는 같이 들어가 앉는다. 그들이 나올 때 나도 같이 나오면서 두서없는 그들의 이야기에 끼인다. 일요일은 구락부에서 그들과 장기를 두며 탁구를 치며 하루를 보낸다. 나는 그들과만 친해지는 것이 아니다. 그들의 가정과도 친하며 아무 집이나 서슴없이 드나들 수 있다. 부인들도 친해지고 아이들도 나를 따른다. 나는 사택마을 복판에 살기 때문에 이런 생활에 조금도 부자유가 없다. 그들은 처음 나를 기자 동무라고 불렀는데 다음은 작가 선생이라고 불렀다. 그런데 요사이에 정수 아버지라고 부른다. 내 현지 생활의 한 걸음 전진이다. 이러한 나의 생활 방식이 나를 얼마나 도와주는가? 이것은 곧 내 창작에 도움을 줄 것이다. 나는 그렇게 확신한다.

　현지 생활은 또 내 문학의 전진이기도 하다. 첫 일 년 동안 나는 내 문학이 자랐다는 것을 깨닫는다.

　이론에서, 기교에서, 수법에서, 견해에서 장성이 있음을 느낀다. 물론 나는 아직 이렇다할 작품을 내지는 못하였다. 그러나 지난날 나의 작품에는 허식이 있었고 거짓과 조작이 있었고 피상적이었다는 것을 이 현실의 체험을 통하여 느끼게 된다는 것이 벌써 내 문학의 전진이 아니겠는가! 사실 여기 와서는 평양에 있을 때보다 책을 읽는 시간이 적다. 문학의 수업을 위한 공부도 적었다. 그러나 현실을 공부한다는 것은 문학도 장성한다는 바탕이 된다는 것을 여기 와서 알았다. 이것 역시 현지에서 살아보는 작가만이 체험할 수 있는 진리인지 모른다.

　내가 전에 생각했으며 사색했던 것보다. 현실은 다르다. 진실은 다르다. 나는 얼마나 낡은 테두리 속에서 다만 추리로만 살았던고!

　최근 나는 현지 보도와 오체르크들을 즐겨 읽는다. 다른 부문들은 아직 모르겠다. 다만 제철소와 유사한 기업소들에서 취재한 글들을 읽을 때 부분적 작품들에서 불만을 느낀다. 털어놓고 말한다면 겉만 보았군, 혹은 거짓말을 썼구나하고 생각하곤 한다. 물론 이것이 진실성을 두고 하는 이야기다. 형상적인 묘사나 서술을 말하는 것이 아니다.

헛것을 두드리었구나, 이런 말을 나 혼자 중얼거리게 하는 작품들이 있다는 것을 발견하게 된다. 좀더 구체적으로 말한다면 씨뚜 아찌야의 조성, 갈등의 설정 등에서 더욱 불만이 생긴다. 만일 내가 짧은 경험이나마 이만한 체험도 없었더라면 이러한 새로운 미적 관점이 생기지 않았을 것이다.

현실을 체험에서 공부한다는 것은 작가들에게만 필요한 것이 아니다. 평론가들도 필요하다고 생각한다. 그것은 우선 옳은 현실을 옳게 반영한 작품을 평론해 주는 데 필요하며 현실을 부족하게 보거나 피상적으로 보거나 잘못 보거나 헛것을 두드리는 작품을 제때에 비판하는 데 필요하며, 현실에서 진실을 볼 줄 아는 구체적인 길로 작가들을 인도하여 주는 데 필요하다고 생각한다.

그 작가의 문학 수업이 그 작가의 일생에서 끝이 나지 않는 것처럼, 작가에게 있어 현실 공부, 인간 공부도 그 작가 일생에서 끝이 날 것이 아니다. 현실 공부란 공부는 다만 그 현실 속에서의 체험에서만 더욱 풍족하게 이루어질 수 있다. 현지 생활 첫 1년에서 내가 얻은 신념이란 이것이다.

그러나 나는 1년의 현지 생활에서 만족하는 것이 아니다. 나는 아직 첫발자국을 내디디었다. 나는 이 사람들과 같이 살겠다. 나의 가장 친한 동무들—용해공 추상수, 오규택, 이창두, 박정근, 박영화 동무들과 젊은 혁신 노동자들, 기사 심상운, 박태봉, 장존철, 노인옥 기타 설계부 기사들 또 젊은 압연공들, 이들은 앞으로 내 작품의 주인공들의 운명을 좌우해 주었다.

◆

그후 나는 상부의 소환으로 부득이 이곳을 떠나지 않으면 안되게 되었다.

그러나 이 현지 생활에서 얻은 경험을 가지고 2년만에 작품을 썼다. 그 작품은 나의 현지 생활의 첫 총화이기도 하다. 그 작품이 란 작년에 발표된 장편 소설 「시련 속에서」를 두고 말하는 것이다.
 이 작품이 나왔을 때 적지 않은 동무들이 나에게 이렇게 말하였 다. "좀 더 시일을 두고 썼더라면 좀 더 좋은 작품이 되었을 게 다." 물론 이런 권고는 나에게 아주 지당한 말이며 지금 와서 나는 그것을 절실히 느낀다. 그런데 또 한 가지 의견은 "정말 용한데, 세중이가 그렇게 쓸 줄은 몰랐어—"하고 이야기한다. 이 말도 나에 게는 지당한 말이라고 생각된다. 왜냐하면 나의 지난날의 문학적 축적이 너무도 빈약했으니까—. 그런데 한 가지 여기서 말하고 싶 은 것이 이것이다. 빨리 쓰고 쉽게 쓰고 또 내 역량에서 이 정도 썼다는 것은 윤세중이가 갑자기 둔갑술을 배워서 쓴 것이 아니다. 사실상 나는 이 작품을 오래 고심하지 않았으며 쓰다가 막히어 끙 끙거리지도 않았다. 그저 생각나는 대로 줄줄 그것도 속도가 빠르 게 써내려 갔다. 어떻게 이렇게 되었는가? 그것은 다른게 아니다. 위에서 말한 것처럼 나는 현지 생활을 조급한 자기 작품 창작에 복 종시키려고 하지 않았다. 무조건 노동자들 속에 완전히 동화되도록 노력하자는 그 염원 하나만이 있었다. 그런데 2년 이상 그런 노력 을 하는 도중 나에게 무엇이 생기었는가? 부지중 쓰고 싶은 사상이 생기었다. 작품에서 사상이란 사건과 이메지가 동반한다. 즉 다시 말하면 나에게는 무수한 쓰고 싶은 이야기가 생기었다. 객관적 생 활 자체에서 나로 하여금 이러저러한 이야기를 몰아 가게 하였다. 얼른 말해서 「시련 속에서」의 내용은 노동자들의 생활, 감정, 그들 이 가지고 있는 인간적 제약성, 그들이 처해 있는 환경과 교육 정 도, 이런 것이 모두 각가지로 작용하며 각가지로 나타났다. 그러면 서 그들은 일정한 사회 생활에서 서로 얽히고 있었다. 얼마나 풍부 하고 정서적인 이야기가 나를 자극하였겠는가? 나는 사실 이때 새 로운 감격 속에서 살았다. 이러한 인물들의 영상, 이러한 인물들의 사회적 관계 이런 것들은 나에게 스스로 한 이야기를 구성하여 주었다.

나는 내 작품에서 구성에서도 욕을 보지 않았다. 물론 다소간 나의 작가적 기량이 작용했을 것이라고 생각한다. 그러나 나는 이런 작품을 쓰기 위해 억지로 책상을 끌어안고 몸부림은 안 했다. 솔직히 말해서 이만하면 무엇인가 하나 써지지 않겠는가 해서 먼저 구성부터 시작했는데 그야말로 술술 풀리어 나갔다. 또 한 가지 여기서 중요한 문제는 이야기를 끌고 나갈 수 있는 강한 빠포쓰가 생기었다. 강한 빠포쓰와 째여진 이야기가 있는 이상 그예 붓을 들지 않는다면 이것은 작가가 아니다. 어찌 내가 원고지에 붓을 대지 않을 수 있겠는가? 사실은 그래서 붓을 들었는데 구상할 때처럼 붓도 술술 나갔다.

이렇게 해서 나는 비교적 짧은 시간에 이 작품을 완성하였다. 물론 이 작품을 더 오래 심사 숙고하고 여유 있게 썼더라면 좀 더, 아니 퍽 많이 좋아졌을 것이다. 그러나 나는 그 당시 내 정열과 내 작가적 역량을 송두리째 쏟아 놓았다고 생각하였다. 자기 것을 다 쏟아 놓았을 때는 일단 남에게 보이고 싶은 것이다. 그래서 나는 내놓았는데 다행히 출판되었다. 그런데 독자들은 그렇게 심한 욕은 하지 않았다.

여기서 나는 이런 말을 한 마디 하고 싶다. 만일 「시련 속에서」가 다소나마라도 독자들에게 도움을 주었다면, 이는 곧 세중이가 현지 생활을 그나마라도 충실히 했기 때문이라고— 만일 내가 제철소에 나가지 않았으며, 나갔다 하더라도 작가적인 이해 관계에서 그저 작품을 쓰기 위하여, 겉만 보고 취재를 했더라면 나의 역량으로써는 마지막까지 이런 작품을 쓰지 못했을 것이라는 것을 나는 심심히 느끼고 있다.

과거 사회에서는 작가란 천재만이 하는 것이라고 생각하였다. 그러나 오늘에 와서는 그럴 수 없다. 만일 오늘에도 천재란 말을 용허한다면 그것은 꾸준하며 정열이 있으며 인간을 사랑하며 열렬한 공산주의자가 되어 자기 생각은 티끌만치도 하지 않는 사람이 천재의 칭호를 받을 것이다. 또 그런 사람만이 천재라고 불리울 수 있는 사업을 수행할 수 있는 것이다. 그러나 작가는 천재만을 요구하지 않는다. 작가는 평범하며 현실에 충실한 사람만이 될 수 있다. 안일한 거짓과 허식으로써는 작가가 될 수 없다.

◈

　나는 「시련 속에서」의 다음 작품을 쓰기 위하여 다시 제철소로 찾아 왔다. 나는 이제부터 더 좋은 작품을 쓰려고 생각한다. 그런데, 생각만으로는 결코 좋은 작품이 나올 수 없다. 그만한 토대가 축성되어야 한다. 그 토대란 무엇인가? 그만한 작품이 우러나올 수 있는 자기 생활을 가져야 한다. 생활이란 우리 작가들에게서는 현실의 탐구이다. 그러므로 나는 이번에도· 우선 작품을 생각지 않는 현실 생활을 더욱 철저히 할 작정으로 있다. 나는 출신이 노동자가 아니며 성분도 노동자가 아니며 그러기 때문에 노동자들의 생활 감정에 동화되려면 아직도 멀었다. 만일에 「시련 속에서」가 일련의 결함들이 있었다면 나는 바로 이것을 이야기하고 싶다. 나는 아직 채 노동자와 동화되지 못한 과정에서 이 작품을 썼기 때문이라고—이것은 어길 수 없는 사실이다.

　쓰는 게 급한 게 아니라 쓰기까지의 자기 생활의 토대, 체험의 축적, 꾸준한 노력, 정열적인 문학적 수업, 이것이 더 급하다. 이것만 해결되면 누가 말하지 않아도 스스로 써질 것이며 인민의 지지를 받는 작가가 될 것이다.

인물에 대한 작가적 매력

리 근 영

문학 연구 소조원과 독자들로부터 소설을 창작하는 과정에서 제기되는 문제들의 해명을 요구해 오는 일이 종종 있다. 그들은 소설을 쓰는 방법적인 문제 —즉 소설을 쓰는 비결을 알고저 하고 있다. 이런 때처럼 난처한 적이 없다.

나는 20여 년을 소설과 승강이를 해 오지만 소설을 쓰기가 갈수록 어렵다는 생각만 든다. 나는 오래 전의 일이지만, 한 여성으로부터 실로 우습고도 놀랄 만한 질문을 받았었다. 그 질문은 소설을 쓰기란 쉬운 일이 아닌가, 그리고 무슨 재미로 쓰는가, 이런 것이었다.

"여보시오, 글로써 산 인물을 만들어 내는 일이 쉽겠습니까, 그리고 소설을 쓸 적에는 작중 인물이 실재 인물처럼 행동하고 느끼고 장성하고 하는 바람에 작가는 그 속에 빠져 버리고 맙니다. 그래서 집필 중에는 온갖 마음과 감정이 그리로 몽땅 쏠리고 맙니다."

나는 이런 의미로 말해 준 일이 있는데 사실 어렵고도 재미나는 일임에는 틀림없다.

소설을 쓰는 방법을 묻는 사람이 무모하다면 이 질문을 해명해 주려고 나서는 사람은 대담무쌍하다고 나는 말하지 않을 수 없다. 이런 질문을 받았을 적에 대부분의 경우에는 대개 일정하다. "먼저 소설을 많이 읽으시오. 많이 읽되 음식을 삼키는 식으로 읽지 말고 오래 씹으면서 먹는 식으로 읽으시오, 그리고 혼자 많이 쓰고 또 고쳐 쓰고 하시오."

이것이 내가 주는 대답이다. 이런 경우에 나는 작품을 감상하는 방법에 대해서는 자상히 말해주나 쓰는 방법에 대해서는 일반적인 것만을 간단히 말해 준다. 왜냐 하면 쓰는 방법을 효과 있게 말할 수도 없거니와, 문학 원론적인 말을 한다 해도 집필에는 특별한 효과가 없을 것을 뻔히 알기 때문이다.

건축학을 전공한 사람은 누구나 건축물의 설계를 버젓하게 해낼 것이며, 그 설계도에 의한 건축물은 우리의 목전에 실현된다. 소설이—다른 문학 쟝르와 마찬가지로—어떤 설계 방식에 의하여 이렇게 안 되는 이유는 무엇인가. 소설은 생명체인 까닭이다. 다시 말하면 사색하며 감각하며 행동하는 인간과 인간사이에서 빚어지는 사실을 작가가 자기의 개성적인 쓰찔로 실제적인 현실과 같이 형상화하여야 하기 때문이다.

"문학은 인간학이다"라고 한 고리끼의 유명한 명제도 이런 것을 말한 것이다. 역사도 사람의 행동으로 인하여 빚어진 사실을 기록한 것만은 사실이나 문학은 이런 일반성 외에 형상성을 자기의 특징으로 삼는다.

소설을 쓰자면 맑스—레닌주의 세계관에 튼튼히 서서 사회 현실을 관찰할 줄 알아야 하며 언어의 구사에 능수가 돼야 하며 주제의 사상이 정당해야 하며 쓔제트 설정에 무리가 없어야 한다는 것쯤은 신인들도 익히 알고 있을 것이다. 나는 이런 문제에 논급하려 하지 않았다. 이런 것들을 요해한 토대 우에서 나의 창작 경험을 통해서 몇 가지 의견을 제기하려 한다.

소설의 소재나 이야기거리를 구하려는 것보다도 먼저 작중 인물로 될 만한 인물을 포착하라고 말하고 싶다. 작가의 주의를 끄는 사람이 모두 작중 인물로 될 수는 없지만, 작가가 여러 인물을 뇌리에 간직한다면 작중인물을 설정하는 데나 또 작중 인물을 다루는 데에서 성과를 거둘 수 있다. 인물을 포착하자면 작가는 일상적으로 사람을 형태적으로 볼 줄 알아야 하며 사람의 감정에 통할 줄 알아야 하며 사람의 언어를 들을 줄 알아야 한다.

소설을 쓰자면 먼저 개성적인 인물을 생동성있게 자기 인물로 가지게 된 다음에야 소설이 요구하는 문제들이 무리 없이 풀려져 간다는 것이다. 인물을 생동성있게 포착하기 위해서는 그 인물의 용모, 동작, 버릇을 정확하게 포착해야 하며 그 인물의 내면 세계와 통할 수 있게 돼야 하며 그 인물의 개성적인 언어를 찾아내야 한다.

작가의 대상으로 되는 인물이야말로 각양각색이다. 새 소설을 쓸 때마다 작가는 새 인물을 창조해야 하며, 우리 시대의 벅찬 현실은 나날이 발전되는 까닭에 거기에 따라 인간의 의식과 감정도 변해가는만큼 나는 여기에서 많은 고심을 하게 된다.

소설에서 도식주의 작품이 나오는 것도 결국 새 현실 속에서 생활하는 인간을 정확하게 포착 못하는 데에 큰 원인이 있다. 우리 사회의 인간에 도식주의적인 인간이 있는가, 물론 없다. 그런데 왜 도식주의적인 작품이 나오는가, 한마디로 말하여 현실적인 인물을 포착하지 못하고 작가 자의대로 비현실적인 도식을 가지고 인물과 사건을 만들려는 까닭이다. 만일 작가가 현실적인 인물, 즉 그 인물의 체취에서 그 사회의 진실을 맛볼 수 있는 인물을 포착했다면 그 인물은 자기의 생활 습성으로 하여 작가가 강요하는 도식의 테두리 안에서 행동하려 하지 않을 것이다.

나는 1935년부터 주로 전라북도 일대의 농민을 작중 인물로 하여 소설을 썼었다. 내딴에는 어느 정도 농민을 다루는 면에서 그다지 큰 곤란을 받지 않았었다. 그래 북반부의 민주 개혁 속에서 자라난 농민을 인물로 하여 소설을 쓰려고 덤볐었다. 주제나 쓔제트나, 그리고 사건이나 디테일이나가 그럴 듯했으며 때문에 나는 자신 있게 덤볐었다. 그러나 아무리 노심초사해도 소설같지 않았었다. 이야기는 소설식으로 되었으나 작중 인물이 부자연하게 놀며, 감정이 통하지 않으며 그런 까닭에 읽는 사람에게 감명을 일으킬 리가 없었다. 다른 작품을 써도 매일반이다. 나는 그 원인을 구명하려 들었다. 그것은 아주 간단하며 자명한 일이었다. 내가 알고 있었던 농민이란 일제 통치 아래 착취와 굴종에 시달리며 희망을 모르는 인물들이었고 거기다가 풍습과 언어도 북반부 농민과는 달랐다. 역사적인 위대한 민주 개혁을 경험했으며 그런 사회 제도를 수호하기 위하여 식량 증산으로써 전투 승리에 이바지하려는 긍정적 인물의 감정을 진실하게 파악하지 못했음은 물론이고 부정적 인물이라도 우리 사회 제도의 우월성을 알긴 하면서 개인 이기주의와 보수주의의 작용에서 해탈되지 못하는 그들의 내면 세계가 단순하지 않은 것에 내가 통달하지 못했었다. 작중 인물이 작자의 뇌리에서 자유분방하게 놀 수 있을 만큼 친근해져야 한다. 이와 같은 시기에 나는 우리 조국해방 전쟁을 취급한 단편 「고향」을 썼었다. 그때 나는 전쟁에 대한 견문이 너무도 없었다. 다만 한 의용군 출신 군대와 며칠 동안 상종하는 계제에 이왕이면 자기 고향 해방 전투에 참가하고 싶은 욕망이 열화 같은 그의 정열을 통하여 나는 그 군대에게 반했었다. 즉 나는 어느 정도 그 인물을 더 생동하게 파악하여 내 작중 인물로 만들기에 고심하였다. 그와 작별한 후로도 그 인물은 내 뇌리 속에서 나와의 거리가 점점 가까워졌었다. 「고향」집필에 필요한 정도의 전쟁 지식을 섭취하면서 소설의 내용은 자의로 만들었었다. 지금 생각해도 그 때 내가 썼다가 휴지로 처분한 농촌물보다는 한결 좋았다고 지금도 생각한다.

　이와 같이 소설 창작에서 인물을 제1차적으로 해결해야 한다는 나의 주장에 대해서 동료 작가나 신인들로부터 이의가 제기될 줄로 안다. 심지어 사건을 1차적으로 보는 작가도 있겠지만 이런 경향은 많지 않을 것이며 일반적으로는 인물과 사건을 동시적으로 보는 경향이 많을 것이다. 물론 옳은 견해다. 문예학적 논리에 비추어 볼 때 응당 그렇다. 그러나 나의 주장의 의의는 거기에 있지 않다. 실지의 집필 경험을 통하여 나는 인물을 깊이 있게 포착함으로써 형상성이 명확해지며 쓔제트의 발전이 자연스러우며 작중 인물의 생동성이 강해진다는 것이다.

이상과 같은 나의 견해가 중편 「첫수확」에서도 이야기될 수 있다. 나는 「첫수확」이 정작 활자화된 뒤에 부족점들을 더 많이 느꼈다.

나는 집필을 시작하여 두 달만에 급히 서둘러 끝낸 만큼 더 거둘 수 있는 성과를 상실했다고 생각한다. 「첫수확」에 나오는 몇 인물이나 사건의 일부가 내가 현지에서 생활하고 있는 마을에 실지로 있는 것 같이 보는 사람들도 있다. 그런 인물이나 그런 이야기가 실지로 이 곳에 있지는 않았다. 사회주의적으로 개조되어 가는 우리 농촌에서는 흔히 그런 긍정면과 부정면이 있을 수 있다.

우선 나는 이상에서 강조한 작중 인물에 대한 작가적 관심과 관련시키면서 「첫수확」의 몇 인물을 말하겠다.

1954년 봄에 나는 이런 이야기를 들었다. 한 군대가 고향에 갔다가 자기 아버지를 학살하고서 자수한 치안대원을 만나자 휴가 기간 전에 고향을 뜨고 말았는데 그것은 국가 앞에 모든 죄행을 자수한 공민에게 손을 댈 수도 없고 그러자니 불화증은 끓어 오르고 고향에 하루라도 더 있기가 끔찍스러워서였다. 물론 구체적인 사실을 들은 적도 없다. 다만 흉악한 원수들과 화선에서 싸우는 동안 불길처럼 치솟게 된 군대로서의 적개심, 증오감이 강해진 이런 성격의 소유자로서, 가족을 죽인 원수를 고향에서 만난다면, 그 군대의 심리적 고민이 얼마나 복잡할 것인가를 나는 느끼게 되었으며, 나는 그 뒤로 이런 경우에 봉착한 군대의 내면 세계와 대인 관계(對人關係)를 여러 측면으로 생각하게 되었다. 여기에서 주인공 김상진을 머리 속에 간직하게 되었다. 이런 고민에 빠진 군대의 처지를 생각할수록 그의 성격은 더 두드러지게 형성되어 갔다. 그의 고민을 더 심화하자면 성질을 과격한 편으로 해야 하며 자수자와 한때 만났다가 곧 갈라지는 것이 아니라 매일같이 대면하도록 해야겠는데 그러자면 한 농업 협동 조합에 있는 것으로 하며, 두 사람의 관계를 피차 보통 조합원으로 하는 것보다는 관리 위원장과 조합원 관계로 해야 한결 미묘한 갈등이 조성될 수 있다. 그리고 아내가 피살된 뒤로 아직껏 홀아비로 있는 처지에 놓아야 자수자(박병두)에 대한 증오가 더 심화될 것이며 상대적으로 화숙이와 혜정이와 같은 인물이 설정될 수 있다.

화숙이와 같은 얼굴 모습과 성격의 소유자는 내가 전쟁 시기 거주했던 대동군 노산리에서 발견한 젊은 과부였다. 그 실제 인물인 젊은 과부는 덕성스러우며 말과 행동이 점잖으며 조용한 것이 나의 호기심을 끌었으며 이때부터 작중 인물로 〈화숙〉이라는 이름까지 붙여 놓았었다. 말하자면 아이를 낳기도 전에 이름을 정해 둔 셈이었다. 또한 그때 나는 농촌의 부정 인물로서 농산 사업에 전심하지 않고 장사를 겸한 사람을 등장시키고 싶은 의욕에서 호경 영감과 같은 인물을 미리부터 설정했었다. 그러므로 상진이, 화숙이, 호경 영감은 몇 해 동안 내 머리 속에서 나와 친근하게 되었다.

「첫수확」에서 내가 가장 애착을 가지고 다룬 인물은 일남이 어머니다. 일남이 어머니는 내가 현재 파견되어 간 부락에서 만난 인물인데 이런 현지의 인물들이 작품에 많이 작용을 주었다. 내가 만난 그 인물이란 60이 가까운 어머니인데 보통 「노월신 어머니」라고 부르며 동네 사람들의 존경을 받는다. 그 어머니의 아들과 며느리가 치안대원에게 학살된 것에 나의 관심이 끌린 것도 사실이지만 그의 열화같은 적개심과 적에 대한 증오심에 나는 더 관심을 돌렸다. 하루는 악질 치안대원이었던 자의 아버지인 노인이 조합 선전실에 나와서 노는 것을 이 어머니가 보자 여러 사람의 앞에서 "이

두상이, 뭣하러 선전실에 나와 놀아? 선전실은 깨끗한 장소인 줄 몰라?" 큰 소리로 이렇게 면박을 주는 것을 목격했었다. 그리고 아들 한 분은 어느 군의 문화 선전부장으로 공작하고 있는데 아들을 믿는 것보다도 당과 정부를 믿고 조합 관리 위원회를 믿고 있는 심정이 아주 진실하다. 나는 기회만 있으면 이 어머니 집을 찾아가서 취재가 아니라 다만 그의 인간면을 알려는 의욕으로 잡담을 나누고 오는 적이 많다. 이런 과정에서 나는 장편 소설 「청천강」의 작중 인물로 정했었는데 우선 「첫수확」의 작중인물로도 필요했다.

　「첫수확」의 일남 어머니와 같은 것은 다만 이 어머니의 성격적인 면만을 땄을 뿐이다. 그 어머니가 체험한 사실은 작품에 전혀 들지 않고 반동에 대한 증오심과 다변적인 것이 일남 어머니와 같을 뿐이다. 본시 이 어머니와 사귈 때부터 나는 그의 인간면을 노렸던 것이다. 「첫수확」의 작중 인물인 소 영감은 내가 1955년 함남 함주군 농촌에 가서 두 달 있는 동안 발견한 조합의 축산반 사람이다. 그 실제 인물보다. 소 영감은 나이가 많으나 다만 소를 애호하는 것과 조합 살림에 대한 정성이 극진한 품성만을 작중 인물에 섭취한 것이다.

　「첫수확」의 작품 소재조차 준비되기 전에 나는 이상에서 말한 인물들을 가지고 있었던 것이 큰 도움을 주었다고 생각한다. 첫째로 성질이 과격하고 적에 대한 증오심이 강한 데다가 아내가 학살된 채 그냥 홀아비로 있는 제대 군인의 울분과 고민을 오래 생각하는 동안 중요한 작중 인물들이 뇌리에 떠올랐으며 쓔제트의 해결이 용이하게 되었다고 말할 수 있다. 그러므로 「첫수확」은 파견된 현지에 오기 전부터 나의 축적이 중요한 역할을 놓았다고 함이 타당할 것이며 현지에 와서 농촌 현실을 매일같이 똑똑히 볼 수 있었으므로 소재의 보충과 형상성의 심화에서 많은 도움을 받았다고 본다.

　「첫수확」의 프로트를 세울 적에 가장 힘든 것은 축력에 대한 문제였다. 첫째로 농촌 현실을 소재로 한 작품에 소 이야기가 많이 나온다 하여 작품에 유사성을 논하여 사람들의 지적이 내 마음에 걸렸다. 유사성이란 소재에 있는 것이 아니라. 형상의 미숙과 자각적 개성이 거세된 데만 문제가 된다고 생각하면서도 소 문제에 대한 내 의욕이 큰 만큼 이런 고민도 컸다. 결국 나는 같은 주제와 같은 소재를 가지고도 매개 작가의 작품이 저마다 개성적 쓰찔과 형상을 가지면 무방하다는 생각에서 예정대로 소 문제를 중요하게 취급한 것이다. 그런데 소 문제에 대한 나의 고민은 이런 점보다도 어떻게 해야 소 문제를 주제와 기본 갈등에 밀접하게 관련시키느냐 하는 그것이었다. 한 개 작품이 산만성을 가졌다는 결함이 나오는 까닭은 디테일들이 주제와 기본 갈등에 복종되지 않는 데 있다. 그러므로 나는 프로트를 세울 적에 중요한 디테일을 따로 골라서 주제와 기본 갈등에 어느 정도로 관련되었는가를 재검토한다. 「첫수확」에서 나는 소 문제를 농촌에서의 개인 이기주의 사상의 한개 표현인 프로병과 낙후한 개인농과 조합의 관계에 관련시켰으며 일부 중농 그루빠 내부의 이해 충돌과 알륵에, 그리고 농업 협동 조합에 대한 당과 정부의 배려와 조합원들의 조합에 대한 정성을 형상하는 데에 소 문제를 결부시켰다. 소 문제에 대해서 이렇게 집요하게 파들어간 결과 프로트가 한결 풍부해졌으며 박력을 띠게 되었다.

「첫수확」의 프로트 작성의 전반을 통하여 힘든 것 중의 중요한 것은 어떻게 해야 독자의 관심을 처음 시작부터 붙잡고 나갈 것인가 하는 문제였다. 그러기 위해서는 처음부터 갈등을 뚜렷이 하는 동시에 그것을 박력 있게 전개하자는 것이었다.

그래 상진이와 박병두와의 갈등으로 작품은 시작되었다. 여기에 독자들의 의견이 제기될 수 있다. 「첫수확」의 기본 갈등이 상진이와 박 병두인가, 또는 상진이를 중심으로 한 조합과 안경하와 호경 영감을 중심으로 한 일부 중농민들과의 관계인가, 기본갈등은 물론 후자다. 그러면 왜 전자의 갈등으로부터 시작했으며 작품에서 그렇게까지 많은 비중을 주었는가, 이 점이 내가 고심한 대목이다.

자수자에 대해서는 우리 당에서 특별한 관대 정책을 실시하고 있다. 보통 조합원 사이의 갈등이 이 나라 관리 위원장과 조합원 사이의 갈등인 만큼 신중성을 기해야 한다. 그래 박병두와의 갈등은 조합 내부의 갈등으로 했으며 많은 경우에 있어 박병두와의 관계에서 김상진을 일남 어머니로 대치시켰다. 이렇게 했기 때문에 박병두를 일방으로 한 갈등에 김상진이 전면에 나서지 않아도 그 갈등의 흐름은 계속되었다. 처음 프로트를 세울 때보다 이런 필요성으로 하여 일남 어머니의 비중이 훨씬 높아졌다. 여기서 구명해 두어야 할 것은 박병두와의 갈등이 조합과 일부 중농들과의 갈등과 양립되는 것인가 하는 문제다. 나의 확고한 의도는 조합과 일부 중농들과의 갈등에 합류되는 관계에서 설정했으며 그것의 한 부분이다. 그러기에 최초의 구상과는 달리 호경 영감의 필요성을 느꼈으며 그것으로 하여 작품 내용이 더 풍부해졌다고 생각한다.

나는 「첫수확」을 쓸 적에 처음 부분의 30매 내외에서는 거의 열 번을 다시 쓰곤 하였다. 6년만에 고향에 오는 제대 군인, 특히 사랑하던 아내가 이미 학살된 지 오래며 그 원수가 현재 살고 있는 고향에로 오는 제대 군인의 감정을 실감 있게 그리는 문제였다. 내가 이 지대에 지금까지도 정이 붙지 않는 오직 한 가지는 바다 바람이 센 것과 비가 오거나 눈이 녹은 뒤의 고무풀 같이 끈적거리며 사람의 발을 놓아주지 않는 토질이다. 그러나 주인공은 이런 고향의 바람, 눈, 흙에 애착을 느껴야겠다는데 몇 번 고쳐 써도 부자연하였다. 그 까닭은 작가 자신이 이런 바람과 흙에 정이 붙지 않은 것이었다. 그래 나는 6년만에 고향으로 찾아 오는 상진의 감정을 가지려고 애썼다. 탄광역에서 기차를 내려 고향까지 눈보라 속을 걷고 있는 상진의 심정은 실로 감개무량할 것이며 거기다가 고향에로 배치를 받지 않으려고 군당에 가서 떼질하듯 하던 장면을 회상도 시켜야 하며 또한, 고향까지 가는 도중에 아내가 숨어 있다가 붙잡힌 부락을 통과해야 하였다.

이런 주인공의 감정과 사색을 진실성 있게 포착하기가 어려웠다. 특히 고향을 그리는 감정이 일관되어야겠는데 그것을 함축성있게 묘사하기가 힘들었다. 몇 번을 고쳐 쓰는 동안 별로 어렵지도 않은 표현을 즉"고향의 바람이며 눈이라 생각하니 마치 귀여운 아이에게서 콧등이나 눈통을 얻어 맞고도 도리어 그 녀석이 그지없이 사랑스러운 그런 맛을 무장무장 느끼면서…" 이런 표현이 생각나서야 펜이 차츰 나갈 수 있는 그런 안착감을 느꼈다. 집필하는 과정에서 작가에 따라서, 다시 말하면 다른 작가라면 대단치 않은 장면에서 아주 고심하는 적이 많다. 그럴 적에는 뒤로 미루고, 그냥 넘어 가지 않고 인내성 있게 달라붙어야 한다. 작중 인물의 성명이 마음에 들지 않아 오직 둘이나 셋의 글자에 막혀서 며칠 동안 중단되는 적이 있다. 사실 다음에 미루고 싶어도 그것이 마음에 걸려 펜이 활달하게 놀지 못한다. 이런 것은 작가의 한 버릇이라 하겠지만 내 경험에서 볼 적에 불만한 점에 마음이 걸리게 되면 그것을 어느 정도 —원만치는 못하더라도— 해결해야 더 잘 씌어질 수 있다.

「첫수확」의 처음 부분에서도 나는 며칠 동안 펜을 쉬지 않을 수 없었다. 김상진이가 고향에 돌아와서 먼저 어머니에게로 가야 할 것인가, 조합에로 들러야 할 것인가 하는 문제였다. 보통 경우에는 현실면에서나 작가의 주관에서나 대개는 자기 집에 먼저 들러야 할 것이다. 「첫수확」의 이 장면에 대해서 나의 친한 한 소설가도 이런 의견을 말했으며 어느 신진 평론가도 단평에서 이런 의견을 토로하였다. 그런 만큼 나의 고민이 전혀 이유 없는 것도 아닌 모양이었다. 며칠 동안 고심한 끝에 나는 애초의 의견대로 하였다. 그것은 왜, 나는 보통 있는 현실대로 제대 군인이 으레 자기집부터 들르게 해야 하는가에 도리어 싫증을 느낀 것이며 그리고 주인공 김상진의 경우에 있어서 더구나 그렇게 할 수 없었다. 조국 해방 전쟁에 있어서 조국과 인민을 위하여 청춘을 아낌없이 바치겠다고 나선 우리 인민 군대들은 적을 몰아 진격할 적에 자기 고향 마을을, 자기의 집 앞을 그냥 지나간 일이 얼마나 많았던가. 이런 제대 군인이 군당 부위원장으로부터 고향 조합의 복잡성과 그리고 김상진이가 관리 위원장으로 피선될지도 모른다는 말을 들었으며 또 줄곧 고향 모습을 그리워하면서 눈보라 속을 걸어 온 김상진으로서 보통 경우에도 조합 앞을 과문불입할 수 없을 것일 뿐 아니라 김 상진의 목전에서 호경 영감과 다투고 흥분한 소 영감이 사무실에 다녀가자고 이끄는 것을 뿌리칠 수 있겠는가. 이런 경우에 김상진이가 조합에 들르지 않는다면 그의 성격과 감정에 전혀 어울리지 않는다. 어머니와의 관련된 면에서 볼 때 다만 김상진의 가정 생활을 더 형상했더라면 더욱 좋았으리라고 생각한다.

「첫수확」을 집필하는 동안을 통하여 가장 여러 날 동안 펜을 쉬게 한 대목은 일남 어머니가 관리하는 육상모판 나래의 끈을 풀어 놓은 박병두의 죄행이 폭로되는 동기를 어떻게 설정하느냐는 문제였다. 박 병두의 죄행을 목격한 인물을 등장시켜서 폭로하는 것이라든지 조합 간부나 내무 기관 신문으로 폭로하는 것이라든지, 이런 설정은 소설에 탐정 소설 류의 맛이 풍길 것도 같으며 그런 것으로 말미암아 조성되는 작품상의 분위기는 내가 노리고 있는 「첫수확」 전편을 통해서 흐르는 분위기에 조화되지 않을 것 같았다. 도대체 그런 장면들이 내 취미에 맞지 않았으며 그보다는 좀더 농촌의 흙냄새가 풍기는 디테일들이 요구되었다. 그래 점을 친 것에서 생긴 사건이 발단으로 되어 조합간부들이 자기들의 경솔한 속단을 뉘우치게 하는 동시에 일남 어머니의 범죄가 아닌 것으로 해명되는 동기를 설정할 수 있었다.

「첫수확」의 애정 문제에서 나는 많은 고심을 하였다. 처음부터 나의 의도는 애정 문제에 대한 작품 구성상의 비중을 그리 중하게 보지 않았다. 그러나 내 의도로는 어느 정도 작가 내 자신이나 독자들의 사랑을 받을 수 있는 혜정이를 그렇게 등장시킨 이상 설령 상진이와 화숙의 애정이 성립된다 하더라도 한동안 삼각 관계를 설정할 수도 있었는데 상진이가 관리 위원장이며 혜정이가 처녀 부기원인 직무상의 관계가 고려되며 또 그렇게 설정하면 작품 내용이 너무 번잡할 것 같아서 간단히 취급했었다. 지금 생각하면 혜정이가 상진이와 화숙의 관계를 성립시키려고 노력하는 동안 관리 위원장 공작 정형을 통하여 본 상진에 대한 존경심과 그의 고독한 생활에 대한 동정과 그리고 화숙이가 마음을 돌리지 않으리라고 판단한 데로부터 혜정이가 상진에게 애정을 느끼게 하며 그러나 이런 관계를 눈치 챈 화숙의 고민이 심각해짐을 혜정이가 눈치 채고 스스로 물러나 앉는 것으로 했으면 좋겠다고 생각한다. 상진이와 화숙의 관계에 있어서 두 사람 사이의 직접적인 교섭도 없이 그렇게 성립될 수 있는가 하는 일부 작가들의 견해에도 일리가 있다. 그러나 나는 나의 개성적인 취미인지는 모르나 애정 문제를 노골적으로 설정하여 발전시키는 것을 별로 좋아하지 않는다. 그리고 상진이와 화숙이의 관계의 전제를 통해 판단하면 두 사람은 서로 수작을 맺게 하지 않고도 의사는 모두 통할 수 있으며, 다만 화숙의 말 한 마디로 성립 여하가 결정되는 관계로 전제되었다. 당사자들은 제각기 혼자만 생각하고 있을 뿐, 사업에만 열중하는데 조합원들이 더 서두는 것으로 애정 문제에 대한 묘사를 해 보자는 것이 나의 의도였다. 이 문제에서 내가 뉘우치는 것은 화숙의 고민에 대한 심화가 아주 부족한 점이다. 화숙의 내면 세계를 심화한 다음 화숙이가 '난 상진에게로 가야겠다.'라는 간단한 의사만 결정되면 애정 문제는 해결되는 것이다.

집필자로서 「첫수확」에 대한 우결함을 분석하면서 집필 과정의 결함을 말하자면 아직도 많은 지면이 요구된다. 그러나 나는 결론에로 들어가야겠다.

다시 강조하거니와 작가는 먼저 모든 사람에게 일상적으로 관심을 돌려야 한다. 긍정적 인물이건 부정적 인물이건 작가적 매력을 가지고 그들과 친근해야 한다. 이렇게 해서 인물을 포착한 후 자기

의 풍부한 생활 축적과 현지 생활을 토대하여 이야기를 만들자는
것이다. 소설가는 있는 사실을 기록하는 것이 아니라 없는 사실을
꼭 있는 사실 같이 그럴듯하게 만들어 내는 것이다. 그러므로 소설
은 거짓말이면서 참말이라 할 수 있다. 왜냐하면 소설에 담겨진 이
야기가 사실 그대로가 아니라 거짓말이라 할 수 있으며, 그러나 그
담겨진 것이 당시 사회의 전형이라는 점에서는 참말이라 할 수 있
다. 작가는 자기의 특권이며 특기인 허구를 통하여 전형적인 현실
을 형상하자는 것이다. 생면체인 인간을 만들어 허구를 화폭처럼
선명하게 그리는 일이란 실로 어렵다. 나는 여기서 이런 말을 하고
싶다. 즉 작가는 각계 각층의 다종다양한 인물을 많이 가지고 있어
야 하며 생활 축적을 풍부히 할 뿐 아니라 당 정책을 심오하게 연
구한 토대 위에서 소재들을 분석 종합할 줄 알아야 한다. 이렇게
준비된 인물과 소재를 가지고 작가가 오랫동안 구상에 대한 고심을
쌓아야 한다. 아주 홍시 감처럼 무르익을 때까지 고심해야 한다.
그리고 일단 집필을 시작하면 조급히 서둘지 말자는 것이다. 「첫수
확」에 대한 집필 이전의 준비에 대해서 나는 별로 부족을 느끼지
않는 흔적이 작품에서 나타났다.
  그리고 일단 작품이 완성되면 동료간이라든지 선배 작가들에게
의견을 광범히 받아야 한다. 나는 창작 생활을 시작한 이후 북반부
에 올 때까지는 출판사에 넘기기 전에 사람에게 원고를 보일 일도
없었으며 자기끼리 만나서 문학에 대한 의견을 교환한 일도 별로
없었다. 그저 혼자 보며 쓰며 했을 뿐이 아니라 교우 관계도 신문
기자와 동창생이 대부분이었다. 이것은 나의 큰 결함이며 손실이었
다. 특히 우리 사회에서는 더욱 다르다. 작품이 발표될 때까지는
작가 개인의 것이나 일단 발표되면 사회의 것으로 되며 인민들의
교양 재료로 제공된다. 그러므로 더 좋은 교양 재료가 되기 위해서
와 작품의 수준을 높이기 위하여 될 수록 많은 사람들의 의견을 참
고해야 한다. 아무리 수준이 낮은 사람이라도 작가에게 도움이 되

는 말을 한 마디라도 하게 된다. 나는 내가 지도하는 문학 연구 소조원들 앞에서 내 작품을 한 소조원의 작품이라 하여 읽힌 일이 있었는데 정말 내게 필요한 의견들이 많이 나왔다.

신인들과 담화를 해 보면 많은 사람들이 작중 인물의 성격 형상을 제일 어렵게 생각한다. 물론 어려운 문제다. 성격 형상의 방법적인 문제에서 그릇된 생각을 가지고 있는 데에서 그 원인을 찾아야 할 것이다. 성격이 발로되는 경우는 작중 인물이 행동하는 때며 인물과 인물이 충돌되는 때다. 내면 세계의 추구에 대해서도 의견들이 있는데 나는 행동과 결부되지 않는 내면 세계의 추구는 심리주의적으로 떨어질 위험성이 많다고 본다. 그러므로 작중 인물들의 호상 관계를 능동적이며 적극적인 행동으로 설정하자는 것이다. 작중 인물끼리 충돌하는 과정에서 쓔제트는 발견되며 성격은 입체적으로 발현된다.

나는 끝으로 긍정적 주인공의 이상화의 경향에 대하여 말하겠다. 「첫수확」의 주인공인 김상진의 일상이 일남 어머니와 호경 영감보다 약하다는 의견들이 있다. 물론 옳은 견해이며 나 역시 발표 후에 그런 것을 더 느꼈다. 나는 그 원인을 구명해 보았다. 다름아닌 상진을 이상화하려는 경향이 다소나마 있었다는 것을 이제 알 수 있다. 다른 작가들의 작품의 경우에도 긍정적 주인공의 형상이 같은 작품의 다른 인물의 형상보다 미약한 예가 많이 있다. 이런 경우 약한 정도라 해도 역시 이상화의 경향에서 온 것이라 생각한다. 작가들은 이상화의 경향과 투쟁해야 할 것을 알면서도 부지부식간에 자기의 긍정적 주인공의 결함은 될수록 무난하게 하려는 경향이 아직도 많거나 적거나 있다. 긍정적 주인공의 결함을 가식할 필요는 없다고 나는 생각한다.

지금 당 중앙의 편지를 받들고 사회주의 높은 봉우리를 향하여 매진하고 있는 전체 인민들은 날마다 방방곡곡에서 기적을 창조하고 있다. 여기에는 슬기롭고 대담하고 충직한 당의 붉은 전사가 얼마나 많을 것인가.
　작품을 쓰기 위해서는 먼저 천리마를 탄 이런 인물을 붙잡아 내
야 한다. 그러기 위하여 그 인물과 더불어 오늘의 벅찬 현실 속에
서 함께 느껴야 한다.

글 쓰는 일

리 원 우

내가 처음 글을 쓰기 시작한 것은 1930년대 청소년 시절이었다.

나는 그때 낮에는 노동을 하고 밤에는 책도 읽고 혹은 이것저것 무엇인지 써 보기도 하였다.

이를테면 나는 그때 두 가지 노동을 한 셈이지만 두 가지 노동 중 어느 하나도 전문적으로 깊이 파고들지 못하였다.

낮에 하는 노동은 다만 굶어 죽지 않기 위하여 하던 육체 노동이었는데 그 노동은 나에게 가난과 설움, 고통과 불행을 주던 쥐꼬리만큼 밖에 안 되는 임금에 목숨을 걸었던 노예 노동이었다.

밤에 글을 쓰던 정신적 노동은 하고 싶은 말을 써 보고 싶은 노동이었지만 생활 고통과 계속적인 밤노동으로 말미암아 몸이 피곤하여 견딜 수 없었고 게다가 언론 탄압으로 하여 기를 펼 수 없는 노동이었다.

그러나 그리도 고통스럽던 일제 암흑 시대는 과거의 일로 변하여 버렸다. 내가 서른 두 살 나던 해에 두리둥둥 해방의 북소리가 울려 우리 땅 우에 만세 소리가 퍼졌던 것이다.

그때부터 근로자들은 자기 노동을 노래부르며 살게 되었으며 또한 자기 노동을 전문적으로 파고들게 되었다.

그것은 노동을 칭칭 동였던 사슬이 끊어진 까닭이다. 새 생활이 일어서기 시작한 것이다. 오늘의 노동! 그것은 행복이다.

오늘날 우리가 말하는 노동이라는 말에는 낡은 시대를 추방한 우리 시대의 감정과 영광이 요약되어 있다. 공화국에서는 지금 모든 노동이 고귀하며 동등하게 되었다.

이러저러한 노동에 참가한 사람들은 혹은 물질 문화, 혹은 정신 문화를 창조하고 있는 사람들로 되었다. 오늘날 우리가 하고 있는 노동은 내가 청소년 시절에 하던 따위의 기아를 면하기 위한 그런 노동이 아니다.

노력자들은 누구나 자기의 노동으로써 자기의 행복을 창조하고 있는 동시에 자기와 판이한 다른 종류의 노동에 참가하고 있는 사람들에게 자기가 만든 행복을 주기도 하며 그들이 만든 행복을 받기도 하는 혈연적 관계 속에서 일하고 있는 서로 얽혀 사는 친형제 사이로 되고 있다.

나는 무릇 노동에 참가한 사람들로부터 날마다 그들이 만든 많은 것들을 받고 있는 사람으로서, 나 역시 그들에게 내가 만든 것을 주기 위하여 나의 노동에 참가하고 있는, 말하자면 그들과 친형제 관계 속에 살고 있는 사람이다.

내가 하고 있는 노동은 문학 작품을 창조하는 정신적 노동이다.

나는 날마다 나의 즐거운 글을 쓰고 있다.

나는 지금 다른 모든 노력자들처럼 나의 노동을 전문적으로 파고들게 되었다. 쇠물을 끓이고 벽돌을 굽는 노동자들이 각각 자기 일에 대한 전문적 경험과 자기 일에 대한 긍지감을 갖고 있듯이 나도 역시 나의 노동에 대한 나의 경험과 긍지감을 가지고 있다.

나는 주로 시와 동화와 소설 등 아동 문학 작품들을 쓴다. 내가 이러저러한 작품을 써 나가는 작업은 일정한 사상적 예술적 준비와 기교적 노력이 동반되는 노동으로서 나와 판이한 종류의 노동에 참가하고 있는 전체 근로 인민들과 그들의 아들 딸에게 정신적인 이익을 주는 영광스러운 노동이다.

나는 가끔 문학 청년들로부터 나의 창작 노동 과정을 알고 싶어하는 편지를 받고 있다. 나는 이제부터 나의 노동 과정에 대하여 쓰기로 한다.

나는 나의 노동을 진행하기 위하여 나와 같은 노동에 참가한 선진적 작가들의 손에서 씌어진 성공한 작품들에서 많은 것을 배우고 있다. 그 중에는 우리나라 작가들의 작품들을 비롯하여 외국 작가들의 작품들도 있다. 최근 읽은 쏘련의 저명한 작가들의 작품들 속에서 인류가 도달한 최고 사상—공산주의를 구현하는 투쟁에서 선봉에 서고 있는 노동 계급과 전체 근로 인민들의 생활 모습과 감정들이 생생한 화폭으로 그려져 있으며 다른 편으로는 근로 인민의 원수들에 대한 증오와 분노의 목소리와 전쟁에 대한 증오와 평화에 대한 열망이 적혀 있었다.

나는 다른 한편 우리 나라 고전 작품들과 인민의 집체적 지혜가 반영되어 있는 옛말들과 구전 동요들을 수집하여 읽고 있다.

인민적 작가들이 쓴 위대한 작품들은 그 작가가 근로 인민에게 주는 사랑의 말로 씌어져 있으며 그것들은 작가의 현실을 인식하는 과정에서 몸소 느끼고 발견한 새것들이며 새 문제라는 것을 나는 발견하였다. 작가는 현실을 인식하는 구체적 제 과정을 통하여 자기가 발견한 어떤 생활 현상에다 새 의의를 부여하여 그것을 사회에 줌으로써 사람들의 정신면에 새 씨를 뿌려 주는 정신적 기사라는 것을 나는 알고 있다.

작가가 쓴 작품에는 남의 발견한 것과 남의 말이 반복되어서는 안 된다. 항상 근로 인민의 입장에 튼튼히 서서 자기가 발견한 것을 자기 말로 써서 사회에 제기하는 정신! 이것은 내가 선배들로부터 배운 창작 강령이다.

　한 편의 작품을 창조한다는 것은 생활 속에서 캐어 낸 진실을 미의 법칙에 의하여, 나의 상상을 통하여 하나의 자그마한 세계를 만들어 내는 사업이다. 이 사업은 붓만 들면 줄줄 흘러내리는 쉬운 사업이 아니다. 이 사업은 성실한 노동 과정을 통하여서만 이루어지는 섬세하고도 복잡한, 그러나 힘든 줄을 모르는 즐거운 사업이다.

　붓을 들기 전에 하여야 하는 노동이 있으며 붓을 들고부터 하는 노동과 쓰고 나서도 진행하는 노동이 있다. 나에게는 한 작품을 창작하기까지에는 각이한 노력적 내용을 가진 몇 개 노력 계단이 있다.

　첫 계단은 작품 소재를 탐구 수집하는 노력 계단이며 둘째 계단은 생활 소재에 근거하여 상상하고 허구하는 노력 계단이며 셋째 계단은 아직 머리 속에서 깜박거리는 어떤 것을 원고지 우에 실현시키는 노력 계단이다.

　세 계단을 거쳐 원고지 우에 실현된 작품! 그러나 그것은 아직 원고가 아니다. 집으로 치면 겨우 기둥을 세워 놓고 벽을 붙이고 문을 달았을 뿐인 아직 내부 장치가 요구되는 집이다.

　나는 나의 작품을 면밀히 살펴보며 여기저기 고치기 시작한다. 구성을 다시 검토하여 보기도 하고 문장을 구절구절 훑어 보기도 한다. 사상을 불완전하게 표현하고 있는 어구들을 지워 버리고 사상을 완전하게 표현할 새 어구들을 찾아서 거기에 써 넣기도 한다.

　추고가 끝나면 작품은 거의 다 된 셈이다. 그러나 아직 작품이 아니다. 집체적 지혜를 나의 작품에 인입하는 노력 과정이 아직 남아 있기 때문이다.

　집체적 지혜를 왜 이용하는가? 그것은 객관화되지 못한 부분들과 이러저러한 결함들을 나의 작품에서 쓸어 던지는 데 도움이 되기 때문이다.

　간단히 말한 이상의 창작 과정은 결국 현실 인식의 여러 노력 계단들이다.

　작품 소재를 수집하는 첫 계단은 나의 창작 과정에서 현실을 인식하기 시작한 최초의 계단이다.

나는 날마다 생활 현상을 인식 파악하기 위하여 생활 속으로 들어가야 한다. 생활 속으로 들어간다는 것은 내가 생활 밖에서 살다가 별안간 생활 속으로 들어가는 것을 의미하지는 않는다.

나는 항상 생활 속에 살고 있다.

나는 날마다 생활 속에서 이러저러한 사람들과 접촉하면서 살고 있다.

그러나 다만 그것을 가지고는 생활 속으로 깊이 들어 간 것이라고 말할 수 없다. 왜냐 하면 생활 속에 살고 있는 별별 사람들과 날마다 접촉하면서 살고 있다고 하여도 그것이 만일 고상한 이상 현실을 위한, 다시 말해서 혁명 승리를 위한 사상과 지식의 힘으로 무장된 나의 의식적 행동이 아닐 때 그것은 생활 속에 들어간 것이 아닌 것이다. 생활 속으로 들어가는 것—그것은 의식적으로 진행하여야 하는 과학성과 조직성을 띤 사업이다.

나는 나를 둘러싸고 있는 생활 현상들을 인식 파악하는 아는 힘의 원천을 맑스—레닌주의 습득에서 쟁취하고 있다. 맑스—레닌주의 미학으로 나의 눈을 밝히지 않고서도 우선 잡다한 현실 속에서 무엇을 찾아야 될는지 그것부터 알 수 없다는 것을 나는 작품 소재를 찾는 노력 과정에서 절실히 느끼곤 한다.

내가 생활 속에서 어떠한 작품 소재를 찾았다는 것은 잡다한 생활 현상들 속에서 어느 한 현상을 선택하였다는 것을 의미하며 선택하였다는 것은 벌써 선택하기 전에 그 생활 현상을 인식하였고 거기서 어떠한 새 문제를 발견하였다는 것을 의미한다.

잘 알고, 잘 판단하고 잘 선택함이 없이 생활 속에서 잡다한 소재를 닥치는 대로 주워 모은다면 그것은 소재의 뒤꼬리를 따라 다니며 복사하는 자연주의적 작품을 낳는 원인으로 될 것이다. 또 만일 생활 현상(자료)을 연구 파악하기도 전에 미리 어떠한 기성 개념을 가지고 어떠한 작품 하나를 구성한 다음에 그 구상의 틀 속에 소재를 틀어 맞추기 위하여 소재 세계를 찾아다닌다면 그것은 현실을 왜곡하거나 혹은 도식주의적 작품을 낳는 원인으로 될 것이다.

나는 생활 현상들을 인식 파악함으로써 나의 생활 경험을 의식적으로 확대하기 위하여 우선 선진적 과학 이론을 습득하는 사업과 함께 나 개인의 생활을 개조하기 위하여서도 투쟁한다.

나에게 만일 맑스—레닌주의 사상으로 고무되는 이상을 실현하기 위한 적극적인 생활 투사로서의 생활 감정이 없거나 혹은 있다고 하여도 그 수준이 저열하다면 이 사실은 소재를 탐구하는 과정에서와 선택한 자료를 가지고 작품을 구상 혹은 쓰는 과정에서 부정적인 결과를 초래하는 원인으로 될 것이다. 선진 이론으로 무장한 적극적인 생활 투사는 결코 생활을 구경하지 않을 것이며 자기 자신이 아름다운 이상의 실현을 위하여 투쟁하는 아름다운 감정의 소유자이기 때문에 어떤 생활 현상 속에 있는 아름다운 요소들을 관심 깊은 눈으로 볼 것이며 그 아름다운 것을 확대하기 위한 목적으로 그것을 자기 작품의 소재로 의식적으로 선택하게 될 것이다.

나에게는 여러 가지 노트가 있다. 정치 학습 노트와 미학을 공부하는 노트가 있다. 노동자들의 생활을 기록하여 두는 노트도 있다. 속담과 수수께끼를 기록하는 노트와 옛말과 전설과 구전 동요 등을 수집하여 두는 노트, 나무와 풀과 꽃, 새 등을 연구하는 노트들도 있으며 잘 된 문장들을 따로 뽑아서 써 두는 노트들도 있다.

이것은 이론과 작품 소재를 축적하는 방법이며 생활 경험을 확대하기 위한 의식적 방법들이다.

노트에 기록하지 않아도 생활 경험은 축적될 수 있다. 그러나 써 두는 것이 필요하다.

이 첫 계단은 어느 한때에 별안간 실천하곤 하는 계단이 아니고 항상 실천되고 있는 장구한 계단이다. 이 계단에는 나의 소년 시절도, 청년 시절도, 현재 생활도 포괄되어 있다.

둘째 계단은 수집한 소재를 가지고 작품을 구상하는 현실 인식의 두 번째 계단이다. 다시 말하면 작품 소재로 선택한 어느 생활 현실을 한 걸음 더 깊이 파악하는 계단인 바 소재들 중에서 많은 부분들이 떨어져 나가고 중요하다고 재확인된 소재들만을 가지고 작품을 구상한다.

첫째 계단에서 현실 인식과 둘째 계단에서의 현실 인식은 어떤 본질적 차이점을 가지고 있는가?

둘째 계단에 와서 생활 현상들을 한 걸음 더 깊이 인식하기 시작한다는 것은 무엇을 의미하는 말인가?

이렇게 어떤 독자들이 질문할 수 있다. 사실 나는 가끔 이러한 내용을 가진 다른 말로 표현된 질문을 받곤 한다.

어떤 신인이 나에게 이러한 편지를 보내 왔다.

"나는 정치적 이론 서적을 의식적으로 많이 읽고 있다. 좋은 문학 작품을 쓰기 위해서이다. 나는 생활 속에서 작품 소재를 찾아낸다. 쓰려고 하는 소재의 내용을 동무들에게 이야기하면 모두들 좋은 소설이 되겠다고 말한다. 그러나 작품을 써 가지고 동무들에게 읽어 주면 형상성 대신 논리성이 많은 작품이라고 말한다. 나는 최근 이렇게 생각하기 시작하였다. 나에게는 기교가 없다. 문장 읽는 기술을 길러야 되겠다. 논리만 가지고는 작품이 논리적으로 될 수밖에 없다. 그래서 나는 작가인 당신에게 물어 보는 바이다.

ㄱ. 맑스—레닌주의 이론을 소유한 사람은 문장도 잘 써야 될 것이 아닌가? 그런데 왜 나의 경우에 있어서는 이론 수준에 비하여 작품 수준이 낮은가? 이것이 만일 전적으로 기술 부족에 원인이 있다면 내가 소유하고 있는 이론은 기술을 도와 줄 수 없는 이론이란 말인가?

ㄴ. 어떻게 맑스—레닌주의를 공부하여야 이 선진적 이론이 작품 속으로 어구와 구절로 변하여 흘러들어 올 수 있는가? 당신들은 맑스—레닌주의 습득을 자기의 창작 사업과 어떻게 결부시켜 하고 있는가? 당신들에게도 혹시 이론과 기술이 따로따로 독립되어 있는가."

나는 이러한 말을 신인들에게서만 듣는 것이 아니다. 쓴 지 오랜 작가들도 이론과 작품이 결합되지 못하는 현상들에 대하여 논의하고 있으며 그 대책으로 학습을 창작 과정과 직접 결부시켜 진행시키고 있다. 그러나 쉽게 해결될 문제는 아니다. 그렇다고 하여 그냥 두어서는 안 될 문제이기도 하다.

나는 나의 창작 과정에서 어떤 정신으로 어떻게 이론과 창작을 결부시키고 있는가?

나는 내가 하고 있는 사업이 형상을 통하여 노동의 새 의의와 새 생활을 건설하는 노력자들의 긍지감 등 온갖 아름다운 사회주의적 애국주의 감정을 청소년 대중의 정서면에 씨 뿌려 주는 것을 자기 사명으로 한 이데올로기 사업이라는 것을 알고 있다. 나는 내가 하는 사업이 나 스스로 혁명적 애국 투사가 되지 않고서는 독자 대중을 가르칠 수 있는 글을 쓸 수 없다는 것도 알고 있다. 나 스스로가 우리 사회 제도의 우월성을 긍정하는 입장에 서지 못한다면 일면 대중에게 생활에 대한 올바른 인식을 주는 것을 나의 사명으로 삼을 수 없다는 것을 잘 알고 있다.

나의 사업은 인민을 교양하는 당 사업의 일부분이다. 나는 이러한 입장으로부터 출발하여 위에서 말한 바와 같이 한 작품이 완성되기까지의 여러 노력 계단을 대중에게 현실 인식을 정확히 주기 위한 목적에 종속시키고 있다.

나의 경험을 소개한다면 큰 현실 속에서 어느 한 생활 현상을 선택하여 내는 첫 계단에는 생활 현상을 인식하는 형태가 논리성에 지도되는 아직 낮은 수준의 불완전한 형상적 인식으로 나타난다. 왜냐 하면 첫 계단은 눈으로 본 것을 감정이 외치려고 하나 논리가 구체적 사실을 좀 더 자세히 알아보고 외치자고 하는 계단이기 때문이다. 아직 첫계단에서는 그 자료 세계가 구체성을 띤 것이 아닌 잡다한 원형 그대로의 혼돈 상태이기 때문이다.

소년 빨찌산 투쟁을 주제로 하여 쓴 나의 소설 「기다리던 날」과 고대 인민 영웅을 주제로 하여 쓴 동화「도끼 장군」의 실례를 잠깐 들어 보기로 하자.

나는 우선 소재의 세계「기다리던 날」의 주인공들이 살고 있는 현지로 찾아가서 한 달 동안 그들과 같이 살며 미제 침략자들이 그 부락을 일시적으로 강점하고 있던 시기의 이야기를 들으며 몹시 감격했다.

무엇을 감격하였는가? 그것은 첫째, '나이 어린 소년들도 공화국을 지키기 위하여 싸웠다'라는 놀라운 사실이다.

'아홉 명이 싸웠다. 성은 박가, 최가, 김가… 나이는 열 다섯, 열 여섯… 무기 창고를 폭발 시켰다. 옥에 갇힌 애국자들을 구원했다. 군사 비밀을 탐지하여 인민 군대에 전했다…'

그런데 그 소년들은 보니 우스갯말을 잘하고 혹은 운동 선수이고 혹은 그 성미가 무뚝뚝하고…

'자 이거 모를 일이 아닌가, 그렇게 용감해 보이지도 않는 소년들인데 어떻게 그렇게 용감히 싸웠을까?'

이렇게 논리성이 머리를 들고 일어서며 감격하는 나의 감성더러 좀 자세히 연구해 볼 일이라고 속삭였다. 논리성은 허다한 의문을 제기했다.

'이 기적적 현상의 본질은 무엇인가?'

'이런 놀라운 사실이 왜 우리 생활 속에 생겨났는가?'

'소년들에게는 산을 날아 넘는 재주라도 있었단 말인가?'

이 수수께끼를 풀기 전에는 이 현상들을 완전히 알았다고 할 수 없었다. 내가 안 것은 '이런 투쟁! 저런 투쟁!'으로 표면에 나타난 사실 자체에 불과한 까닭이다.

나는 이 수수께끼를 논리로 풀었다.

'이 사실은 우리 사회 제도의 우월성과 연결된 현상이다. 지금은 노동자, 농민이 기적을 떨치기 시작한 영웅적 시대이다. 아버지와 어머니들이 자기가 창조한 행복을 지키기 위하여 원수와 싸우는 과정에서 영웅심을 떨치고 있을 때 아버지와 어머니의 아들딸들인 소년 소녀들도 조국을 지키기 위하여 일어나 싸운 것이다.'

그러나 다른 의문이 제기되었다. 아홉 소년은 부모 없는 고아들이 아닌가. 그들은 무슨 행복을 지키기 위하여 일어나 싸웠단 말인가?

그 의문도 해결되었다. 공화국은 부모 없는 고아들에게 노래와 춤과 따뜻한 품을 안겨 주지 않았는가. 공화국은 그들에게 있어 부모인 것이다. 그들은 자기들을 품어 주는 부모를 위하여 싸운 것이다. 이것은 내가 발견한 진리이다.

그러나 내가 인식한 생활 현상은 즉 작품 자료는 아직 논리적인 것과 형상적인 것이 뒤섞여 있는 상태였다. 그러나 나는 아직 흐리멍텅한 작품 소재 속에서 내가 발견한 진리를 주장할 수 있는 작품을 쓸 수 있는 가능성을 발견하였다.

내가 집으로 가지고 온 자료 주머니 속에는 허다한 가능성들 즉 '조국을 위하여 싸운 소년들의 이러저러한 성격들과 해방 후 생활'과 '그들이 원수와 싸운 사실'과 '장소와 시간'들이었다.

이러한 형태로 인식된 생활 현상들이 개성을 가진 형상으로 변하는 것은 '작품 자료'를 재인식하는 둘째 계단이다.

둘째 계단에 와서는 더 날카로워진 논리성에 뿌리를 박고 형상적 인식이 깊어진다. 첫 계단에서는 논리성과 형상성이 약하게 결합되었다면 둘째 계단에 와서는 점점 한몸처럼 결합되기 시작한다.

즉 자료들이 숨을 쉬기 시작하고 혹은 웃고 혹은 성을 내기 시작한다.

내가 동화 「도끼 장군」을 창작하는 과정에 있은 일이다.

나는 첫 계단에서 아직 도끼 장군을 잘 모르고 있었다. 첫 계단에서 내가 알게 된 도끼 장군은 추상적 인물이었다.

추상적 인물 도끼 장군을 나에게 소개해 준 사람은 70 노인이었다.

두 아드님은 집에서 농사 짓고 세 손자는 전문 학교에 다닌다는데 한 아드님과 한 손자는 침략자를 쳐부수는 조국 해방 전쟁 때

일선에서 싸우다가 전사했다는 노인이었다.

나는 이 노인을 가끔 나의 집 앞 호숫가에서 만났는데 어느날 동화「도끼 장군」의 소재로 된 한 토막 이야기를 들었다.

"여보 리 선생, 내 어제 밤 희한한 꿈을 하나 꾸었구려. 리 선생은 아마 개명한 사람이니까 꿈 이야기를 미신으로 여기겠지요. 그렇지만 들어 보슈. 글쎄 꿈에 죽은 줄 알았던 셋째 아들놈이 돌아왔구려. 그 녀석이 죽지 않고 살아 있다는 징조가 아닐까요?"

나는 그 말에 가슴이 뭉클하는 것을 느꼈다. 이미 나도 들어 아는 이야기지만 할아버지의 셋째 아들은 미제 침략자를 처물리는 전투에서 꽃같은 청춘을 나라에 바친 이름 없는 영웅이다. 할아버지는 지금까지 누구에게나 죽은 셋째 아들 이야기를 하지 않았다고 한다. 그런데 만난지 얼마 안 되는 나에게 셋째 아들이 꿈에 돌아왔다는 이야기를 하였다. 가슴에 묻어 두었던 아들 이야기가 터져 나온 것이리라. 나는 조국을 지키는 정의의 싸움에 내 아들 내 손자를 바친 거룩한 어버이를 경건한 마음으로 쳐다보며 이렇게 말하였다.

"아드님은 살아 있을 거웨다. 아드님은 돌아 올 거웨다."

그랬더니 할아버지는 두 눈이 빛나며 쇠소리로 자신 있는듯 말했다.

"그 녀석이 살아 있는 모양이야. 그렇게 꿈에 보이지… 아무렴 나를 두고 죽을 수 있을라구요. 죽었다가도 살아 나 돌아와야 옳구 말구요."

할아버지는 계속하여 이상한 옛이야기를 하였다.

"아무렴요. 죽었다가도 살아 날 아들 녀석이지요. 왜 모르슈? 옛날 우리 나라엔 죽었다가도 살아난 도끼 장군이 있었다우. 한 번은 우리 나라로 쳐 온 적을 맞받아 나간 도끼 장군이 도끼를 둘러치며 싸웠다구 그럽디다. 많은 적장 적병들을 꺼꾸러쳤다구 그럽디다. 그러다 그만 적장의 칼에 맞아 그 도끼 장군은 죽었다구 합디다.

그러나 될 턱 있수, 죽었던 도끼 장군은 부모 생각이 나서 다시 살아 나 싸웠는데 두 장사로 살아 나 싸웠다지 않소. 그러나 싸우다 또 죽었구려, 그렇지만 또 살아 났는데 이번에는 네 장사로 살아 나 싸웠다고 합니다. 그러나 또 죽었구려, 또 죽었지만 자꾸 부모와 고향 생각이 나서 또 살아 나 싸웠는데 여덟 장사로 살아 나 싸우고 열 여섯 장사, 서른 두 장사로 살아 나 싸웠다는구려. 이 도끼 장군을 정복할 놈은 세상에 없다고 그럽디다."

나는 그날 할아버지 아드님 이야기 같기도 하고 옛날 사람인 도끼 장군님 이야기 같기도 한 이야기를 들은 셈이다.

그 이야기를 듣는 순간 나의 머리 속에는 어쩐지 그전부터 잘 아는 사람 같은 도끼 장군이 왔다갔다하기 시작했다. 나에겐 어쩐지 도끼 장군 이야기를 들려 준 그 할아버지도 그 아드님과 아드님의 동무들인 인민군대 용사들도 미제 침략자와 싸우는 과정에서 열 스무 번을 죽었다가 열 스무 번을 살아 나 원수와 싸워 이긴 도끼 장군처럼 생각되었다.

그렇다. 그들은 분명히 도끼 장군들이다. 그들은 모두 자기 이름과 자기 성을 가진 인민공화국 공민들이다. 그들의 성은 김가, 박가, 리가, 조가들이며 그들은 기옥 혹은 옥히, 주덕 혹은 기우라고 부르는 영웅들이다.

그러면 옛날 도끼 장군의 이름 성명은 무엇인가? 나는 할아버지보고 옛날 도끼 장군의 이름 성명이 뭐냐고 물어 보았다. 그러나 옛날 도끼 장군에게는 웬일인지 이름 성명이 없다고 하였다.

나는 그 말에 울컥 화가 치미는 것을 견딜 수 없었다. 죽었다가도 살아나서 원수와 싸워 이긴 불굴의 인민 영웅 도끼 장군에게 어찌하여 자기 이름과 자기 성이 없단 말인가?

도끼 장군은 분명히 그 어느 옛날 어엿이 살아 있던 실제적 인물일 것이다. 그런데 왜 그에게는 이름 성이 없는가?

인민들은 그 장사가 적과 용감히 싸우다 죽은 공을 길이 기념하기 위하여 정말 있었던 사실에다 여러가지 공상적 낭만을 덧붙여 얼핏 듣기에는 거짓말처럼 들리는 전설 같은 이야기를 창조하여 냈을 것이다.

사람들은 세월이 흘러가는 동안 그만 그 이름 성명을 잊어 버렸는지도 모른다. 그러나 인민들은 자기들 속에서 나온 영웅을 차마 잊을 수 없어 도끼를 들고 싸웠다고 하여 도끼 장군이라는 이름으로 그를 기억하고 있다.

다만 노력 인민을 천대하고 괄시하던 자들만이 도끼 장군이라는 이름마저 자기들이 쓴 역사책에 기록하지 않았다.

이것이 할아버지한테 들은 도끼 장군에 관한 짧은 토막 이야기에서 내가 발견한 진리였다.

나는 내가 발견한 그 진리를 주장하기 위하여 도끼 장군이 어떤 사람인지 탐구하기 시작했다.

내가 만나 본 적 없는 옛날의 도끼 장군을 어떻게 단번에 알아낼 수 있었으랴.

나는 도끼 장군이란 인물을 상상 속에서 탐구하기 시작했다.

그 얼굴과 그 체격 그리고 그 성격이 혹은 낯선 사람처럼 떠오르기도 하고 혹은 어디서 한 두 번 만나 본 듯한 사람처럼 떠오르기도 하며 나는 점점 그와 친해지기 시작한 둘째 계단으로 들어갔다.

그러나 한 번은 내가 병원에 입원했을 때 일이다.

병실 들창으로 내다뵈는 논에서 소를 몰아 가을갈이를 하고 있는 두세 농민들 속에서(생활) 나는 드디어 도끼 장군을 발견했다.

그 농사꾼은 키가 크고 가슴이 벌어진 데다 팔 다리가 굵었다. 도끼만 들면 영락없이 도끼 장군이다.

나는 자세히 그 장군을 보고 싶어 침상에서 일어나 밖으로 나갔다. 유리창 너머로 내다본 바깥 세상은 틀림없이 따뜻한 날씨였는데 문을 열고 나서니 쌀쌀한 바람이 부는 초겨울 날씨였다. 그런데 그 장군은 춥기는커녕 땀에 젖은 이마를 햇볕에 번들거리며 소를 몰고 논을 갈며 나갔다.

그러다가 그 장군은 옆의 사람들을 보고

"젠장 겨우 논 몇 뙈기 갈았는데 벌써 밥주머니란 놈이 쪼르륵 타령만 부르는구나."

하고 농담을 걸었다. 사람들은 일시에 와—소리쳐 웃으며 뭐라고들 한 마디씩 마주 농담을 걸었다. 그 농담에 나도 웃었다.

나는 그 장군을 바로 보며 생각했다.

'분명히 도끼 장군은 저 사람처럼 생겼을 것이다.'

내가 발견한 도끼 장군은 나의 머리 속에서 웃었다.

'옳쉐다. 내가 바로 당신이 찾는 그 도끼 장군이웨다. 어서 심장을 달고 살을 붙여 주시우.'

그 얼굴은 해와 바람에 그슬린 거무틱틱한 얼굴이요 그 키는 하늘을 떠받을듯 껑충 솟아 오른 키요 그 팔뚝은 홍두깨 두 개를 매달아 놓은 것 같은 팔뚝인데 끙하고 힘을 쓰면 콩 팥 한 섬씩 양 어깨에 올려놓고 십 리 백 리를 단숨에 냅다 뛰는 젊은이가 머리 속에 나타났다

힘은 세지만 늘 그 주먹을 꽁무니에 달고만 다니는 젊은이고 누구를 때리고 싶어도 맞은 사람이 아파할까봐 그 주먹을 함부로 휘두르지 않는 젊은이다. 그렇지만 성이 나면 목숨을 걸고 싸워 보는 장사다. 내가 찾은 나의 도끼 장군은 나의 머리 속으로 걸어 다니기 시작했다. 그러다가 씨름 잘하는 일꾼 총각으로 변했다. 나는 바로 이렇게 발견한 도끼 장군을 원고지에 쓰기 시작했던 것이다.

자료들이 살아서 움직이는 생명으로 변하기 위하여서는 그것을 움직이게 하는 원인인 다른 자료를, 즉 인민과의 관계 속에서 파고 들어야 한다.

도끼 장군이 죽었다가 살아 나는 동화적 환상의 기초를 이루고 있는 것은 인민의 생활과 그들의 염원에 의거하고 있다.

나는 작중 인물들에게 이런 개성. 저런 개성을 부여하기 위하여

그들을 둘러싸고 있는 사회 환경—다시 말하면 인민들과의 관계를 부여함으로써 일반성을 첨가하려고 노력했다.

상상은 계속된다.

나의 머리 속에는 조그마한 세계가 나타난다.

그 세계 속에서 여러 인간들은 왔다갔다한다. 나는 어떤 때는 어머니도 되고 어떤 때는 아버지도 되고 유년 아동도 되고 초중 학생도 되고 노동자도 농민도 되어 그들을 묘사한다.

동물들이 인물 노릇을 하는 동화 세계를 구상할 때에는 내가 호랑이도 되고 곰도 되고 여우도 토끼도 된다. 이러한 허구 과정에서 현실에서 얻은 '실제적 사실'이 '예술적 사실'로 점점 변경된다.

'실제적 사실'에 근거하여 그보다도 더 '실제적 사실'일 수 있는 '예술적 사실'을 창조하기 위하여 노력하고 있는 나는 여기서 문학을 지향하는 신인들에게 나에게 있었던 하나의 경험을 소개하려고 한다.

그것은 한 편의 작품을 창조한다는 것이 무엇을 의미하는 것인가를 명확히 말하기 위해서이다.

한 작가가 한 편의 작품을 쓴다는 것은 그 작품의 자료를 제공하여 준 어느 개인, 어느 학교, 어느 가정, 어느 공장 하나를 위하여서가 아니라 전 사회, 전 인민, 나아가서는 국제적 친우들과 지어 자본주의 국가 인민들에게까지 영향을 주려는데 있다.

1952년 조국 해방 전쟁 당시에 나는 보잡이꾼으로 선봉 서고 있던 농촌 여성들의 생활 속에서 하나의 소재를 얻어 그것을 가지고 「나는 보잡이꾼」이라는 시를 쓴 일이 있었다. 「나는 보잡이꾼」의 소재는 어느 농촌에서 사는 19세 처녀 최복숙(가명)의 생활인데 그는 모범 보잡이꾼이었다. 폭탄이 떨어지는 환경에서 최복숙은 마을 여성들과 함께 곡물 증산 투쟁에 나섰다. 후방에는 남성 노력이 부족한 때였다. 그렇지만 농촌 여성들은 굴하지 않고 전선으로 나간 남편들과 아들들과 오빠들을 대신하여 보잡이꾼으로 나섰다. 최복숙이도 그러한 여성들 중의 한 사람으로 자기가 습득한 보잡이 기술을 마을 여성들에게 가르쳐 주기 시작하였다.

나는 이 사실을 시로 노래부르는 과정에서 최복숙을 통하여 전체 농촌 여성들의 기백을 노래부르고 싶었다. 그렇게 하기 위해서는 처녀인 최복숙을 중기 사수의 아내로 만드는 것이 편리하겠다는 결론을 얻었다. 그래서 처녀는 아내로 변하고 최복숙은 최복순으로 변하였다.

"당신은 중기 사수

나는 보잡이꾼…"

이런 식으로 시를 썼다. 당신은 전선을 지키고 당신의 아내 최복순은 마을 여성들과 힘을 모아 당신과 함께 갈던 땅을 갈고 있으니 후방 걱정은 마시고 원수와 용감히 싸워 이겨 달라는 심정을 노래 불렀다. 이 시를 나는 어느 신문에 발표했다.

어느 날 신문사로 찾아갔던 나는 주필로부터 의외의 말을 듣고 놀랐다. 그것은 나의 시의 원형 인물인 최복숙의 할아버지가 약혼 중에 있는 손자딸이 당신네 신문사에 난 「나는 보잡이꾼」이란 시에 아내로 되어 있기 때문에 지금 파혼 문제가 제기되었으니 해결하여 달라고 말하였다는 것이다.

그래서 주필은 그때 할아버지에게 이렇게 말했다고 했다.

"참 안됐습니다. 그러나 할아버님! 그런 일이 생기지 않도록 우리가 증명해 드릴테니 안심하시기 바랍니다. 시에 나오는 여성은 할아버님 손자 따님이 아니랍니다. 손자 따님처럼 일을 잘 한다고 소문난 어느 인민 군대 아내 최복순이라고 부르는 어느 농촌 여성이랍니다. 그리고 할아버님 손자 따님 성함은 최복숙 동무가 아닙니까? 아마 복순을 복숙으로 잘못 보신 것 같습니다…"

나는 이런 일을 계기로 나의 창작 과정에 긴장된 노동 규율을 세우기로 결심하였다.

'실제적 사실'을 가지고 '예술적 사실'을 창조하는 사업은 작가가 현실을 인식하는 과정에서 발견한 어느 아름다운 생활을 확대하는 사업이다. 다시 말하면 한 동네에 있던 아름다운 사실을 열 동네 스무 동네에 있는 사실로 확대시키며 나아가서는 전 사회를 고무 추동하려는 사업이다. 그런데 나의 시 「나는 보잡이꾼」의 경우에서 본다면 그 사업이 낮은 수준에서 진행되었다는 것이다. 높은 수준에서 그 사업이 진행되었더라면 나의 「나는 보잡이꾼」은 전형성을 띠고 나타났을 것이다. 그 때에는 한 사람이 아니라 많은 사람이 나를 찾아와서 아마 이렇게 말했을 것이다.

—이 여성은 열두삼천리벌 아무개 같은데 그렇습니까?

—이 여성은 우리 마을 세포 위원장의 아내 같은데 그렇습니까 —

그러나 나의 사업은 그때 낮은 수준에서 진행된 결과 사회에 이익을 주기 위하여 창조하기는 하였으나 보잡이꾼 최복순을 그 원형인 실제적 사실인 최복숙과 혼동하리만큼 낮은 정도로 작품이 되었던 것이다.

셋째 계단에 들어 와서는 머리 속에서 하나의 형상으로 변하기 시작한 화폭이 원고지 위에 실현된다.

나의 펜은 머리 속에 형성된 인물들을 원고지에 묘사하기 위하여 한 줄 두 줄 앞으로 전진한다. 그러나 열 줄쯤 나갔던 펜이 다섯 줄쯤 뒤로 물러설 때도 있다. 그렇게 되면 앞으로 나갔던 다섯 줄은 자기 역할을 담당할 새 다섯 줄의 탄생을 위하여 죽고 만다. 재전진이 시작된다. 형상으로 변경된 나의 사상은 붓을 타고 전진한다. 쉰 줄 백 줄! 그러나 백 줄까지 아니 거의 마지막 줄까지 나갔던 작품이 전부 무너지는 경우도 있었다.

사회로부터 받은 자료를 가지고 하나의 새것을 창조하여 다시 그것을 사회로 보내는 이 노동은 한 글자, 한 어구, 한 줄이 투쟁이다.

왜 단번에 줄줄 마지막 줄까지 전진하지 못하고 나갔다가는 물러서고 물러섰다가는 또 전진하곤 하게 되는가? 누구는 말하기를 그것은 아마 글통이 터지지 않은 까닭일 것이라고 말한다.

그러나 붓만 들면 저절로 좋은 글이 흘러나오는 그러한 신기한 글통을 미리부터 머리 속에 넣어 가지고 있는 작가가 정말 이 세상에 살고 있단 말인가? 나는 그러한 신기한 글통을 어디서 누가 판다고 하여도 결코 사지 않을 것이다. 새것을 창조하여 내는 정신으로 불타며 백 번을 생각하고 또 백 번을 검토하여 보는 강한 내부적 투쟁의 길을 거치지 않고 붓만 들면 저절로 줄줄 흘러나오는 그러한 글 속에 그래 무슨 사람의 가슴을 찌르는 새 말이 있을 수 있단 말인가. 나의 붓이 전진과 후퇴를 거듭하면서도 굴치 아니하고 앞으로 전진하는 정신을 스스로 분석하여 보건대 그것은 한 감정, 한 사상을 또 한 줄 또 한 줄 써 나감에 따라 현실 인식이 더 살아서 구체성을 띠기 시작하고, 깊어지고 넓어지는 까닭에 둘째 계단에서 세웠던 설계도가 뒤집혀 바뀌는 까닭이며 새로 발견된 진리로 하여 기쁨을 느끼는 까닭이다. 구체적인 노동 과정 을 걷지 않고도 개인도 사회도 성장할 수 없다. 바로 그 발전 법칙이 글을 쓰는 과정에서도 이렇게 나타나는 것이다.

새것을 창조하는 노동은 유쾌한 노동이다.

그러기 때문에 마지막 줄까지 써 나갔다가 그것이 전부 무너지고 다시 첫줄부터 시작할 때에는 힘든 줄을 모른다.

나는 이상과 같은 나의 조그마한 경험을 통하여 다음과 같은 나의 조그마한 결론에 도달하였다.

문학 창작이란 사상의 진수(眞髓)와 생활의 진실이 결합된 새 인간 형상들의 내부적 정경과 외부적 면을 호상 접촉과 충돌면에서 창조하기 위하여 항상 내부 투쟁의 길을 걷고 있는 사업이며 그것들을 언어를 가지고 건설하는 사업이다.

허구라고 부르는 나의 머리 속의 세상에서는 날마다 새 것을 창조하는 노동이 벌어지고 있다. 그것은 치열한 내부 투쟁인바 한 작품을 쓸 때마다 머리 속의 세상에서는 선과 악, 진실과 허위, 정의와 부정의들이 나로 하여금 어떤 새것을 낳게 하기 위하여 치열한

결투를 하게 한다.

머리 속의 세상은 사회 생활이 축소된 세상이다. 좋은 글을 쓰기 위하여서는 항상 머리 속의 세상에서 우리 시대의 생활이 들끓어야 하며 새것을 낳는 온갖 투쟁이 벌어져야 한다.

거기서 항상 어떤 사람들인지 살아서 숨을 쉬며 현실에서처럼 용광로에 쇠물도 끓이며 집도 세우며 씨도 뿌리며 그런가 하면 무엇이든지 희망도 하며 때로는 영웅처럼 일어나 미제 침략자와 싸우기도 하며 노래를 불렀는가 하면 번개를 불러 우뢰도 치게 하여야 한다.

머리 속의 세상이 마르면 글도 마른다. 그래서 나는 머리 속의 세상에 생명수를 대는 관개 공사에 온갖 노력을 다 바치고 있다. 독서도 생활 관찰도 결국 머리 속의 세상에 생명수를 부어 넣는 관개 공사이다.

그러나 좋은 작품을 쓰기 위하여 다른 투쟁도 있다. 그것은 머리 속의 사상 세계에서 벌어진 내부 투쟁 정경을 글로 써 놓는 기교 습득을 위한 투쟁이다. 내부 투쟁 정경을 표현하는 수단은 언어이다. 아름다운 언어를 쟁취하는 투쟁! 이것은 내가 늙어 죽도록 계속하여야 할 사업이다.

나에게는 40여 년 동안 부모로부터 그리고 사회로부터 배운 모국어가 있다. 그러나 내가 소유하고 있는 말은 아직 적다. 게다가 나의 말은 아직 비단실에 꿰지 못한 말이다. 구슬이 서 말이라도 비단실에 꿰야 보배라고 나의 말들은 아직 제자리에 박히지 못한 흩어진 구슬알들이다.

"깐깐 5월, 미끄렁 6월, 어정 7월, 건들 8월…"

"먹을 때는 감돌이, 일할 때는 베돌이, 싸울 때는 악돌이."

인민은 이렇게 아름다운 말들을 나에게 가르쳐 주었다. 그러나 구슬 같은 이 말들을 하나의 비단실에 꿰지 못할 때 알알이 뒹구는 구슬로 남아 있을 것이다.

그래서 나는 말의 능수들이 쓴 작품들을 열심히 읽으면서 그들은 어떻게 말을 다루고 있는지 그 오묘한 이치를 깨쳐 알기 위하여 노력한다. 나는 최근 그 오묘한 이치의 한 가닥을 그들한테서 배웠다. 말의 능수들은 모두 자기 투로 말하지만 그 말들은 모두 인민적이다.

그런데 웬일인지 나는 그렇게 되지 않는다. 항상 나의 말들은 자기 뜻을 표현하는 데 알맞지 않은 다른 말이 되곤 한다. 그래서 나는 '계속 노력'이라는 구호를 내걸고 투쟁할 뿐이다.

결국 창작이란 인민을 위하여 복무하는 사업이다.

나는 항상 노동 계급의 입장에서 인민의 생활을 관찰하고 느낀 것을 혁명을 위하여 쓰려고 투쟁한다.

노동 계급의 눈으로 관찰한 것을 머리 속에 간직하고 세밀한 허구 과정을 통하여 무엇인지 창조한 것을 말을 가지고 글줄에 솜씨 있게 재현시키는 나의 창작 사업—이는 사상, 관찰, 허구, 언어, 기교들이 결합된 '살아 있는 인간 생활'을 그리는 노동이다.

나는 아직 이 노동에서 큰 열매를 따지 못했다. 그러나 나는 낙심하지 않는다. 나는 다만 다음과 같은 한 가지만을 말하려 한다. 조선 민주주의 인민 공화국을 위하여, 나의 청소년들을 위하여 글을 내 힘껏 정성을 다하야 쓰리라! 이것이 내가 독자들에게 드리는 양심의 말이다.

항상 배우는 립장에서

신 고 송

내가 희곡 공부를 시작한 지 어언 30 년이 넘는다. 아직 이렇다 하고 자랑할 만한 희곡을 많이 가지고 있지 못하니 부끄러운 노릇이 아닐 수 없다.

희곡을 쓰는 나로서 나의 머리를 항상 떠나지 않는 것은 희곡이라는 문학 쟝르는 힘들며 들어가기 어려운 쟝르라는 생각이다. 희곡이 어려운 쟝르라는 핑계로 내가 극작가로서 재간이 적은 것을 변명하려는 것은 물론 아니다.

막씸 고리끼의 말을 그대로 빈다면 "희곡은 가장 어려운 문학의 형식이다. 왜 그러냐 하면 희곡은 매개 등장 인물들의 성격이 저자 측으로부터 암시가 없이 말과 행동에 의하여 저절로 묘사되도록 요구하기 때문이다. 장편이나 중편 소설에서는 자기가 묘사하는 인물들이 그의 도움을 받고 행동하며 저자는 언제나 그들과 함께 있는 것이다. 저자는 독자에게 그들을 어떻게 이해하여야 하는가를 암시하여 주며 작중 인물들이 가지는 비밀, 사상들과 그들의 행동이 가지는 숨겨진 동기들을 설명하여 주며 자연 묘사와 환경 묘사들에 의하여 그들의 기분에 뉘앙스를 붙이는 것이다. 일반적으로 저자는 자기 자신의 목적에 항상 그들을 복종시키며 소설의 인물들이 예술적으로 가장 선명하고 납득할 수 있는 인물이 되도록 온갖 주의를 다 기울이면서 그들의 행동, 말, 사건, 호상 관계들을 자유롭게 그리고 흔히 독자의 눈에 띄우지 않도록 극히 교묘하게 그러나 자기 멋대로 처리하는 것이다.

희곡은 그처럼 자유로운 저자의 간섭을 허용하지 않는다. 희곡에 있어서는 관객에 대하여 주는 저자의 암시가 제외되는 것이다. 희곡의 등장 인물들은 특히 그들의 대사 즉 서술용의 말이 아니라 순전히 회화용의 말로써만 형성되는 것이다."

나는 하나의 희곡을 창작함에 있어서 프로트를 세우고 초고를 쓰며 추고를 가하고 그리고 또 합평을 거쳐 다시 수정하는 과정에서 흔히 '왜 내가 소설가나 시인이 되지 않고 이렇게 힘든 희곡 작가를 택했는가!' 하고 생각하는 일이 많다. 소설이나 시 형식이 쓰기 쉽거나 들어가기 쉬운 문학은 물론 아니다. 그러나 소설이나 시 형식에 비하여 희곡은 제약성이 많으며 같은 말의 예술인데도 객관적 서술용의 말로는 묘사가 되지 않는 특수성을 가졌으며 소위 '문학적 수식어'들이 전혀 필요 없고 생활적이며 소박한 실제 회화용 말만이 필요된다. 그렇기 때문에 소설이나 시에 비하여 구속이 많으며 들어가기 힘들게 되는 것이다.

또한 희곡은 서술적 문학이 아니고 행동의 문학이다. 뿐만 아니라 그 행동이 모두가 국한된 공간과 시간에서 진행되기 때문에 일층 제약이 심한 것이다. 소설에서와 같이 환경 묘사와 정경 묘사를 자유자재로 옮기어 현재에서 과거로, 과거에서 현재로 옮길 수도 있고, 실내에서 야외로 국내에서 국외로도 옮길 수 있다. 그러나 희곡에서는 공간적 시간적 제약성 때문에 그것이 불가능하다. 또한 소설에서는 제한 없이 장황한 서술을 할 수 있으나 희곡에서는 관객의 생리적, 심리적 조건들까지 고려하여 일정한 길이를 초과할 수 없는 것이다.

나는 여기에서 희곡 이론에 대하여 쓰려고 하는 것이 아니다. 어디까지나 희곡을 창작하는 나의 경험담을 통하여 희곡 창작을 지망하는 신인들에게 도움을 주자는 편집부의 의도에 충실하여 나의 많지 못한 경험을 피력하려고 한다.

그러나 서두에 희곡이 가지는 특수성에 대하여 언급한 것은 내가 희곡이 가진 그러한 제약성을 어떻게 극복하려고 노력하였는가를 말하려고 의도한 것이며 또 제약성이 많지마는 그 제약성 때문에 희곡 창작의 재미가 있으며 그 제약성이 희곡이 가지는 예술적 특성인 것을 미리 말하려고 하는 것이다. 그러므로 희곡이, 들어가기 어려운 문학 쟝르라 하여 선입견을 가지고 접어들지 않으려고 하는 기우는 가질 필요가 없다. 만약 우리들이 주의 깊게 현실 사물을 관찰하여 그 가운데서 극적 사건을 포착하고 그것을 무대적 조건에 부합되게 처리하는 기교를 소유한다면 희곡 창작은 보람있는 사업이며 극작가란 영광스러운 직업인 것이다.

희곡이 다른 문학 쟝르와 구별되는 특수성 중에 또 하나의 조건은 무대적 형상화를 통하지 않고는 그 진정한 가치를 평가하지 못하는 것이다. 이것은 희곡의 본성이며 희곡 문학 발생의 역사와 함께 따르는 운명인 것이다. 극작가가 문학적인 자기 도취에 빠져 이러저러한 재간을 애써 피운 것들도 무대를 통하여 보면 아무런 감명도 인상도 주지 않으며 관객의 공감을 불러일으키지 못하는 일이 왕왕 있다. 그와는 반대로 극히 소박한 말로 엮었으나 무대를 통하면 그것이 생동하는 진실감과 박진력으로 관객을 흥분케 하는 법이다.

이제 나의 희곡 창작에서 얻은 실제적 경험을 이야기하였다.

희곡을 쓰려면 많은 말을 알아야 한다. 극작에서 소용되는 어휘는 서술용, 수식용의 것이 아니라 어디까지나 소박한 생활적인 것이어야한다. 말에 대한 극작가의 수련은 인민들의 생활에서 그들이 어떤 말을 어떻게 하는가를 주의 깊게 관찰하는 데서만 달성할 수 있다. 작가로서 나는 말의 수련이 미약하며 어휘도 아주 협소하다. 대가들과 같이 자기의 어휘 확장과 풍부화를 위하여 계통적인 관찰, 수집, 그리고 연구도 하지 못하였다. 이러한 나에게는 오직 나의 희곡에 등장시킬 인물들의 실제적 생활에서 그들이 쓰는 회화에 귀를 기울이고 그것을 기록하는 것이 가장 큰 힘이 된다.

희곡에 쓰는 말은 극히 함축성이 많고 압축적이어야 한다. 함축적인 말, 압축적인 말— 이것은 결코 세련된 말이라는 뜻은 아니며 공허하고 무의미한 말재주나 글재주의 기교를 말하는 것이 아니다. 세련된 말은 깨끗하고 미끄러울 수 있으나 행동적—이는 곧 생활적이다. —내용을 가졌다고 할 수 없다. 오늘 천리마를 타고 사회주의와 공산주의 낙원을 멀지않아 언덕에 바라보며 용감히 전진하는 우리 영웅적 노동 계급과 농민들을 희곡에 등장시켜 놓고 그들에게 함축적이며 압축적인 말을 시킨다는 것은 그들이 가진 시대적 감정을 조각적이고 선률적인 언어에 의하여 관객에게 호소하는 것을 의미한다.

나의 희곡 「우리 마을」은 물론 썩 훌륭한 희곡이 되지 못한다. 그러나 작가로서는 이 희곡에서 사랑하는 인물도 많고 자신을 가진 장면도 많다. 특히 개인농 한내춘에 대하여 나는 특별한 애정을 가지었다. 처음부터 나는 이 인물을 부정적 인물로 설정하지 않았으며 발전하는 인물로 설정하였다. 약간의 보수주의와 개인 이기주의에 사로잡혀 있는 한내춘은 환경의 발전 가운데서 자기가 고립된 것을 깨달았고 그의 딸 분옥이가 행방불명된 것으로 커다란 충격을 받는다. 심각한 고민 끝에 한내춘은 결국 조합에 들 것을 결심한다. 이것이 희곡의 3막 4장의 마지막 정경이다. 나는 이 장면을 특별히 사랑한다. 이 장면의 처리, 인물들의 대사, 환경의 설정 등에서 나는 어느 정도의 자신을 가지고 있다. 나는 이 장면을 구상하고 해결할 때 하루 밤을 꼬박 새운 일이 생각된다. 그 밤은 늦은 봄비가 추근히 내리었다. 사랑하는 인물의 처리에 이 밤의 환경이 영감을 주었다. 이 장면은 다음과 같이 결말지어졌다.

　　　　　　△분옥이 비를 맞고 들어선다.
순 실　오, 분옥 동무.(달려간다.)
강 씨　엉…
내 춘　(잠시 놀라다가 곧 움직이지 않는다.)
순 실　아주머니 분옥 동무가 돌아왔어요. (분옥에게) 나는 동
　　　　무가 돌아 올 줄 알았어!
분 옥　……
정 씨　(바라보다가 눈물을 씻으며) 빌어먹을 년
　　　　　　　― 중략 ―
분 옥　난 죽어도 집에는 안 돌아오려고 했어요…
내 춘　그랬으면 그만이지 왜 와?
분 옥　(울면서) 난 그래도 아버지와 어머니가 불쌍해서 왔어
　　　　요.
정 씨　(울며) 분옥아!
분 옥　아버진 내 맘을 몰라요. (방으로 들어간다.)
　　　　△ 정씨 따라 들어간다.
　　　　△ 분옥의 울음소리.
　　　　△ 내춘은 멀거니 앉는다.
　　　　△ 비가 멎는다.
순 실　(하늘을 쳐다보고) 비가 멎었군요… 분옥 아버지 내일
　　　　또 오겠어요.
내 춘　세포 위원장!
순 실　예?
내 춘　나중에 조용히 찾아가리다.
순 실　(만족하게 웃는다.)

　연일의 폭우에 홍수까지 났는데 사흘동안 행방불명된 외딸을 찾
아 미칠듯이 된 어머니의 심정은 딸이 나타난 순간에 더 무슨 장황
한 말이 필요치 않은 것이다. 그래서 나는 이 '빌어먹을 년' 하는

한 마디를 선택하였다. 이 말은 세련된 말이 아니라 선택된 말이다. 이 짧은 한 마디의 말의 선택이 극작가에게는 비상한 노력을 요구한다. 물론 내가 아닌 다른 작가이면 이 경우에 이 말 외의 다른 말을 선택할 수 있다. 여기에 작가의 개성이 표현되는 것이다.

여기서 개심한 한내춘이 세포 위원장을 잡고 자기의 지난날의 협소한 생각과 소극성, 보수주의, 고집들에 대하여 장황하게 늘어놓고 자기 비판을 한다면 희곡은 하등의 형상성도 받을 수 없으며 예술적 여운도 함축도 관객에게 남길 수 없는 평면적인 것으로 되고 말 것이다.

나는 해방 후 오늘까지 행정 사업을 하기 때문에 시간적 여유를 가장 적게 가진 작가의 하나이다. 그렇기 때문에 작가에게는 고기와 물과 같은 관계를 가지고 있는 현실 접근, 현실 연구를 위한 시간을 극히 적게 가지었다. 금년에 당의 배려로 비로소 3개월 동안의 창작 휴가를 받아 현지에 가서 희곡 「선구자들」을 썼다.

현실을 보지 않고는, 현실에 깊이 침투되지 않고는 희곡은 한 줄도 쓸 수 없다. 그러므로 제한된 시간적 여유를 어떻게 하면 가장 유용하게 현실 접근에 이용할 것인가는 나에게 중요한 문제로 제기된다. 1949 — 50년에 내가 희곡 「물길」을 쓸 때는 강선 제강소에 나가서 취재했다. 나는 현지에 나가기 전에 미리 해방 후 우리나라 제강, 제철 공업의 발전과 이에 대한 당과 국가의 정책들을 연구한 것은 물론이지마는 제철 및 제강에 대한 방대한 기술적 서적까지 통독하고 어느 정도의 기술적 지식을 미리 소유하였다. 이러한 준비를 갖춘 다음에 현지에 나갔기 때문에 복잡한 공장의 시설 전모와 생산 행정이 짧은 시간으로 충분히 요해되었으며 중요한 과제인 노동자 기술자들의 생활에 접근하고 그들의 감정을 포착함에 있어서 커다란 시간적 예비를 얻을 수 있었다.

「우리 마을」에 그려진 무대는 평양에서 그리 멀지 않은 강남군, 강서군의 대동강 가에 자리잡은 몇 개의 협동 조합을 추상한 것이다. 나는 이 희곡을 쓰기 위하여 만경대 농협조합, 중단리 농업협동조합에도 가 보았고 강서군 고창 협동조합, 강남군의 몇 개 협동조합에도 가 보았다. 그러나 이러한 조합들에 나가기 전에 나에게는 농업협동조합에 대한 예비적 지식이 어느 정도 있었던 것이다. 그것은 1955년에도 나는 황해북도 곡산군 초평리 협동조합에 이앙제초 협조로 한 달 동안 가서 살게 된 경험과 또 같은 해 봉산군 참몰 농업협동조합의 지도 책임을 지고 매주 한번씩 나간 일이 있었다. 이러한 실제 협동조합 지도와 생활에서의 축적이 「우리 마을」 창작에 살이 되고 피가 되었던 것이다.

누구나 경험하는 바와 같이 공장 노동자들과 달라서 농촌 농민들은 양복을 입고 손에 수첩이나 손가방을 들고 농촌을 찾아오는 '과객 작가'에게는 용이하게 곁을 주지 않으며 좀처럼 속을 터놓지 않는다. 그렇기 때문에 현실 접근이나 현지 파견이라는 미명 아래 유람식으로나 겨우살이식의 취재 행각으로는 농민들에게서 아무런 생활의 깊이에서 나오는 말도 의견도 감정도 포착할 수 없다. 관리 일꾼들에게서 얻어 들은 공허한 숫자적 기록으로 찬 취재 노트로도 도저히 희곡을 쓸 수 없다.

희곡 「선구자들」은 김일성 원수께서 황해남도 현지 지도에서 애국 열사 유가족이 가장 많은, 다시 말하면 적 강점 시기에 적의 만행이 가장 혹심하여 희생이 많은 지역인 신천군, 안악군들에서 애국자 유가족들이 핵심이 되어 우리 나라에서의 공산주의 건설에 앞장을 서서 나가야 한다고 하신 교시를 바탕으로 깔고 황남도 농민들이 당의 농업 정책을 어떤 투쟁을 통하여 관찰하였는가를 그리려고 시도한 것이다.

이를 위하여 나는 작년 12월에 있은 황해남도 농업협동조합 열성자 대회에서의 김일성 원수의 교시와 그 회의 참가자들의 방대한 토론 기록들을 연구하여야 하였고 김일성 원수께서 작년과 금년에 재령군, 신천군, 안악군의 수십 개 협동조합을 친히 지도하실 때

주신 교시의 속기록들을 면밀히 연구하였다. 뿐만 아니라 그 언제나 적에 대한 적개심을 극도로 일으켜 주는 대학살 사건의 면모를 조사하여야 하였고 당원으로, 모범 농민으로, 또는 정무원으로 가장하고 숨어 있다가 폭로된 반혁명 분자들의 만행들에 대한 군중회의에도 참가하여 그들의 죄상을 알 뿐 아니라 유가족들의 감정 심리들도 연구하여야 하였다.

이에다가 냉상모, 면화 영양단지 가식법, 밭 관개 체제 도입을 위한 작업들의 기술과 노력적 행정에도 참가하여야 했으며 협동조합 내의 모든 공적 사적 생활에 참가하여야 하였다.

이러고도 농민을, 협동 조합을 다 요해하였고 그들의 생활에 침투하였다고는 도저히 말할 수 없다. 이와 같이 작가의 노력은 간단하지 않은 것이다.

나는 농촌을 전문적으로 쓰는 극작가는 물론 아니다. 그러나 최근 「우리 마을」「풍요한 가을」「선구자들」 등 계속 농촌물을 썼다. 그러나 나의 농촌에 대한 생활적 축적은 아직도 빈약하며 '얻어들은 풍월'이 많고 실제 생활체험에서 나오는 것이 적다. 「우리 마을」과 「선구자들」을 본 관객들이 그 중에 나오는 청년 남녀의 생활이 도시 생활의 냄새가 풍긴다고 지적하는데 이것은 극히 정당한 지적이며 나의 농촌 접근은 아직도 피상적이며 '과객식'이었기 때문이다.

나는 1955년에 「10년」이라는 장막물을 창작한 일이 있다. 이 희곡은 금년에 수정하여 『조선예술』에 발표되었는데 아직 상연되지 못하고 있다. 이 희곡이 왜 3년이나 책상 서랍 속에 묻혀 있었으며 아직 상연되지 않고 있는가? 그것은 이 희곡이 가진 여러 가지 결함 중에 중요한 결함인 작가인 내가 현실을 모르고 이 희곡을 썼다는 것으로 대답 줄 수 있다. 나는 희곡 「10년」에서 한 가정의 인물이 해방 후 10년 동안 우리 조국의 격렬한 혁명적 발전과 사변 가운데서 장성 발전하는 과정과 그 모습을 그리려는 커다란 야심을 가지었다.

그러나 이러한 방대한 현실적 발전의 역사적 서사시편들을 희곡 형식에 연대기적으로 서술한다는 것도 어려운 일이지마는 심오한 현실 연구도 없이 책상 앞에 앉아서 써질 줄 알고 시작한 데 나의 착오가 있었던 것이다. 이 희곡에는 전투 장면도 나오며, 전후 복구 건설 투쟁이 벌어진 공장도 나온다. 나는 전쟁 기간 수차 화선에도 가 보았지마는 전투에는 직접 참가한 일이 없다. 또 종전 후 공장 현실에 역시 깊이 들어가지 못하였다. 이러한 내가 희곡 「10년」에서 성공하기는 어려운 일이었다. 그래서 나에게는 이 희곡의 구상부터 고쳐야 하고 먼저 현지에 가야하며 이 희곡을 공화국 창건 10주년과도 결부시키는 과업이 제기되었다. 그리하여 나는 황해 제철소, 강선 제강소에도 다녀 왔고 구상도 새로 하여 개작 발표하였다. 그러나 아직 결함이 대단히 많다.

나에게는 희곡을 씀에 있어서 하나의 유리한 조건이 있다. 그것은 30년 동안 극장에서 연극사업을 하였다는 그것이다. 극작가는 극장을 모르고는 희곡을 쓸 수 없으며 극장을 아는 극작가는 좋은 희곡을 쓸수 있는 것이다. 나는 극장 무대의 구석구석을 다 알며 극장의 창조 과정을 세밀하게 안다. 또한 연출가와 배우들의 요구도 알며 관객의 성격, 심리, 취미도 안다.

이러한 조건들은 희곡을 창작하는 데 있어서 아주 유리한 방조로 되는 것이다. 극작가에게는 극장의 매카니즘(극장의 구조, 기계설비, 부서 구성 등) 과 연출가 배우들의 창조적 심리, 생리 등에 정통하는 것이 절실히 필요하다. 극작가에게는 현실에 접근하여야 할 필요성과 동시에 극장에 접근하여야 할 필요성이 제기된다. 우리 나라 극작가의 대 선배인 송영의 전 창작 생애가 극장과의 관계, 극장의 정통을 떠날 수 없다는 것을 누구나 안다.

그러므로 극작을 지망하는 신인들이 희곡 문학 수련에 있어서 극장에 대한 지식을 확충하는 것이 절실히 필요하다는 것을 항상 염두에서 떼지 말아야 한다고 권고하고 싶다.

또한 나의 경험에 의하면 희곡의 부족점들을 시정하고 디테일들을 더욱 살리기 위하여서는 연출가와 배우들이 주는 조언이 작가가 미처 생각하지 못한 점들을 예리하게 찔러 주며 구체적인 개선 방책을 제시하여 주는 일이 허다하다. 연출가와 배우들은 극작가보다도 더 잘 극장을 알며 일상적인 접촉에서 관객의 심리를 훌륭하게 안다. 이러한 훌륭한 조언자를 이용할 줄 알아야 한다.

그런데 부분적 극작가 중에는 극장 창조 집단의 집체적 지혜에 의거하려고 하지 않으며 자기의 협소한 주장을 고집하는 사람이 있으며 그런 사람의 희곡이 많은 경우에 좋은 상연 성과를 거두지 못하고 실패한 일이 많음을 우리는 알고 있다.

「우리 마을」과 「선구자들」의 경우에 나는 연출가와 배우들의 방조를 많이 받았고 그들의 의견이면 무엇이든 허심하게 접수하고 될 수 있는 대로 그들의 의견을 수정에서 살리려고 애썼다.

연출가와 배우 집단의 의견과 조언을 충실하게 듣는 경우에 작가로서는 첫 계획에 없었던 장면과 인물이 새로이 설정될 수도 있다. 이런 경우에는 희곡의 디테일이 더욱 풍부해진다. 그 반대로 장면과 인물이 없어지는 경우도 있다. 그런 경우에는 희곡의 구성이 더욱 집약적으로 되어 극적 전개의 긴박성이 더해질 수 있다.

물론 극작가가 연출가와 배우들의 조언을 경청하여야 한다는 것은 어디까지나 그 의견이 정당하고 진실적이어야 할 경우이다. 때로는 배우들 중에서는 자기가 맡은 역을 더 빛내기 위해서 전체적 균형과 인물 호상 관계도 고려없이 이기적인 제기로 작가와 연출가를 괴롭힐 때도 있는 것이다. 이럴 때는 배우의 의견을 공박만 할 것이 아니라 충분히 설득하여야 한다.

「우리 마을」의 경우에 나는 특별한 경험이 있다. 연출자는 희곡의 갈등을 심화하기 위하여 두 조합의 통합 문제를 삽입하자고 나에게 제기하였다. 나는 이 제의를 받고 연구해 보았다. 실지로 같은 동리라든가 지리적 조건, 포진 분포 상태가 한 조합으로 조직되어야 할 곳에 두 개 이상의 조합이 조직되어 경리상 불편하고 노력 낭비도 많고 조합 발전에 지장을 주는 일이 있으며 그런 경우에 통합하는 실례도 있기 때문에 나는 연출자와 의견을 접수하여 통합 문제를 첨가했다.

상연한 결과에 통합은 당의 당면한 지도 방침이 아니라는 의견도 있었고 통합하는 경우에 두 조합의 이익이 상반되지 않고 조합원들의 이익을 침범함이 없이 생산을 더 낼 수 있는 확실한 조건위에서 통합하는 것은 불가피한 일이라는 의견도 있었다. 이리하여 통합 문제는 그대로 남기고 공연을 계속하던 중 1956년 가을에 함남도 내에서 부분적 조합들에서 통합이 진행되면서 가축을 난도하는 등 부정적 현상이 많이 생기어 당 중앙에서는 이러한 통합의 부당함과 도 지도 일꾼들의 잘못이 엄격히 지적되었다. 이러한 현상에 연극 「우리 마을」의 통합 문제가 잘못된 영향을 줄 수 있기 때문에 다시 나는 희곡에서 통합 문제를 삭제하였다.

지금 당 결정에 의하여 농업 협동 조합 발전의 합법칙적 요구에 의하여 리 단위로 전면적 통합이 완료되었다. 이 사업을 전제로 하고 나는 「우리 마을」의 통합 문제를 다시 원상대로 부활하여 나의 희곡집에 포함시켰다.

작가에게 당과 정부의 정책을 심오하게 연구하여야 할 의무가 항상 제기된다. 이것은 필수적인 일이며 이것 없이는 우리 나라 혁명 발전의 진모를 판단할 수 없기 때문에 희곡은 한 걸음도 전진할 수 없다. 해방 후 13년 동안에 우리 나라 극작가들에 의하여 창작된 많은 희곡들이 무대에서 각광을 받았다. 그 가운데서 성공한 작품도 많지마는 성공하지 못한 작품도 적지 않다. 이 성공하지 못한 희곡들의 거의 전부가 당 정책과 우리 나라 혁명적 현실을 정확하게 반영하지 못하였거나 때로는 그것을 왜곡한 때문이었다.

이는 극작가가 당 정책과 그 정책이 구현되는 현실을 깊이 연구하지 못한 데로부터 정확한 인식을 가지지 못하였기 때문이다.

당과 정부의 정책을 연구하는 방법은 여러 가지 면이 있다. 당과 정부의 결정이나 문헌들 그 자체를 세밀히 연구하여야 하는 것은 더 말할 것도 없고 이 정책들의 원천인 맑스—레닌주의 이론의 우리 나라 실정에서의 창조적 적용에 대한 이론적 연구도 동반하여야 하며 더욱 중요한 것은 이 정책들이 어떻게 우리 나라 인민 경제, 정치, 문화 각 부면에서 실천되어 그것이 꽃피는가를 연구해야 할 것이다.

이에 있어서 작가는 당과 정부의 정책에 의하여 지도되는 우리 나라 현실의 구체적인 성과들을 말하여 주는 출판물의 보도 특히 생산과 건설 투쟁에서 얻어진 경험들을 주의 깊게 연구하는 것이 아주 필요하다. 이는 극작가의 정치적 경제적 안목을 넓게 해 주며 지식을 풍부히 해 준다. 거기에는 바로 오늘 우리 현실의 급속한 발전을 말해 주는 가치 있는 이야기꺼리가 많다. 특히 나와 같은 행정 사업이나 기타 직무에 분망하여 현실에 들어갈 기회와 시간이 적은 사람에게는 이것이 소중한 자료로 된다. 그것 없이는 나는 아주 현실에서 뒤떨어지고 말 것이며 장님이 되고 말 것이다.

나는 작년 가을에 「풍요한 가을」이라는 중막 희곡을 썼다. 작년은 3 개월이나 계속된 혹독한 가뭄에도 불구하고 우리 농촌 경리는 사회주의 경리와 선진 영농 방법 도입으로 320만 톤의 알곡을 생산하였으며 농민들 앞에서 농촌의 문화적 건설과 냉상모의 100프로 도입이라는 투쟁 과업이 나서게 되어 금년에 그것을 성과적으로 수행하였다. 이리하여 금년에는 알곡이 작년에 비하여 70만 톤 더 수확되었으며 논과 밭 관개의 확장으로 가까운 장래에 700만 톤 이상의 알곡 생산을 목표로 총궐기하고 있다.

우리 농촌 경리의 경이적 발전 앞에 항상 나는 작가적 격동을 느끼지 않을 수 없는데 작년 9월과 10월에 걸쳐 우리 신문들은 승리한 농민들의 투쟁의 이모저모를 다양하게 전해 주었다. 나는 『노동신문』에서 문덕군 열 두 삼천 리벌 농홍리 협동조합에서 냉상모를 둘러싸고 벌어지던 재미있는 에피소드를 읽었다. 일부 보수주의적이며 소극적인 늙은이들이 냉상모의 확신을 가지지 못하고 모내기 때 한 대씩 꽂을 것을 세 대씩 꽂았기 때문에 그 논배미가 여름내 보수주의의 표본으로 조합원들의 웃음거리가 되었다는 것이다.

이 에피소드를 읽고 냉상모 보급과 관련하여 농민들 사이에 남은 낡은 사상 잔재인 보수주의, 소극성을 퇴치하고 풍작을 거둔 농촌의 문화적 건설 문제를 중심으로 하여 나는 명랑하고 유쾌한 희곡을 쓸 충동을 느끼었다. 그리하여 나는 가까운 협동조합에 뛰어 가서 담화도 하고 냉상모의 실정도 듣고 문화 농촌 건설에 대한 조합의 계획도 듣고 하여 쓴 것이 「풍요한 가을」이다. 이 희곡이 생생한 현실적 소재였기 때문에 상연에서 농민 관객들의 공감을 불러일으킬 수 있다는 확신을 처음부터 가지고 나는 집필에 착수하였던 것이다.

이 짧은 나의 창작 경험담을 끝내면서 다시 한 번 신인 작가들에게 특히 희곡 창작을 지망하는 사람들에게 생활 현실에 깊은 주의를 돌리고 거기에서 생동하는 소재를 얻도록 노력하라는 권고를 거듭한다.

공화국 창건 10주년 기념 전국 예술 축전에서 써클 부문 연극들이 가지고 나온 희곡들에 주의를 돌릴 필요가 있다. 그것은 여기에서 우수하다고 평가되고 입상된 희곡들이 모두가 생산 현장에서 일하고 있는 신인 작가들의 창작이며 그들의 직면한 생활과 생산 현실이 강렬하게 풍겨 나오는 내용을 가지고 있기 때문이다.

「혁신자」(함경남도 검덕 광산) 「생명수는 흐른다」(평북도 농천군 쌍학 농업협동조합) 「또 하나의 기적」(함북도 황해 제철소) 「젖소새끼 낳는 날」(황북도 태성 농업협동조합)을 위시한 많은 연극들이 우리 기성 극작가들에게 어떠한 교훈과 경고를 주는가?

이 작가들은 자기의 생활 주변에서 일상적으로 체험하는 현실을 '작가적 꾸밈'이 없이 소박하고 직접적으로 절박하게 받아들였고 그것을 반영하고 있다. 「생명수는 흐른다」에서 진행되는 사건이 얼마나 단순한가. 그것은 단순하면서도 칼날 같은 날카로움으로 관객의 심장을 찔러주며 현실감으로 관객에게 육박한다. 이 작가들에게는 현실에 대한 현학적인 분석과 도장이 없다. 작가적 사고, 소재의 접수, 처리 등이 기계를 다루는, 용광로 앞에 선, 착암기를 든 노동자들의 사고 방식, 사물 접수 태도 그대로이다.

이런 것에서 우리 기성 작가들이 배워야 한다는 것은 신인 작가들이 사회주의적 사실주의 방법을 무엇으로부터 축적해 가야 하는가를 가르쳐 주는 좋은 교훈으로 된다.

전문 부문 축전의 연극이 퍽 저조하였고 희곡들이 빛나지 않은 것은 대조적이며 교훈적이다.

나는 축전의 총화를 하려고 하지 않는다. 축전 연극의 전문 부문과 써클 부문의 상반되는 결과는 신진, 기성을 불문하고 극작가들에게 많은 교훈을 주기 때문이다.

나의 창작의 선조인 「항상 배우는 입장」은 금년 축전의 써클 부문 희곡에서 많은 것을 배웠다는 것을 말하고 싶었다.

소설 창작에서의 나의 고심

최 명 익

소설은 짧으나 기나 새로 쓰는 것이면 다 새롭게 힘든 일이다. 그래서 매개 작품이 그 작가에게는 다 습작이 아닐까? 이제는 습작기를 지났다거나, 그만 했으면 소설은 졸업했다거나 할 수는 없지 않을까? 나는 이렇게 생각한다.

사람은 누구나 자기가 하는 직업을 거저먹기로 쉬운 일이라고 하지 않는 것이 보통이다. 그런 중에도 남달리 더 힘든다고 하는 자가 있다면 거기는 몇 가지 이유가 있다. 진정으로 남달리 힘들어하는 자는 남보다 재주가 없는 자다. 혹시 그렇지는 않으면서도 힘든다, 힘든 일이다 하는 자가 있다면 그것은 제가 하는 일에 생색을 돋치자는 수작일 것이다.

지금 힘든다고 말하는 나는 어느 편인가? 이 글을 쓰는 나에게 어지간히 악의를 가지지 않은 독자라면 힘든다는 나의 말을 설마 후자의 뜻으로는 해석하지 않을 것이므로 나는 안심하고 역시 힘든 일이라고 하겠다. '내가 꽤 재간이 없는 모양이야!' 소설을 쓸 때마다 이렇게 자탄하는 것이 한 두 번이 아니다. 많이는 못 썼더라도 그래도 그만하면 먹이 좀 열림직도 한데— 이런 생각도 한다. 경험이 노상 없지도 않건만 그 경험이라는 것이 별 뾰족한 수를 내주는 것 같지는 않기 때문이다.

지금 나는 이같이 내 진정을 털어놓으면서도 이런 내 말이 혹여 청소한 독자들을 위혁하여 문학에 접근하기를 꺼려하게 하지는 않을까 하는 의구도 없지 않다. 내 본의는 결코 그렇지 않다. 나같이 무재간한 사람도 기를 쓰고 노력하니까 변변치는 못하더라도 몇 편의 소설을 쓸 수 있었으니만치 황차 신진기예한 젊은 동무들일까보냐! 나는 이런 생각으로써 우리 같이 손잡고 문학의 길로 정진하자는 말을 하기 위해서다.

나는 언제부터, 어떻게 돼서 문학을 하게 되었는지 모호하다. 맹랑한 수작 같으나 사실이다. 이걸 할까? 저걸 할까? 이것저것 직업을 선택해 보다가 문학을 하기로 결정했다면 그렇지도 않을 것이다. 어려서 하도 몸이 약했기 때문에 사람 구실을 할 것 같지 않다고 해서 어머니 아버지는 학교에 가라고 재촉하지도 않았다. 내버려두는 대로 나는 집에서 이야기책만을 읽었다. 집에는 그런 책들이 많았다. 물론 그때는 문학을 하느라는 것이 아니라 몸이 하도 약해서 밖에 나가 놀기보다 집구석에서 누워 구는 때가 많으니까 재미난 이야기책들을 읽었을 뿐이다.

내가 열 일곱 살 때 3·1운동이 일어났다. 당시 평양 고등보통학교 4학년이었던 나는 몇몇 동무들과 함께 등사판으로 선전 삐라를 만들어 평양 시내에 돌리다가 발각되어 출학을 당했다. 학교를 그만두게 된 나는 옥편과 씨름을 해 가며 삼국지와 맹자(孟子)같은 책을 뜯어 읽어서 한문 공부를 조금 했다. 문학을 하는 데는 한문을 알 필요가 있다고 생각한 것이다.

2년 후에 다시 학업을 계속할 양으로 일본 도꾜로 갔으나 그때도 역시 몸이 약했으므로 계제를 밟아 대학에 들어갈 생의는 못했다. 문학은 자습으로 장기전을 할 셈치고 속성과로 외국어를 한 가지만이라도 배우리라는 생각에 동경 정측영어학교에 다니는 한편 문학 서적을 탐독하기 시작했다. 실로 닥치는 대로 읽는 남독이었다. 활자 중독 상태랄까, 책을 안 보면 눈을 어데다 둘지 몰라 야단일만치 줏어 읽었다. 습작도 했다. 같은 또래의 4~5명이 소설을 써 가지고 일요일마다 모여서 읽고 서로 평했다. 소설이래야 손바닥만씩한 콩트 정도였다.

급기야 「비 오는 길」이라는 단편을 대중적인 잡지에 발표한 것이 30세 전후였다고 기억한다. 일제 통치하의 암흑 세계에서 고민하는 젊은 인테리의 형상을 빌어서 그 당시의 나의 심정을 토로한 작품이다. 그후에 이어서 발표한 「무성격자(無性格者)」「역설(逆說)」 등등 일련의 작업도 모두가 나약한 젊은 인테리의 고민상을 그린 것이다.

지금도 그렇거니와 날렵한 재주가 없는 나는 붓이 무척 굼떴다. 불과 백 오륙십 매 정도의 그 첫 작품을 근 일년 동안이나 주물렀다. 두고두고 추고를 하는 데 더 많은 시간을 보냈다. 물론 매일 하는 일이 아니라 한 두 달씩 버려 둔 적도 있었다. 그랬다가 다시 보면 그새만 해도 내 안목이 또 좀 높아졌는지 새로 새 불만점이 나타났다. 예컨대 어떤 장면이다. 그것을 쓸 때는 내 눈앞에 그 장면이 선히 떠오르도록 상상력을 발동하여 눈 앞에 나타난 정경을 보면서 묘사하느라 한 것이지만 후에 읽어보면 그렇지가 못하다. 다시 쓸 밖에— 그리고 말이 문제였다. 무재간한 나는 단어 하나를 고르는 데도 무진 애를 써야 했다. 나는 어쩐지 내가 써 가는 단어의 하나하나가 그 정확성 부정확성을 따라 육체적으로 다른 감각을 일으키는 것 같았다. 제자리에 들어맞지 않는 부정확한 단어일 때에는 긁으려고 해도 어딘지 몰라서 긁을 수도 없이 그냥 가렵기만한 데가 있는 것 같은 안타까움을 느끼게 된다.

이런 말을 집어넣어 보고, 저런 말로 바꾸어 보며 애쓰다가 정확한 어휘가 붙잡힐 때에는 가슴에 무엇이 듬뿍이 안기는 것 같은 감

각을 느낀다. 그것이 절실감, 핍진감이라고 생각한 나는 그런 말을
골라내고야 만족하는 습성이 생겼다. 그러면서 나는 생각했다. 내
가 이렇게 고른 말들로써 묘사한 장면, 또는 서술한 내용이 독자들
에게도 작자인 내가 느끼는 것과 같은 실감과 핍진감을 줄것인가?
만일 그렇지 못하다면 나의 노력은 헛것이다. 내가 느끼는 진실감,
핍진감은 곧 독자들의 그것이어야 할 것이다.

　　나는 늘 소설과 그림을 연결해 생각하는 습관이 있다. 일본에 가
있을 때부터 미술 전람회라면 부지런히 다녔고 또 될수록 화가들과
이야기할 기회를 얻으려고 했다. 화가들은 그림을 전람회장에 내걸
기 전에 데쌍 공부를 많이 한다. 데쌍이 화가가 되는 기초 공부이
듯이 소설가가 되는 데도 그런 무엇이 있지 않은가? 이런 생각을
하면서 나는 그림 앞에 섰고 화가들의 설명을 듣기도 했다. 화가
중에는 데쌍 공부를 별로 않거나 하더라도 대충만 하고 출품할 그
림을 그리기에 바빠하는 사람이 없지 않다는 것도 알았다. 그런 화
가의 그림을 보기도 했다. 일례를 들면 여러 가지 꽃이 피고 신록
으로 그늘진 정원 한가운데 의젓이 앉아 있는 미인의 그림이다. 달
덩어리 같은 얼굴과 화려한 옷에 반영된 붉은 꽃빛과 신록의 푸른
음예로써 더욱 호화롭게 보이는 미인은 우리의 주의를 끌었다. 그
러나 보는 동안에 어딘가 좀 이상하다. 나는 두 손으로 그림의 배
경을 될수록 가리면서 그 미인만을 다시 본다. 이상하게 보일 까닭
이 있다. 울긋불긋한 배경을 제하고 보는 그 인물은 코가 제자리에
붙지 않았고, 눈은 짝짝이요, 무릎에 놓은 손도 자연스럽지가 못한
병신스러운 미인이었다. 그것이 일견 미인으로 뵈었던 것은 그 주
위의 울긋불긋 현란한 색조 때문이었다. 그후부터 나는 데쌍 공부
를 소홀히 한 화가의 데쌍이 잘 안 맞는 미인을 아름답게 보기를
그만두었다. 화가들의 말을 들으면 데쌍은 대상을 정확히 볼 줄 아
는 관찰력과 동시에 정확히 본 대로 그 대상을 사생할 수 있는 필
력을 기르기 위한 것이라고 한다.

"철학자는 삼단론법으로 말하나 시인은 형상 및 도경(圖景)으로 써 말한다. 그러나 양자가 말하는 것은 같다."

"시인은 현실의 생생하고 명확한 모상(模像)으로 무장하고 자기의 독자들의 상상력에 작용하여 그것을 정확한 도상(圖像)으로 표시한다. 전자는 설명하고 후자는 표시한다. 그러나 양자가 다 설복한다. 단지 전자는 논리적 논거로써― 후자는 도상으로써―"

이것은 벨린스끼 선생의 말이다. 그렇다면 소설가도 명확한 도상으로써 독자들을 설복하기 위해서는 데쌍 공부를 필요로하지 않겠는가? 나는 이렇게 생각하면서 내가 하고 싶은 말과 독자에게 보이고 싶은 인물이며 정경을 명확히 묘사하고 서술할 수 있었으면 하는 염원으로 노력해 보았다. 말을 고르기에 애쓴 것도 이 때문이었다. 어떤 말을 고르기 위해선가, 아름다운 말을 고르기 위해선가? 아니다. 말에는 아름답고 아름답지 못한 말이 있다고는 생각지 않는다. 구태여 아름다운 말이라고 한다면 그것은 제자리에 정확히 들어앉은 말을 이름이다. 사물을 정확히 표현한 말은 어느 것이나 다 아름답게 보이는 것이다. 실지 아름다운 것이다. 여기서 그림 이야기를 또 좀 하자. 우리 옛말에서 흔히 나오는 정경으로, 심심 산골에 날은 저물었는데 저편 골짜기 수림 속에서 불이 반짝반짝하는 한 채의 집을 그린 풍경화를 보기로 하자. 근경은 우중충한 나무숲 사이로 바라보이는 골짜기는 들어 갈수록 더욱더 어둠침침한데 거기서 한점 빨갛게 반짝이는 그 불광은 화폭 한 가운데서 찬연히 빛난다. 그것은 사라지지 않는 광명의 인상으로 우리에게 남는다. 무엇이길래 그렇게 빛나는가, 반디불을 따다 붙이거나 한 것은 물론 아니고―그 역시 안료(顔料) 즉 황색에다 붉은 색을 가입한 채색일 따름이다. 마찬가지의 안료가 어쩌면 그렇게 뛰어나게 아름답고 빛날 수 있을까? 제자리에 들어맞은 채색이기 때문이다. 화가들의 요술이 여기 있다. 황색 물감으로 불빛을 만들기 위해서는 화가는 그 등잔불을 켜 놓은 주위의 원경 근경을 대조적인 다른 채색들로써 원근을 설정해 가며 그릴 것은 다 그려 놓은 다음에 그 초점에다가 한붓 찍어 놓듯이 그리는 것이나 아닐까? 혹여 체호브나 모파쌍의 단편들에서 볼 수 있는 클라이막스에 가서 우리 심장에 확 불을 지르는 한 두 마디의 말들도 그런 수법으로 씌어진 것이 아닐까? 그렇다면 어휘의 선택이라는 것은 어휘를 아껴 쓴다는 뜻이기도 하다. 그 풍경에서 화가가 불빛을 낼 황색 안료를 배경을 그리는 데는 되도록 덜 쓰듯이—아름다운 말, 사치스러운 말이라 해서 함부로 주워다 놓는다면 어휘를 많이 아노라는 자랑은 될지 모르나 작품은 오히려 그 초점이 모호해지지 않을까. 모호한 것보다 명확한 것이 읽기 쉽고, 읽고 난 인상도 명확하다. '소설을 쉽게 쓰자!' 지당한 말이다. 그런데 이 말은 독자들이 읽기 쉽게 쓰자는 것이지 작가가 저 쉬울 대로 마구 갈겨쓰자는 것은 아니다. 독자들이 읽기 쉽고, 또 그들에게 깊은 인상을 주기 위해서는 소설가는 자기 작품의 도상(圖像)을 선명히 그려야 하고 그러기 위해서는 정확한 어휘 선택과, 선택한 어휘를 빛나게 구사하는 데 많은 힘을 들여야 할 것이다.

어휘 선택에서 알아야 할 것이 또 한 가지 있다. 우선 많이 알아야 할 것은 물론이어니와 아는 어휘들의 어감(語感)까지도 잘 알아야 할 것이다.

어감에 대하여 우리 소사전에는 "단어의 의미가 주는 느낌"이라고 했다. 그 '의미'와 '느낌'은 어데서 오는 것일가? 이런 말을 해 보고 싶다. 옛날 한문을 가르치기 위한 『훈자류의(訓字類義)』라는 책을 만든 사람은 자기 서문에서 "글자의 모양은 사람으로 이르면 그 면목(面目)과 같은 것이요, 그 음(子音)은 성명이요, 그 자의(字義)는 사람의 씨족(氏族)과 같은 것이다."라고 했다. '자의'라는 것이 지금 우리가 말하는 '어감'이라고 할 것이다. 어감을 알자면 그 단어의 족보를 알아야 한다는 말이 된다. 전문가가 아닌 우리로서는 매개 단어의 족보까지를 일일이 캘 수는 없는 일이다. 그러나 우리 선조들이 그 어휘들을 어떤 경우에 많이 사용했는가를 알 수 있는, 우리말로 된 고전들을 많이 읽는 것이 어감을 아는데 도움이 되지 않을까 한다. 「말은 툭해 다르고, 탁해 다른 법」인데 거슬리게 툭, 탁하는 식의 문장을 쓰게 되는 것은 왕왕이 어감에 대한 감각이 부족한 탓이라고 생각된다. 중학 시절에 나는 읽다가 좋은 문장이라고 생각한 것은 많이 따로 외웠다. 그러는 중에 어휘를 기억하고, 어감을 잘 알 수 있고, 또 문장을 구성하는 데 도움이 되었다. 외운 것을 그대로 따다쓰는 것은 아니지만 좋은 문장들의 구조를 잘 이해하게 되는 만치 내 문장력을 기르는 방법으로 유효한 것이었다. 좋다고 생각하는 것이면 산문도 좋고, 시도 좋고, 희곡이나 소설 중의 대화도 좋다.

　말에 대한 이야기가 너무 길어졌다. 소설 공부에 중요한 한 한 가지라고 생각하기 때문이다. 뿐만 아니라 작가는 자기 모국어에 대하여 엄숙한 책임감을 가져야 할 것이다. 로씨야어에 대한 뿌슈낀과 독일어에 대한 괴테와 영어에 대한 쉑스피어의 공헌을 우리는 안다. 우리 작가들도 우리 조선말을 더욱 정리하고 풍부히 하고 더욱 아름답게 세련하도록 힘써야 할 의무가 있는 것이다.

　끝으로 소설은 어떻게 시작하는가? 즉 집필하는 동기에 대하여 나의 소견을 간단히 적어 보련다. 대체로 세 가지 동기가 있지 않을까 한다. (물론 작가에 따라 각양각색일 것이다. 나는 지금 내가 생각하는 바를 쓰는 것 뿐이다.)

　첫째는, 작가가 하고 싶은 말이 있을 때 ─ 즉 주장하고 싶은 무엇이 있을 때.

　둘째는, 작가 자신이 보았거나 남에게서 들었거나 간에 어떤 흥미 있는 인물, 혹은 사건 등 ─ 즉 소설이 될 만한 이야기 거리를 붙들었을 때.

　셋째는, 어데서 들었거나, 제가 꾸몄거나 간에 그대로 콩트가 될 수 있는 재담 같은 것을 얻었을 때 등등이다.

이상 세 가지 중에 둘째, 셋째의 동기로써 씌어진 것이 작품의 대부분이 아닐까 한다. (이 두 가지 중에서 소설이 이미 다 되다싶이 한 것으로 쓰는 셋째의 경우는 둘째 것보다 적은 편이다.) 지금까지 써 온 내 작품들도 대부분이 그런 것이다. 내가 직접 보았거나 누구에게서 들은 이야기거리를 기초로 삼아서 거기다 살을 붙이는 격으로 허구를 보충하여 작품을 만드는 것이다. 주로 어떤 사람에 관한 이야기일 때에는 그를 주인공으로 하여 그가 활동하기에 알맞은 무대, 즉 사건을 설정하고, 반대로 어떤 사건이 주가 되는 이야기거리일 때에는 그 사건을 담당해 나갈 만한 인물, 즉 주인공을 창정하여 활동하게 하는 것으로써 하나의 작품을 만드는 것이다. 물론 사건이 없는 인물만의 이야기거리가 있을 리 없고, 인간이 참여하지 않는 사건만이 있을 리도 없는 것이다. 지금 갈라서 말한 것은 단지 그 어느 한 편의 비중이 더 많거나 적은 경우를 말한 것이다.

이런 식으로 작가들은 정도의 차이는 있으나 대개가 이미 있는 이야기거리를 기초로 하여 작품을 만드는 경우가 많다. 나 역시 그렇다. 그것은 쉬운 방법이기도 하다. 그러나 나는 생각했다. 오나가나 그러한 이야기거리를 얻어 만났을 때에나 소설을 쓸 수 있다면 내가 진정한 창작가라고 할 수 있겠는가? 만일 굴러다니는 이야기를 주워 가지고서야 비로소 소설을 꾸밀 수 있다면 그는 진정한 창작가라고 하기보다 남의 이야기를 좀 윤색해서 전달하는 호변객일 뿐이요, 또 좀 심하게 말하면 이야기 동냥꾼에 지나지 않는다고도 할 것이다.

작가는 이야기꾼이라고 할 수 있다. 같은 이야기를 가지고도 남보다 주의 있게 잘 하는 것만으로 이야기꾼으로 행세할 수 있다. 물론 작가는 이야기를 잘 할 줄 알아야 한다. 그러나 그것만 가지고는 안 된다. 이야기를 창조할 줄도 알아야 할 것이다.

어떻게 하면 이야기를 창조할 수 있을까? 이 점에 대해서 나는 많은 고민을 해 왔다. 물론 충분한 것은 아니나 나는 스스로 이런 해답을 가지려고 한다. 위에서 첫째로 말한 바 작가는 자기가 하고 싶은 말 — 즉 작가 자신이 열렬히 주장하고 싶은 무엇이 있다면 그는 자기의 그 주장을 형상적으로 표현할 만한 한 이야기를 창조할 수도 있으리라는 것이다. 즉 작가인 내가 확고한 나의 모랄을 가진다면 —

우리는 감격의 8·15 해방을 맞았다. 그리고 우리는 우리 인민이 창건한 조선 민주주의 인민 공화국에서 생을 누리고 있다. 이러한 우리는 유구한 역사 중에서도 그 전례가 없는 위대하고 감격스러운 시대에 살고 있는 것이다. 동시에 우리는 조국을 평화적으로 통일하며, 조국 북반부에서 사회주의를 건설하는 극히 영예롭고도 한편 또 극히 어려운 과업을 수행하여야 할 것이다. 여기서 우리는 무엇을 할 것인가. 물론 작가는 자기의 능력에 따라 각 분야에서 일할 것이다. 각각 자기 분야에서 하는 일은 각양각색일 것이다. 그러나 그 어떠한 분야에서 무슨 일을 하든, 일하는 태도와 그 심정은 동일할 수 있으며 또 동일해야 할 것이다. 어떻게? 이 물음에 대해서 나는 생각한다. '성실하게!'라고. 이것이 한 작가로서 내가 말하고 싶은 것이며 주장하고 싶은 것이다. 또 한 가지는 참다운 용기란 어떤 것이며 그러한 용기는 어떻게 발양되는가 하는 것을 조국 해방 전쟁 시기부터 많이 생각해 왔다. 이러한 주장과 나의 사색은 내 작품의 주제가 될 것이다. 물론 주제 없는 소설이 있을 수 없다. 앞서 둘째 셋째로 말한 바 이미 있는 사실과 이야기거리로써 소설을 꾸미는 데도 우리는 자기의 주장 즉 자기의 주제를 중축으로해서 스토리를 전개한다. 그러니까 결과는 마찬가지다. 그러나 전자는 작가가 처음부터 자기 모랄의 견지에서 자기 주장을 형상적으로 체현하기 위한 인물과 사건들을 창조하는 것이요, 후자는 있는 사건이나 인물을 빌어서 자기 주제를 부여하는 차이가 있는 것이다. 요컨대 나의 말은 있는 이야기를 가지고 소설을 만드는 재간 이외에 새 이야기를 창작할 수 있는 능력을 한 가지 더 가졌으면 하는 염원으로 하는 말이다. 그러기 위해서는 내 작품의 주제로 삼으려는 성실성에 대해서와 참다운 용기에 대해서 더 심각하게 사색해야 할 것이다.

해방 후에 쓴 내 작품 중에, 이상에서 말한 바와 같이 내가 생각해 온 모랄을 주제로 하여 인물과 스토리를 만들어 쓴 작품으로는 「기관사」 (그 후에 들으니까 그런 사실이 실지 있었다는 것이다.) 가 있다. 「조국의 목소리」 등을 들 수 있으며 최근에 탈고한 「서산대사」도 거기 속하는 작품이라고 할 수 있다. 「조국의 목소리」는 극히 짧은 것이나 이런 점에서 내가 아끼는 작품의 하나다.

마지막으로 ─ 혹여 내 말에 오해를 가지는 동무가 있을까 해서 한 마디 부언하여야겠다. 이미 있는 사실이나 이야기거리에만 의거하지 않고, 인물과 사건을 새로 창작할 수 있었으면 하는 내 말을 마치 현실에는 눈을 돌리지 않고 단지 공상과 상상력에만 의거해서 창작을 한다는 말로 오해를 가지고 묻는다면 나는 이렇게 대답하겠다. 그렇다. 나는 작가가 상상력으로써 허구를 창조할 수 있도록 노력하는 것이 창작 수업에 중요한 고리의 하나로 인정한다.

그런데 허구를 창조하는 우리의 상상력은 하늘에서 생기는 것도 아니요, 몇 세기 전 먼 옛날에 생긴 것도 아니요, 오직 우리가 지금 생을 누리고 사는 영광스러운 우리 조국의 오늘의 현실의 반영인 것이라고. 세상에는 소설이 될 수 있는 사실, 때로는 소설보다 더 기이한 사실도 없지는 않다. 그러나 우리는 이미 있는 그러한 이야기를 재료로 해서 작품을 창작할 뿐만 아니라 새로운 이야기를 허구할 수 있는 능력도 가져야 할 것이다. 허구란 무엇인가. 여기서 쏘련의 한 문예 학자의 논문의 일절을 인용하는 것으로써 내 이야기를 끝맺자.

"허구는 예술만이 창조할 수 있는 진정한 레알리티 ─ 즉 예술가의 상상력으로 진행되는 비밀한 작업의 결과로써 얻어지는 현실의 추출물이며 현실의 응고물이다."

주요 용어 해설

공답: 공동의 소유로 된 논. 公畓

그루빠: 그룹. group.

그마적에: 그맘때에.

내남없이: 나와 남이 구별 없이. 나나 다른 사람이나 마찬가지.

도장: 곱게 칠하거나 바름. 塗裝.

두덩: 우묵한 데나 움푹 패인 곳의 가녁이나 기슭으로 돌아가며 두
두룩한 곳.

따짝거리다: 좀스럽게 조금씩 갉아대거나 긁어내다.

땅뗌: 땅띔. 무거운 것을 들어 땅에서 뜨게 하는 것.

랭상모: 冷床 모. 냉상모판에서 기른 모. 부식토나 비닐 등을 이용하
여 냉기를 막고 햇빛을 받아 기른 모.

레루: 레일. rail.

료해: 사정이나 형편을 알아보는 것. 了解

무장무장: 가면 갈수록 더.

박판 직장: 엷은 철판을 만들어 내는 생산라인. 薄板職場

버럭: 광석이나 석탄을 캘 때 나오는 쓸모 없는 잡석

보잡이꾼: 보잡이. 소를 메운 쟁기로 논 밭을 가는 사람

봉정만리: 머나먼 길을 정처 없이 떠돌아다님. 蓬征萬里.

비다듬겨진: 곱게 매만지거나 다듬어진.

빠포쓰: 작품 전체에 일관되이 나타나는 열정.

삐오네르: 일부 나라에서 소년들로 구성된 조직, 또는 그 조직에 들
어 있는 소년들.

선재 직장: 조선용재를 만들어 내는 생산라인. 船材職場.

수삽했다: 몸둘 바를 모를 정도로 수줍고 부끄러웠다.

쓔제트: 서사적 작품, 서정적 작품, 서정 서사적 작품 및 극문학 작
　　　　품 등에서 서로 연관되고 발전하는 사건들의 체계.

쓰찔: 스타일. 형식.

씨뚜아찌야: 어떤 일이 이루어질 조건이나 정황.

어방없이: 어림조차 할 수 없이 굉장하거나 터무니없이

영양단지 가식법: 씨앗이나 모를 제자리에 심기 전에 영양단지를 하
　　　　　　　　여 임시로 일정한 곳에 심는 방법.

영영구구하다: 영원토록 끝없이 길고 오래다. 永永久久-.

예이제없이: 옛날이나 지금이나 없이

오체르크: 실화문학

우결함: 우수함과 결함을 아울러 이르는 말

음예: 하늘에 구름이 덮혀 어두움. 陰翳.

재벽: 사금광에서 나오는 금덩이를 이르는 말.

정리인 듯이: 이미 진리로서 확정된 명제인 듯이. 定理.

조아팔면서: 물건을 한꺼번에 많이 팔지 않고 조금씩 나누어 팔다.

주제스러운: 처한 환경이나 처지가 구차한.

지내: 너무 지나치게

지어는: '더 나아가서' '더욱이' '또한' '예상 외에' '놀랍게도' 등의 뜻
　　　　으로 쓰임.

至於. 짓모고: 짓마스거나 짓조기고. '짓마다'-짓이기다시피 잘게 부
　　　　스러뜨리다.

쩨마: 테마.

쩨흐: 직장.

추동하다: 어떤 일을 밀고 나가도록 부추기거나 고무하다. 推動.

크루쇼크: 집단.

타승함: 싸워 이김.

한설날: 큰 설날. 설날을 '큰' 명절이라 하여 일컫는 말

호변객: 언변이 좋은 사람. 好辯客.

우리시대의 작가수업

■ 한 설 야

1900년 8월 30일 함홍 교외에 있는 나천이란 마을에서 출생.
        조선시대 말에 군수로 상당한 재산을 소유했던 아버지와
        순 농촌 여성인 어머니 사이에서 둘째 아들로 태어남.
1907-8년   7, 8세부터 서당을 다녔음. 훈장과 서책을 무시하고 마음
        대로 활동.
1910년 11살 무렵 보통학교 입학.
1914년 15세에 보통학교를 졸업하고 서울에 있던 아버지를 따라 상
        경하여 경성 고등보통학교에 입학. 동창에는 박헌영이 있었
        음. 4학년때 서모가 싸우고 서울을 떠나 함홍고보로 전학.
1919년 함홍고보 졸업, 이때부터 문학에 뜻을 둠. 아버지의 뜻대로
        법전에 진학하였으나 종교사건에 연루되어 제적당함.
1920년 형을 따라 북경으로 가서 그곳에서 형으로부터 중국어를 배
        움, 익지 영문학교에 다니면서 사회과학 공부를 시작함.
1921년 잠시 서울에 왔다가 그 사이에 실연을 당하고 동경으로 건너
        감. 일본대 사회학과에 다녔으나 문학보다는 사회과학에, 학
        교보다는 숙소에 틀어박혀서 공부함.
1923년 동경 대지진으로 휴학. 처녀장편을 썼다가 불살라버림. 그해
        겨울 귀국하여 북청고 보학습강습소(후에 대성학교) 강사로
        재직하면서 작품을 발표하기 시작.
1925년 부친이 사망하자 경제적으로 궁핍해져 가족 모두 만주 무순으
        로 이주함. 프로 예술로 전향하여 수 편의 일어로 쓰여진 단

　　　　편을 만주일일신문에 발표 〈조선문단〉 4호에 소설 「그날
　　　　밤」 으로 이광수의 추천을 받음.
1927년　2월에 서울로 돌아와 '카프카' 기관지 〈예술운동〉 속간에 힘썼
　　　　으나 결국 이루지 못하고 독서 생활로 지냄.
1928년　고향인 함흥에 돌아와 호구지책으로 조선일보 지국을 일년동
　　　　안 경영.
1929년　농민의 노동자화를 그린 「과도기」 발표.
1931년　서울로 상경 〈대조〉를 속간하여 단독으로 2호를 냄.
1932년　조선지광사에 입사하여 〈신계단〉 편집을 맡음.
1933년　조선일보사에 입사하여 학예부 편집일을 했음.
1934년　조선일보사를 그만두고 고향에 돌아와 있던 중 6월에 카프 2
　　　　차 사건으로 인해 영어 생활.
1935년　10월에 풀려나 고향으로 돌아와서 인쇄소를 경영하며 창작에
　　　　힘씀. 조선일보에 처녀장편 『황혼』 을 발표.
1938년　인쇄소를 그만두고 동명극장 경영.
1941년　지하 독립방송을 들었다는 이유로 투옥.
1945년　'조선 프롤레타리아 예술동맹'을 주도.
1946년　'북조선 문학예술총동맹'을 결성.
1951년　'조선문학가동맹'과 '북조선 문학예술총동맹'이 합동되어 '조선
　　　　문학가총동맹'이 결성될 때 위원장을 지냄.
1952년　『대동강』 발표.
1953년　『역사』 발표.
1963년　전 직책을 박탈당함.

■ 이 기 영

1895년 5월 충청남도 아산군 배방면 회룡리에서 태어남.

1985년 친척이 사는 천안으로 이사하여 소작을 함. 천원군 북원면 중
엄리가 성장 공간이 됨.

1906년 어머니가 돌아가심.

1907년 아버지의 발기와 열성으로 창설된 사립 영진학교에 입학.

1909년 한영 조씨 조병기와 결혼함.

1910년 사립 영진학교 졸업. 숙부와 함께 반촌인 유랑리로 이사함.
이후 수년 간 남쪽 지방을 방랑함.

1918년 귀향하여 기독교 계통인 논산 영화학교 교원생활을 하고 남감
리파 교회의 권사 직책까지 맡음. 할머니와 아버지가 열흘 사
이에 세상을 떠남.

1919년 호서은행 천안지점에 근무하기 시작하여 1922년까지 근무함.

1922년 은행을 그만두고 일본 동경으로 고학을 길을 떠남. 동경 정칙
영어학교에 다님.

1923년 관동대지진으로 고향에 돌아옴.

1924년 그 전 겨울에 쓴 장편 『암흑』을 들고 〈조선일보〉 편집국장
을 찾아갔으나, 퇴짜를 맞은 뒤 〈개벽〉 창작 4주년 기념현상
작품모집에 단편소설 「오빠의 비밀편지」가 3등으로 당선됨.

1925년 서울로 올라와 포석 조명희의 알선으로 조선지광사에 취직하
여 편집일을 맡는 한편, '카프'에 가맹.

1927년 '카프'가 재조직되면서 출판부의 책임을 맡음.

1931년 카프 1차 사건으로 인해 구속.

1933년 『고향』 연재 시작.

1934년 카프 2차 사건으로 인해 구속당함.

1936년 「인간수업」 발표.

1938년 「신개지」 발표.

1940년 『봄』 발표.

1944년 강원도 내금강 병이무지리로 전가족이 소개하여 자기 손으로

　　　　농사를 짓다가 해방을 맞음.
1945년　'조선 프롤레타리아 예술연맹'에 참가.
1946년　'북조선 예술총연맹' 결성에 참가.
1948년　토지개혁을 다룬 장편소설 『땅』 발표.
1954년　장편소설 『두만강』 발표.
1967년　장편소설 『조국』 발표.
1972년　장편소설 『역사의 새벽길』 발표.
1984년　병으로 사망.

◼ 송 영

1903년 서울에서 태어남. 배재고보 중퇴.
1922년 9월 이적효, 최승일, 김영팔 등과 함께 무산계급의 해방문화
　　　　를 연구하는 조직인 '염군사'를 조직함.
1925년 〈개벽〉 현상공모에 「늘어가는 무리」로 당선.
1927년 「석공조합대표」 발표.
1931년 카프 제1차 검거사건으로 투옥.
1934년 카프 제 2차사건으로 투옥. 희곡 「신임 이사장」 발표.
1936년 희곡 「황금산」 발표.
1945년 '조선 프롤레타리아 예술연맹' 참가.
1946년 '조선 문학가동맹'에 참가한 후 월북.
1949년 희곡 「자매」, 「금산군수」 발표.
1952년 희곡 「그가 사랑하는 노래」 발표.

■ 박 팔 양

1905년　경기도 수원 출생.
1916년　제동 공립보통학교 졸업.
1920년　배제고보 졸업후 경성 법학전문학교 입학.
1923년　동아일보에 「신의주」가 당선되면서 등단.
　　　　조선일보사에 입사.
1928년　중외일보 사회부장 역임. 「데모」 발표.
1937년　만선일보 기자 역임.
1940년　『여수시초』〈박문서관〉 발간.
1945년　『정로』의 주필.
1946년　'북조선 문학예술총동맹' 참가.
1947년　박팔양시집 『문화전선사』 발간.
1956년　『박팔양 선집』 발간.

■ 박 세 영

1902년　경기도 고양에서 출생.
1908년　사립 보인학교 다님.
1910년　수하동 보통학교 다님.
1917년　배제고보 입학.
1918년　동급생인 송영과 더불어 〈새누리〉라는 문학 동인잡지 발간.
1922년　'염군사'에 가입. 중국으로 건너가 혜평 영문전문학교 수학.
1925년　'카프'에 가담 〈문예시대〉에 시를 발표함으로써 본격적으로 등단.
1927년　카프 산하 아동잡지인 〈별나라〉 편집책임을 맡음.
1928년　「타작」 발표.
1936년　「산제비」 발표.
1937년　카프 해산 후 배재학교의 시무로 근무.
1938년　시집 『산제비』 발간.
1945년　'조선 프롤레타리아 예술연맹' 참가.
1946년　월북, 조선 프롤레타리아 예술연맹원의 시를 묶어 놓은 시선
　　　　집 『횃불』 발간.
1952년　「나팔수」 발표.
1956년　『박세영 시선집』 발간.
1989년　사망.

■ 이 북 명

1908년 9월 18일 함흥에서 출생.

1927년 함흥고보를 졸업하고 흥남질소비료공장에 취직. 이 공장에서 3년 반 동안의 체험은 그의 작품의 근간을 이루고 있음. 공장 내 친목회 사건으로 피검되어 공장을 나옴.

1932년 5월 처녀작 「질소비료공장」을 조선일보에 발표하였으나 일제 당국의 검열로 인해 연재 중단됨. 그는 이 소설로 인해 일제 경찰에 위해 피검됨.
9월 「암모니아탱크」 비판.
11월 「기초공사장」 〈신계단〉.
12월 「출근정지」 〈문학건설〉. 「인테리」 〈비판〉을 발표.

1933년 「여공」 〈신계단〉 발표.

1934년 1월 「병든 사나이」 〈조선문학〉 발표.

1935년 4월 공장기 중앙 발표.
5월 「질소비료공장」이 「초진」으로 이름을 바꾸어 일본의 잡지인 〈문학평론〉에 일본어로 번역되어 게재됨. 이 사건으로 그는 일제 경찰에 다시 잡혀감. 이후로는 노동소설을 거의 쓰지 않게 된다.
6월 「오전 세시」 〈조선문단〉.
9월 「민보의 생활표」 〈신동아〉.
12월 「편지」 〈신인문학〉 발표.

1936년 1월 「구제사업」 〈문학〉. 「현대의 서곡」 〈신조선〉.
2월 「요양원에서」 〈사해공론〉.
3월 「어둠에서 주은 스케치」 〈신인문학〉.
6월 「도피행」 〈조선문학〉.
7월 「우울을 신고」 〈부인공론〉.
9월 「양광주」 〈사해공론〉. 「암야행로」 〈신동아〉.
10월 「한 개의 전형」 〈조선문학〉 발표.

1937년 장진강 수전 공사장에 근무하기도 하면서 그 지역 부근에서 생활함. 그는 이 시기를 '겹치는 옥중 생활과 기아선상에서 허덕여온 나의 젊음은 점점 시들어갔고 나중에는 신병으로 몸져 눕게 되어 장진산골에 묻혀버린 것'이라고 회고하고 있다. 약 2년 넘게 작품발표를 하지 않는다.

1938년 5월 「비곡」〈동아일보〉 발표.

1939년 3월 「칠성암」〈조선문학〉 발표.

　　　　7-8월 『야회』를 동아일보에 연재.

1940년 1-2월 『화전민』을 동아일보에 연재

　　　　4월 「희비자」〈신세계〉 발표.

1942년 3월 「형제」〈야담〉.

　　　　7월 「병원」〈춘추〉.

　　　　10월 「철을 뚫는 이야기」〈국민문학〉 발표.

1945년 해방후 그는 홍남지구 인민공장에서 창작활동을 계속한다. 그런 점에서 그는 월북 작가가 아니라 재북작가이다.

1947년 단편소설 「노동일가」를 발표한다. 이 작품으로 그는 1948년 문학예술축전에서 상을 받게 된다.

1947년 한국전쟁에서의 미군문제를 그린 단편소설 「악마」를 발표.

1951년 6·25 전쟁을 다룬 「새날」을 발표.

　　　　전쟁 후 노동자들의 삶을 다룬 「제5브리가다」와 「맹세」를 발표.

1961년 천리마 기수들인 의료일군들의 헌신적인 복무정신을 그리고 있는 중편소설 「당의 아들」 발표

1975년 1930년대 후반의 조선 노동자계급의 생활과 투쟁을 그린 장편소설 『등대』를 발표. 이 작품은 일제하 그의 노동소설을 집대성한 것임.

1980년 이후 활발한 창작활동은 하지 못하고 오늘에 이르고 있음.

■ 엄 홍 섭

1906년　충남 논산 출생. 이후 진주로 이주.
1926년　경남 도립 사범학교 졸업. 이후 3년간 보통학교 교원으로 근무.
1929년　「흘러간 마음」이 고평을 받자 교원생활을 그만두고 서울로
　　　　올라와 잡지 〈여성지우〉의 편집일을 맡아보면서 창작에 열중
　　　　함.
1931년　군기사 사건으로 말미암아 카프에서 제명당함.
1938년　소설집 『길』 발간.
1941년　중편소설 『정열기』 발간.
1945년　'조선 프롤레타리아 예술연맹' 참가.
1946년　'조선문학가동맹' 참가.
1947년　1947년 소설 『봉화』 발간.
1948년　소설집 『흘러간 마음』 발간.
1950년　월북.
1958년　장편소설 『동틀무렵』 발간.

▣ 윤 세 중

1912년　논산에서 태어남.
1925년　함북으로 이주. 간도 영신중학을 다니고 국경지대에서 교원생
　　　　활을 함.
1933년　문학에 뜻을 두고 상경 〈탐구〉. 〈신시대〉의 동인으로 활동.
1937년　「그늘밑 사람」〈조선문학, 2월〉 당선으로 작품활동 시작
　　　　「명랑」〈조선문학,5월〉.
1939년　「용섭이」〈조선문학, 5월〉 발표. 「노변」〈조선문학, 7월〉 발표.
1940년　「백무선」이 〈인문평론〉 창간 일주년 기념 현상응모에 당선
　　　　되다.
1945년　'조선 프롤레타리아 예술연맹'에 참가 「십오일후」〈예술운동,
　　　　12월〉 발표.
1946년　'조선 문학가동맹'에 참가, 「지도자」〈협동, 8월〉 발표.
1947년　중반에 월북.
1957년　장편소설 「시련 속으로」 발표.

■ 이 근 영

1910년　전북 옥구에서 태어남.
1935년　「금송아지」〈신가정, 10월〉로 창작활동 시작
1936년　「농우」〈신동아, 1936. 6〉 발표.
1938년　장편소설 『제 3노예』〈동아일보〉에 2월 15일부터 6월 26일
　　　　까지 발표.
1941년　「고향사람들」〈문장, 2월〉 발표.
1943년　단편집 「고향사람들」 발간.
1945년　'조선 프롤레타리아 예술연맹'에 참가
1946년　'조선 문학가동맹'에 참가 고구마 신문학, 6월 발표.
1948년　「탁류속을 가는 박교수」〈신천지, 6월〉 발표, 월북.
1956년　농촌의 사회주의적 전변과정을 그린 중편소설 「첫수확」 발표.

■ 신 고 송

1907년 경남 언양에서 태어남
1932년 〈우리동무〉지 사건으로 일제경찰에 투옥, '카프' 연극부 기관
        지 〈연극운동〉 주도.
1945년 '조선 프롤레타리아 예술연맹'에 참가. 희곡 「결실」〈신건설,
        11월〉 발표.
        평론 「연극운동과 그 조직」〈인민 12월〉 발표.
1946년 월북. 『소인극하는 법』 발간.
1949년 장막희곡 「불길」 발표.
1958년 「선구자」,「우리 마을」 발표.

■ 최 명 익

1903년　7월 14일 평양에서 태어남. 호는 유방.

1916년　평양교보 입학.

1919년　등사판으로 선전삐라를 만들어 평양 시내에 돌리다 발각되어
　　　　출학.

1921년　일본으로 건너가 동경 정칙영어학교를 다님.

1928년　홍종인, 김재광, 한수철 등과 동인지 〈백치〉 발간. 〈백치〉에
　　　　「희연시대」와 「처의 화장」 발표.

1930년　중외일보에 「붉은 코」 발표.

1931년　〈비판, 9월〉에 평론 「이광수의 작가적 태도를 논함」 발표.

1933년　「목사」〈조선일보〉를 발표.

1936년　「비오는 날」〈조광, 5~6월〉로 정식으로 등단.

1937년　유향림. 기이석등이 주관한 동인지 「단층」에 관계함.

1938년　「역설」〈여성, 2~3월〉 발표.

1941년　「장삼이사」〈문장, 4월〉 발표.

1945년　평화문화예술협회 회장.

1946년　북조선 문학예술총동맹 중앙상임위원.

1947년　「기계」〈문학예술, 4월〉 발표. 작품집 『장삼이사』를 을유문
　　　　화사에서 발간.

1956년　장편소설 『서산대사』 발표.

우리시대의 작가수업

◆ 인쇄 2001년 2월 8일 ◆ 발행 2001년 2월 13일
◆ 저자 한설야·리기영 외 10인 ◆ 해제 표언복 ◆ 발행인 이대현
◆ 편집 이태곤·이은희 ◆ 표지디자인 홍동선·안혜진
◆ 발행처 역락출판사 / 서울 성동구 성수2가 3동 277-17
　　　　　성수아카데미타워 319호(우 133-123)
◆ TEL 대표·영업 3409-2058 편집부 3409-2060 팩스 3409-2059
◆ 전자우편 YOUKRACK@hitel.net / youkrack@hanmail.net
◆ 등록 1999년 4월 19일 제2-2803호
◆ ISBN 89-88906-29-2-93810
◆ 정가 9,000원

잘못된 책은 교환해 드립니다.